阿华甜

扑火

巧克力阿华甜

著

贵州出版集团
贵州人民出版社

图书在版编目（CIP）数据

扑火 / 巧克力阿华甜著. -- 贵阳：贵州人民出版社，2023.1
ISBN 978-7-221-17405-5

Ⅰ．①扑… Ⅱ．①巧… Ⅲ．①中篇小说－小说集－中国－当代②短篇小说－小说集－中国－当代 Ⅳ．① I247.7

中国版本图书馆 CIP 数据核字（2022）第 201064 号

扑火

PU HUO

巧克力阿华甜 / 著

责任编辑	张 薇
装帧设计	吴黛君
出版发行	贵州出版集团　贵州人民出版社
地　　址	贵阳市观山湖区会展东路 SOHO 办公区 A 座
邮　　编	550081
印　　刷	涿州汇美亿浓印刷有限公司
开　　本	620mm×889mm　1/16
印　　张	17
字　　数	213 千字
版次印次	2023 年 1 月第 1 版　2023 年 1 月第 1 次印刷
书　　号	ISBN 978-7-221-17405-5

定　　价　49.00 元

目录

遇见好的爱
遇见更好的我们

有枝可依

我和男朋友是打王者荣耀认识的。他玩澜，刚认识的时候，我一口一个大哥，成功拉拢到他，做我的专属打野（游戏名词）。

结果那天下午，我们双排，对面妲己忽然在公屏扣字："对面的野王哥哥，能不能让让我，我今晚一次都没赢过呢。"

当时我正在塔下奋力拼杀，他直接站在妲己面前不动了。

然后我就眼睁睁地看着妲己用普攻一下一下打死了他，接着又在公屏说："谢谢野王哥哥。"

哥哥就比大哥好用这么多？

我不敢置信，痛心疾首，当场打开语音，把声音放得异常娇软："野王哥哥，救救小乔。"

两秒后，系统就提示我，你的队友已经退出游戏。生平第一次，我对自己的声音产生了质疑。我的声音，虽然不能称之为昆山玉碎凤凰叫，但好歹也是在新生晚会上大放异彩过的，怎么一声哥哥，就吓退了我的野王？

陈墨走过来，一巴掌把我手机扣在桌上："陆枝枝，赶紧换衣服出门，开学典礼七点开始！"

扑火

"我忘了！"

回过神看了眼时间，我不得不含泪退出游戏，又赶紧从衣柜里拽出 T 恤、大短裤套在身上，麻溜地和她出了门。陈墨是我的大学室友。就是她，把原本沉迷文学的我，带上了王者荣耀这条不归路，还在带我两把后就弃我而去。

路上，她问我："那野王哥哥到底是何方神圣，把你这硬汉都化成小软妹了？"

"请你对我大哥放尊重一点，叫澜哥。"

陈墨嘲笑我："怎么，你还想跟人家发展一段网恋呢？"

我忽然停下脚步，叹了口气："实不相瞒，其实我怀疑，澜哥是个小学生。"

她回过头，震惊地看着我。

我掰了块巧克力放进嘴里："你知道吗？澜哥的头像是小猪佩奇，昵称叫什么无敌战神龙，还从不开麦。我觉得，他其实就是个操作贼溜的小学生。"

话音刚落，身边忽然擦过去一阵清冽的风。

我愣了愣，抬眼看到前面一道修长挺拔的背影，白色 T 恤配卡其色卷边裤，露出两截线条十分漂亮的脚踝，当即揪住陈墨的衣摆："这是谁？这帅哥是谁？"

我很快就知道了他是谁。开学典礼上，他作为计算机学院的优秀学生代表上台演讲，我才知道，这人就是我们院那个拿了 ACM（美国计算机协会）亚洲区域赛金奖的大三学长，叫江沅。

江沅在台上讲话，声音清朗温柔，神态从容不迫。我们坐在阶梯教室的角落里，默默打开游戏。澜哥不在，我和陈墨开始双排（游戏名词）。抬眼一看，大屏幕上展示出一张复杂的算法模型，江沅还在讲我一个字也听不懂的话。

低头操作，逆风局，我的王昭君被对面按在塔下狂揍，焦急道："救我，救我！"

江沅讲完了，旁边人开始啪啪啪鼓掌，陈墨没听清："啥？"

但这个时候，大家的鼓掌刚好结束。于是安静的阶梯教室里，回荡着我清晰的怒吼："救我！干掉那个露娜！"

我差点与这个美丽的世界告别。如果可以，我想连夜扛着火车跑出这间拥挤的教室。一片死寂里，我干脆利落地往下一滑，藏在了桌子下面。

陈墨在旁边死命拽我："起来，起来！我不能一个人承担这一切！"

我体重六十公斤，她拽不动我。

台上传来江沅的声音，带了点温和与无奈："抱歉，看来还是我讲的东西太无聊了，下次改进。"

周围响起友善的哄笑声。

散会后，出了逸夫楼，我跟陈墨说："江沅这个名字，全是水，听着好湿润的样子。"

这话刚说完，我就后悔到恨不得把我的嘴永久封印。因为江沅和他室友就走在我们前面。

江沅动都没动，倒是他室友回了下头，接着笑嘻嘻地冲他说："刚才那个漂亮学妹，说你湿润呢。"

在他面前丢了一次人不够，还有第二次。我尴尬得想当场融化在这夜色里。江沅终于回头看了我一眼。刚才他在台上，我在后面坐得很远，没看清他竟然长着这么一双清凌凌的眼睛，睫毛又长又密，垂落下来，还真的挺……湿润的。那目光在我身上扫过一眼就移开了。

我回到宿舍，仍然觉得刚才太过社死，坐在桌前悲痛万分，还摆了两朵小雏菊为自己哀悼。陈墨问我："还打吗？"

我死而复生："打。"

扑火

正好澜哥也上了，两分钟后，我和陈墨还有澜哥，开始三排（游戏名词）。那天晚上，我们在峡谷驰骋，澜哥神出鬼没一刀一个，陈墨配合他收割对面人头，我……我在一旁为他们加油呐喊。

结束后，陈墨果断给我下了通知："拿下他，咱俩上王者指日可待。"

"你看到他的小猪佩奇了吗？那可是个小学生！"

她斩钉截铁，毫不退缩："那就收下他，当你的干儿子。"

其实我一直不知道，澜哥当初为什么会同意做我的专属打野。毕竟匹配到他的那一局，我的小乔战绩是 0-1-3。

虽然我自己内心也很不解，但陈墨问我时，我还是发出了死鸭子嘴硬的声音："当然是因为澜哥喜欢听我讲脱口秀。"

她呵呵一笑："谢谢你的小幽默。"

"不过陆枝枝，"陈墨又说，"再有一星期就到九月一，等小学开学，恐怕他就带不了你了。"

我觉得她说得很有道理，于是当晚双排的时候，委婉地开口问澜哥，暑假作业写完了没。

澜哥说："没写。"

果然是个小学生！

我激动得直拍桌子，又赶紧说："其实我作业也还没写，即使上了大学，某些专业也是有暑假作业的……"

澜哥打字："我知道。"

不！你不知道！你一个小学生知道什么！

我心一横，终于把我的劝学台词说了出来："现在可以打游戏，等到了九月，你还是要按时上课，好好学习。"

不知为何，这天晚上打游戏的时候，澜哥心情似乎不太好。对面有个小乔，他就追着人家杀。

打到最后，小乔愤怒在公屏扣字："澜，你是被前任小乔绿了吗？追着我打？"

这行字刚发出来，小乔又被他杀了。我傻站在原地，寂寞地对着小兵吹了个龙卷风。

回到房间，澜哥跟我打字："不打了。"

我很惊讶："这么早就不打了？这不是才八点多？"

"写暑假作业去。"

说完这句话他就下线了。他已经把我带到了铂金，他下了，我也不敢自己排。没有澜哥的我，只配在青铜局徘徊。我含泪下线。接下来两天，澜哥都没有再上过线，估计是在赶作业。我也没闲着，因为要跟陈墨尽快把这学期的软件设计主题定下来。还收到团委通知，要去新生军训现场做志愿者。

第二天一早，我去食堂搬了一大桶冰绿豆汤，气喘吁吁地赶到了操场。足球场上，右边第三个凉棚，就是我们学院的。我刚把几十公斤的大桶放下，瘫在椅子上喘气时，就看到凉棚外站着的熟悉身影。高挑修长，眉眼清俊。是江沅。那天晚上距离太远，天色太暗，上帝保佑他没看清我的脸。

他看着我，皱了皱眉，冲一旁正在吃西瓜的两个男生道："怎么让女生搬这么重的东西？"

他们赶紧澄清："不知道啊，是她自己搬过来的。"

话音刚落，陈墨从另一边一路小跑过来："陆枝枝，我说叫人去搬绿豆汤，你怎么自己跑了——"她惊得声音都变了调，"你一个人搬过来的？"

"是的。"

同住了一年，她对我的力气还是没有清晰的认知，愣愣地站在原地，半天没说出句话来。她后面跟过来俩男生，估计是陈墨本来叫过去帮忙的,这会儿惊叹声此起彼伏。我也不懂,搬个绿豆汤怎么他们就惊讶成这样。

有个男生在旁边笑:"想不到你看起来瘦瘦小小,力气还挺大。"

"瘦小"这俩字让我眼皮跳了跳。的确,我表面看上去是挺瘦一姑娘,脸小,下巴尖,露出来的小腿和脚踝都很细。但只有我自己知道,我的腰和大腿上藏了多少肉,臂膀又是多么健壮。

我正坐在原地愣神,旁边的江沅忽然走过来,拿一次性纸杯盛了杯绿豆汤给我:"你搬过来的,先喝点吧。"

他站在我面前,微微低下头。我仰头看着他,目光落在他利落的下颌线条和湿润的眼睛上,停顿了几秒。那杯绿豆汤被递到我手上时,他指尖正好擦过我手指。冰凉又柔软的触感。我心跳忽然漏了一拍。怎么说呢,我感觉这一瞬间,我对他产生了一些不可言说的非分之想,大概起源于荷尔蒙作用下的生理本能。江沅很快收回手,又移开眼神。

新生军训休息的间隙,我们就过去给送绿豆汤。但天实在太热,很快冰被晒化,温热的绿豆汤也没几个人想喝。到最后,我们彻底闲了下来,坐在棚里,对着个小电扇猛吹。

震天响的口号声里,有人提议:"不如打把游戏。"

没有异议,我们开始上号。原本我以为像江沅这种一心向学的科创大佬,肯定是不会打游戏的。没想到他竟然流畅地登录并加入房间,我这才发现,他都王者二十四颗星了。在房间里的时候,我特意看了一眼江沅的头像。一只圆滚滚的橘猫,看上去还有点眼熟。

"学长段位太高,我们只能打匹配了。"

其实他们可以打排位,只是为了迁就铂金的我。

我在那儿咔咔选英雄,几番纠结,犹豫着到底是用小乔还是瑶,陈墨在旁边说:"有区别吗?"

反正都一样菜。

我破罐子破摔："算了，你们缺啥，我补位得了。"

菜但自信，这就是我。

眼看着其他三个人英雄都选好了，我问江沅："江学长，你玩什么？"

他抬头看了我一眼，接着又垂下眼去，在屏幕上点了一下："我玩澜。"

万万没想到，江沅的澜玩得比澜哥还行云流水。开局不到三分钟，他就拿了五个人头。

我开着庄周跟在陈墨的鲁班后边，一边努力辅助一边说："其实我前几天认识了一个小学生，他的澜玩得也很好。"

对面的江沅抬起头，迅速扫了我一眼："小学生？"

"对，就是他把我带到了铂金。不过比起江学长，他的操作还是略逊一筹。"

江沅淡笑了一声，我琢磨了一下，没理解这笑声是什么意思。难道他是对我把他和小学生相提并论很不满吗？

想到这里，我赶紧澄清："虽然那是个小学生，但他玩得真的很好。有一把，对面五个人把我按在野区毒打，他神出鬼没，在我剩一丝血的时候拿下五杀，救我狗命……"

话没说完，我就死了。

陈墨无语："陆枝枝，你说话的时候也稍微操作一下游戏吧。"

我赶紧道歉，江沅说："没事，我来了。"

这话听着也太有安全感了。更有安全感的，是他一番令我目不暇接的操作后，对面三个人被他通通送回泉水。

这局结束，旁边一个男生冲我挤眉弄眼："学妹啊，我们江沅不光澜玩得好，李白、韩信也都不在话下，怎么样，动心？"

我当然……动心啊，但还是故作矜持地说："我段位太低，恐怕不能和江学长一起打排位了。"

话音刚落，我就收到了江沅的好友申请。我立刻忘记矜持，火速通过。

陈墨在一旁煽风点火："微信也加一下吧，说不定枝枝还有别的事情要请教学长呢。"

总之，我就这样加到了江沅的微信。我这才有机会放大并看清他的头像，正是学校食堂门口那只被学生们喂得圆滚滚的橘猫。他的朋友圈，空空荡荡。开了一个月的权限，但这一个月一条都没发过。我就不一样了，一天可以发十条朋友圈。加完好友的第二个小时，江沅就来找我了。

他开门见山，直接问我："你们大二的软件课设，导师是宋宜？"

想必是在我朋友圈看到了吐槽。我一个猛子从床上坐起来："是。"

"她是指导我 ACM 比赛的老师，人很好，不用担心。"江沅说，"你们做的这个课题，我之前做过练习，需要的话，我可以把源码发给你参考。"

我猛点头，意识到江沅看不到之后又赶紧打字："需要！谢谢江学长！"

"下午来的时候记得带电脑，我给你讲源码。"

我到操场的时候，江沅已经到了。我自觉地打开电脑，放在他面前。他讲得很慢，也很详细，我用尽毕生智商理解了半天，还是听不懂，只好从头到尾保持着礼貌的假笑，还边笑边点头。笑到最后，我脸都僵了。江沅给我讲完源码后，新生也军训得差不多了。空掉的桶被两个男生搬走，我刚转头看向陈墨。

她飞速抓起书包，边跑边喊："枝枝你让江学长送你回去吧，我先去拿快递了！"

说完涌入新生的洪流中，一眨眼就不见了。

天色已经微微暗下来，江沅冲我笑道："既然如此，我送你回去吧。"

我没想到江沅这么上道，走在路上的时候，他还问我："刚才给你讲的源码，没问题了吧？"

"有问题。"我诚实地说，"我写代码的水平……实在不怎么样。从下周起，可能会经常骚扰学长了。"

江沅扑哧一声笑出来，我这才发现他眼下有颗小小的泪痣，笑起来眼尾向下，显得十分无害。

他说："没问题。"

他对我的态度如此之好，想来是没认出那天晚上的人就是我。

这个念头刚冒出来，江沅就说："对了，那天晚上在阶梯教室，我讲的内容真的很无聊吗？"

"……"

如果现实里也有回城，我会在五秒钟之内回到泉水。

我尴尬得头皮发麻，还强自镇定地说："倒也不是无聊，主要是听不懂。"

江沅又笑。我怀疑他在嘲笑我，可是我没有证据。江沅把我送到宿舍楼下，四周一对一对，全是难舍难分的小情侣，有一对甚至站在暗处深吻，亲出了水声。

我十分尴尬，可江沅镇定自若，只是把手放在我脑袋上，轻轻拍了拍，温声说："明天见。"

他为什么要拍我脑袋？他怎么会拍我脑袋！我一脸恍惚地往寝室楼里走，咣一声磕在了玻璃门上。"陆枝枝！"

我没有理会江沅在身后叫我的声音，捂着额头冲进了楼里。

结果一回去，陈墨就一声惊呼："陆枝枝，你额头怎么了，江沅给你打肿了？"

扑火

"……"

我站在镜子前看了看，额头上一片红肿。

江沅已经给我发来了微信："你的额头还好吗？"

"没事，就轻轻撞了一下。"

我觉得真相实在是太丢人了，没好意思告诉他。发完消息，我上号看了一眼，澜哥依旧不在线，估计是作业太多。

再切回来时，江沅又发来一条消息："打游戏吗？一起吧，我带你上分。"

啊？这么主动的吗？我十分迅速地上线。江沅拿了个小号，和我一样，铂金段位。我被他拉进去的时候，房间里还有两个人。

江沅说："我室友高严和他女朋友小葵，叫熟悉的人可靠一点，不然我怕坑你。"

他好谦虚，谁坑谁还不一定呢。

四缺一，江沅发了个召集，把人凑齐，开了。

第一局，对面Ban（禁用的意思）了澜，江沅丝毫不慌，秒选李白。

"枝枝要玩什么？"

他怎么忽然叫得这么亲昵？我心神荡漾了两秒，然后迅速反应过来，我的昵称叫枝枝茉茉茶。对不起，打扰了。

"我玩瑶吧。"

"不要瑶。"召集来的那位司空震大哥忽然开口，"瑶都是混子，你用钟馗吧，控制强，东皇太一也行。"

道理我都懂，可是我不会啊。

江沅从容道："不用管他，你选你想玩的，我都带得动。"

我快哭了。这不就是所有菜鸡辅助梦寐以求的野王哥哥吗？

我是个冷酷无情的女人，瞬间就把遨游在知识海洋里的澜哥抛诸脑后。最后我还是选了瑶。然后从开局起，司空震大哥就一直在抱怨，语气愤愤不平，从他遇到的混子瑶一直说到我身上。我被他念叨得心惊胆战，一不小心从江沅头上飘下来，冲进了敌人堆里。我死了，对面团灭了。趁着他们杀我的机会，江沅拿下三杀，小乔和伽罗一人带走了一个。

司空震立刻高喊："瑶怎么死的？瑶会不会玩啊！"

"对不起，对不起！"我光速道歉，"下次不会这样了，我刚玩两个星期，不是很熟练。"

司空震更气了："排位是你用来练英雄的地方吗？我看你这辈子就只配待在铂金。"

江沅收割掉第七个人头，冷冷开口："我看你也就那样吧，2-5-3的战绩，老盯着瑶说什么呢？"

我觉得我这个人脸皮挺厚的，但在江沅面前被人直白地说我菜，还是很不好意思。

这局结束后，我说："要不我空个位置出来，给你们叫个可靠的队友吧？"

我本意是想让陈墨顶替我，没想到话音刚落，江沅就把司空震踢了，然后对我说："叫她过来吧。"

啊……这。

"别听他乱说。"他笑了一下，"你还会舍命救队友，玩得挺好的呀。"

我被他那个温柔又清晰的尾音击中，心跳忽然加快。陈墨上线前，忽然让我闭麦，然后一脸严肃地看着我。

"我觉得江学长不错，比小猪佩奇更可靠。"她接着说，"而且还能给你讲源码，拿下他，你的课设和王者都不用愁了。"

"……"

虽然我不想承认，但我真的心动了。又会写代码又会打野，最关键的是，人还很帅。陈墨上线后，我们的战绩就开始一路飘红，拿下七连胜，成功把我送上了钻石五。这个段位对于刚玩两周的我来说，实在是太沉重了。

"今晚就打到这里吧。"我矜持地说，"我要下线做课设去了。"

"好。"

江沅退出房间，干脆利落地下了线。我盯着电脑看了半个小时，眼前全是代码，脑子里都是男人。陆枝枝，主动出击，追求幸福！

我给江沅发了条消息："学长明天有空吗？我刚看源码，又有些地方不太看得懂。"

最后我们约了早上九点，在图书馆六楼的独立教室见面。

开一个独立教室，至少需要刷三张不同的校园卡，为此陈墨特地放弃了明天的午饭，把她的卡借给我："陆枝枝，不要辜负我为你做出的牺牲！"

为了不辜负她，我早上七点就爬起来化妆挑衣服。花了整整半个小时，精心化好妆后，我又从衣柜里翻出最遮肉的一条碎花裙子。毕竟我代码写得不好，游戏也打得很菜，算下来，外貌大概是我能吸引江沅的最大优势了。前提是，不要被他发现我体重的真相。

我穿好碎花裙子，穿上高跟凉鞋，梳了个可爱的丸子头，然后背着我黑漆漆的硕大电脑包出了门。计算机学子，不配优雅。

天热得要死，到图书馆门口时，我老远就看到江沅站在楼梯下的阴凉处等我。格子衬衫工装裤，这种再普通不过的程序员打扮，也被他硬生生穿出了少年风华的优雅气质。

我的目光从他毛茸茸的发顶掠过，定格在那双水润的漂亮眼睛上，然后在心里十分粗鲁地吐出一句，好帅啊，真的好帅啊。

我生平头一回知道，自己是个"颜狗"。我踩着高跟鞋，一路小跑到江沅面前，仰起头看着他。真好，他比我高这么多，看我的时候一定觉得我的脸很小。

万万没想到，由于图书馆空调开得太冷，从坐在那里的第二个小时起，我就感觉鼻子里痒痒的。

第七次当着江沅的面吸了吸鼻子之后，我抽了张纸巾捂住鼻子，冲江沅礼貌微笑："学长，我去趟洗手间。"

然后我躲在洗手间，给陈墨打电话："能给我送件外套过来吗？图书馆太冷了呜呜呜，我刚差点在江沅面前流鼻涕。"

陈墨无语："陆枝枝，校园卡都在你手上，我怎么进图书馆啊？"

"那我咋办啊？"

"实在不行你就跟江沅说，东西忘寝室了，要回来拿一趟。"

只好这么办了。我在洗手间擤完鼻涕，又从裙子口袋里掏出粉饼和口红补妆，然后回到小教室。我之前坐的那把椅子上，搭着一条鹅黄色的小毛毯。

江沅敲了几下键盘，抬头看我："图书馆挺冷的，你把毛毯披上吧。"

这毛毯软软绒绒的，上面竟然还绣着几只鸭子。江沅一个直男，怎么会买颜色这么嫩的毛毯？

我心头警铃大作，没披，只是吸了吸鼻子，问他："学长，这是你前女友用过的吗？"

"当然不是。"他似乎怔了怔，失笑道，"这是上次我献血后，红十字会送的礼物。我没有前女友。"

不知道是不是我的错觉，"没有前女友"这五个字，他咬得很重。

"那你来图书馆……习惯带毛毯哦？"

"不是啊。"他支着下巴，抬眼看着我笑，"我怕你穿裙子会冷。"

呜呜呜。他好贴心，我好爱他。我非常欢快地披上毛毯，继续听他给我讲协同过滤算法。其实很多东西我理解得非常吃力，但还是锲而不舍地继续往下听。

讲到最后，江沅屈着指节敲敲桌子，跟我说："不用担心，很多地方你现在不懂，做课设的过程里就会慢慢理解了。"顿了顿，又说，"这和打游戏是一个道理。"

其实我非常讨厌别人跟我讲这种没用的大道理。但可能是江沅的眼睛太过好看，听他说话，我除了点头，不想干别的。

最后我合上电脑，微微低下头，抿唇微笑，跟江沅发出邀请："快中午了，学长要不要一起去食堂吃饭？"

来之前我特意对着镜子观察过，从这个角度看，抿着嘴唇的我看起来非常柔弱，像一朵风雨中的娇花。

在军训的新生大部队到来之前，我和江沅在食堂解决掉午饭，还不忘帮陈墨带了一份。

随后江沅便说："那我送你回寝室吧。"

回寝室的路上，我们要穿过一条地下通道。半路上，我卡住了。不，不是我卡住了，是我的高跟鞋，卡在了下水口的缝隙里。第一下抬脚，没抬起来，再一用力，高跟凉鞋三根细细的带子，直接被我扯断了两根。身子剧烈地晃了一下，我险些没站稳，好在被江沅一把扶住。一瞬间，我脑中闪过歌声："天空是蔚蓝色，窗外有千纸鹤……"

我不想再回忆那个场景了。之前我在江沅面前丢过的所有人加起来，也不及那一幕。最后江沅蹲下身，替我把鞋子拔出来的时候，我眼神空洞，神思恍惚，十分麻木地道谢："谢谢学长。"

江沅举着只剩鞋底的黑色小细跟，沉默了两秒："不然，我背你回去吧？"

我一个激灵，忽然清醒过来。要是让他背我，我的体重，我肚子上的赘肉，我健壮的胳膊，不是全暴露了吗？绝对不行！

我呵呵一笑："没事，我打电话让室友帮我送双鞋子过来。"

五分钟后，陈墨拎着一双鹅黄色的向日葵拖鞋，出现在地下通道里。

我当着江沅的面，脱下另一只高跟鞋，换上拖鞋，维持着我最后一丝优雅和理智："学长，今天就送到这里吧。"

江沅走后，陈墨猖狂的笑声立刻回荡在整个地下通道里："哈哈哈，陆枝枝，这就是你计划好的完美约会吗？"

"闭嘴啊！"要不是看在刚脱了鞋的份上，我差点亲手捂住她的嘴，"说不定江沅还没走远呢！"

回去后，我把那双残缺不全的高跟凉鞋扔了，坐在桌前努力自我安慰："算了，只要我不尴尬，尴尬的就是江沅。"

刚说完，江沅的微信就发过来了："枝枝，你给你室友带的午饭还在我这里。"

看来他一点都不尴尬。我实在是没脸见他了。最后饭是陈墨自己下楼拿的。

回来后，她还特地跑来告诉我："江学长说，让你不要有心理负担，他不觉得尴尬，还觉得你挺可爱，挺真实的。"

可爱。真实。我被这两个词又一次瞬间击中。

陈墨把午饭放在桌上，转头冲我挤眉弄眼："我看，江学长大概率也对你有点想法。"

我死灰复燃，并决定再找个机会约江沅出门。但在此之前，我又要开始减肥了。其实我下巴很尖，眼睛又圆又无辜，哪怕不化妆，这张素颜的脸依旧很能打。但我是个胖子，只胖身上不胖脸的那种。

那天晚上洗澡的时候，我对着朦胧的镜子看了半天，不得不沮丧地承认，世界上就是有我这种怎么努力，都不可能瘦成细腰长腿大美女的人。哪怕我每天跑五公里，哪怕我戒碳水戒到低血糖，哪怕最爱的豆乳茉茉茶，我三个月才敢喝一杯。假如我真是一个体重四十五公斤，腰围26码的美女，刚才那种尴尬的场景下，我就可以顺理成章

扑火

地和江沅发生一些亲密接触了。比如，让他背我，或者抱我回来，甚至干脆顺势靠到他怀里。而不是像现在这样，小心翼翼地避免一切肢体接触，生怕他发现我其实是个胖子。

我开始节食，每天只吃两颗苹果、半根玉米，还要夜跑四公里。才三天，我就饿得头晕眼花，打游戏都手指发软。三天后，去宋宜老师那里汇报课设进度时，我竟然碰上了江沅。

他一看到我就皱起眉头，等我们汇报完出去，他第一时间追上来，问我："枝枝，你脸色怎么这么差？"

"有吗？可能粉底色号选白了——"

我强装镇定地瞎编了个理由，结果刚说完眼前一阵发黑，向身后的墙壁倒了过去。

在失去意识前的最后一秒，我不忘对江沅发出掷地有声的拒绝："别碰我！"

我以为睁开眼我会躺在医院，但并没有。还是在院办公室，只是从走廊转移到了休息室的长椅上，江沅和陈墨都守在旁边。

我醒来，第一句话就是："学长，你刚才没扶我吧？"

江沅沉默片刻："没有，你室友扶住了你。"

我怀疑地看向陈墨。

她猛点头："真的，一见你晕倒，江学长立刻后退一大步，离你起码半米远。"

那就好，那就好。

江沅的神情看起来有些严肃，他问我："你这几天都没吃东西吗？"

"我……我肠胃炎，吃不下。"我垂下眼，心虚地避开了他的目光。

最后江沅从包里拿出一块巧克力给我，又主动把我送回寝室。中午的时候，他还给我送来了一碗热气腾腾的皮蛋瘦肉粥。

"就算肠胃炎，也要好好吃饭。"他把袋子递到我手上，"你都饿瘦了不少。"

我精神一振:"真的瘦了?"

"……真的。"

江沅似乎微不可察地叹了口气。我转身上楼,把那碗粥放在面前的桌上,一边吃苹果一边盯着它看,每一口都咬出了穷凶极恶的气势。

陈墨劝我别折腾了:"万一江学长就喜欢你真实不做作的灵魂呢?"

我难得心头酸涩:"不可能。"

她不知道,我是从高中时七十五公斤的体重瘦下来的,自然知道这个世界上,纤细与美貌才是无往不利的通行证。怎么说呢?现在的我顶着这张脸,发生某些意外时,江沅还能带着滤镜夸我一句可爱。但如果是高中时的我,别说江沅了,就连我自己都想骂一句,丑人多作怪。

过两天就是学校的社团宣传活动,晚上江沅没找我,我也不好意思麻烦他带我上分。我上游戏签到,发现澜哥竟然在线。犹豫了一下,我邀请他进房,澜哥秒同意。我和他待在房间里,相顾无言了半分钟。

澜哥打字问我:"你心情不好吗?"

"弟弟,你不懂。"我深沉地叹了口气,"爱情这杯酒,谁喝都得醉。当然,这个话题对于年仅小学的你来说,还是太深奥了。"

澜哥说:"我懂,身边有很多对。"

现在的小学生都这么开放了?

我大为震惊时,澜哥又问我:"你有喜欢的人了吗?"

你还没到十二岁,问这种问题真的好吗?

"大人的事你少管!"

结果他还无情嘲讽我:"我带你上分的时候,你可不是这么说的。"

"我现在不需要你了,弟弟。"我冷酷无情地回击,"我遇到了一个更厉害的打野,人家不光会玩澜,李白、韩信都不在话下,要不是他现在不在线，我就拉他过来给你见识见识。"

这一次，澜哥沉默了很久。然后他问我："所以，那就是你喜欢的人？"

就因为澜哥这一句话，我飞速下线，落荒而逃。没有别的原因，单纯只是因为他问出这句话时，我脑中自动浮现出江沅那张清俊温和的脸，还有无数有关他的画面，然后心脏就开始剧烈地跳动。江沅认真给我讲代码的样子。江沅的李白丝血四杀，从对面手里救下我的场景……还有那天在阶梯教室，我坐在台下，看着他在台上从容镇定的风华气度。完了，我好像真的喜欢上江沅了。不是见色起意那种，是想跟他共度余生的那种。

意识到这一点之后没多久，我很快又和江沅见面了。在学校盛大的社团宣传活动上，我作为音乐社的副社长，抱着吉他走到我们的位置上，才发现隔壁算法社桌前坐着的，正是江沅。他那张脸往那儿一杵，直接导致算法社学妹报名数量激增。学妹们腰肢纤纤，腿又细又白。

社长顾时一拍桌子："气势不能输！陆枝枝，你给大家唱一个！"

面前像天桥卖艺似的围了一圈人，我低下头，拨了两下吉他弦，唱了我最拿手的一首歌。我自己写的《秘密情书》。第一个字唱出口，我就不可避免地陷入回忆中。高中时，我曾经唱这首歌跟一个男生表白。

结果他听完，跟我说："陆枝枝，你的声音是很好听，但我还是喜欢瘦一点的女孩子。"

这话已经说得很委婉了，但"瘦一点"三个字，还是瞬间把我钉死在十字架上。已经高三，我却开始拼命减肥。早饭减半，过午不食，每天夜跑，不出半个月，我就因为低血糖被送到了医院。

从小在一起玩的表哥专门来看我，叹着气劝我："枝枝，哥体谅你的心情，但你好歹等到高考后。"

见我不说话，他把手里提着的、我平时最喜欢的蓝莓蛋糕放在了我面前，示意我进食。

我沉默良久，才拿叉子切下一大块蛋糕，恶狠狠地塞进嘴里。

高考后的那个暑假，我在健身房里泡了两个月，瘦了三十斤，暂时脱离了曾经那个圆滚滚的胖子形象，离纤细却还差得很远。以至于我意识到自己真的喜欢上江沅后，心头涌上的第一反应不是羞怯，而是恐惧。

江沅所见过的我，是漂亮的脸和被衣服遮住的身材。它们无法拼凑出一个完整的、真实的我，我甚至不敢像小说和帖子里教的那样，找机会给江沅投怀送抱。这个世界永远不会优待胖女孩。

一首歌唱完，我从回忆中抽离，一抬眼，就看到一步之外站着的江沅。他很专心地看着我，眼睛里有什么东西在闪动，好像落进去细碎的星光。

没等我反应过来，他就对顾时说："顾社长，你的副社我借用一下。"

说完，他就向前跨了一步，一把握住我的手。在我剧烈的心跳声中，江沅拽着我往人群外走去。吉他还被我挎在身上，垂手时指尖拨过琴弦，发出铮铮的声响。那一瞬间，无数小说和电视剧里的桥段闪过脑海。

……救命啊，我好心动。

我和江沅艰难地挤出人群，渐渐远离了身后的喧嚣。但江沅一直没有松开我的手。

我张了张嘴："学长，我们这是要去哪儿？"

"请你喝奶茶。"

"为什么？"

他稍微停了一下，转头看着我："因为你刚才，唱了我最喜欢的歌。"

他也喜欢《秘密情书》吗？

就这样，我晕晕忽忽地被江沅拽到了校门外的那家茉沏。熟悉又充满诱惑的甜香扑鼻而来，江沅在那里认真地研究菜单，我于是向他大力推荐我的挚爱，豆乳茉茉茶。

扑火

江沅眼中带着淡淡的笑意，问我："你的游戏昵称，好像就叫这个？"

"对，就是它。"

"好。"他转头对店员说，"要两杯豆乳茉茉茶。"

我挣扎着补上了最后的倔强："三分糖，谢谢。"

五分钟后，我咬着吸管，和江沅一起坐在店里吹空调。

结果奶茶刚喝了两口，他又问我："中午想吃什么？"

我的苹果和小番茄还在寝室里等我呢！

虽然这么想，我却不敢说出口，只能委婉地暗示："我不太饿。"

江沅就当没听到，一边划着手机屏幕一边问我："寿喜锅怎么样？"

我张了张嘴，找借口："……太甜了不喜欢。"

"那小龙坎？"

"太辣了，我上火。"

"猪肚鸡呢？"

"过于清淡了。"

说到最后，我感觉自己像个没事找事的杠精，有点不敢看江沅的眼睛。

他无奈地叹了口气："那你想吃什么？"

我几番挣扎，终于妥协："算了，就猪肚鸡好了。"

我本意是想去喝碗汤就矜持地表示自己吃饱了，结果江沅坐在我对面，抄着公筷，把锅里的鸡块一块一块夹进我碗里。他还操作得很有节奏感，一块刚吃完，下一块就来了。这个鸡，太香了。我终于短暂地放弃了抵抗。最后我吃撑了，靠在椅背上一边消食一边忏悔，江沅又给我点了杯桂花酸奶。我拿小勺舀起一勺酸奶，正要往嘴里送，脑中电光石火般闪过一个念头。不对啊！《秘密情书》是我自己写的歌，今天应该是江沅第一次听到，怎么成他最喜欢的了？这么想着，我就把这事问了出来。

结果江沅十分从容地说："这不是我第一次听。之前，在新生晚会上就听你唱过。"

我的记忆跟着他的话往回倒。一年前的新生晚会上，我的确抱着吉他登台演唱过。那时候，我穿了件淡黄色的碎花棉布裙子，安安静静唱歌的视频还上了学校表白墙和公众号宣传。也是因为这个，顾时向我抛来了音乐社的橄榄枝。

江沅笑意更浓："你唱歌的时候，我就坐在台下，第一排。"

我那时候怎么没发现台下有这么帅一男的？痛失良机！

我正在扼腕叹息，江沅又开口了："所以，阶梯教室那次，并不是我们第一次见面——陆枝枝，其实我已经注意你很久了。"

江沅说完这句话就起身结账去了，留我一个人坐在椅子上，抱着吉他努力思考。他说的那个意思，是我想的那个意思吗？要真的是那个意思，他为什么说得如此委婉？男人，你是在跟我玩欲擒故纵的游戏吗？

回去的路上，我顺口问江沅这顿饭花了多少钱，准备和他AA。

江沅不肯告诉我："如果你想还给我的话，就什么时候再给我唱一遍这首歌吧。"

他把我送到楼下就转身离去，全然不顾这句话在我心里掀起了多大的波澜。再唱一遍？他知道这首歌是用来表白的吗？回到寝室，我放下吉他，对着穿衣镜认认真真地打量自己。这段时间拼了命地节食，已经小有成效。再瘦五公斤，我就能和纤细两个字沾上边了。就在这时，陈墨推门进来。

"陆枝枝，你怎么现在就回来了！"她一声惊呼，我愣在原地。

"我现在不该回来？……那我走？"

"……你少看点没用的梗吧！"

扑火

她举着手机跑过来，点开院群的聊天记录给我看。是谁把我和江沅牵着手挤出人群的照片发在了群里？

"咱们院群里都炸锅了，说做梦也没想到，最后是你陆枝枝把江沅拿下了。"

她说完就收起手机，上上下下打量我："说吧陆枝枝，你俩什么时候背着我成的？"

"……什么成了，怎么就成了？八字还没一撇呢。"

我火速打断了她，并把刚才发生的事情讲了一遍。陈墨的表情看上去很诡异，像是空口吃了半颗柠檬。

"江沅也是个别扭……算了，陆枝枝，男人嘛，都是这样若即若离的，你不妨试探一下他。"

我在王者峡谷里蹲守了三天，终于蹲到了澜哥上线。我提出要跟他绑情侣关系的时候，澜哥沉默了很久很久。

我怕他觉得我对他一个小孩有非分之想，赶紧澄清："我就是借用一下这个名头，真的，姐姐对你没别的意图。"

澜哥终于通过了我的申请。当晚，我和陈墨跟江沅三排的时候，开始了我们拙劣的表演。一局结束，陈墨提出要和我绑亲密关系，并发出做作的疑问。

"咦，陆枝枝，你的情侣关系怎么没了，绑给谁了？"

我故作淡然："哦，我和澜哥绑了。"

房间里安静了三秒，然后江沅开口了，嗓音淡淡："你上次说的那个小学生？"

我竟然忘了，上次我已经不小心把澜哥的真实身份透露给了江沅！

但事已至此，我只能硬着头皮继续瞎编："那都是误会，其实我已经和澜哥见过一面了，你说巧不巧，他正好和我们同城，还是个一米八九的大帅哥，他还请我喝奶茶，吃蓝莓蛋糕……"

我信口胡说了半天，江沅终于有反应了——他笑了。这笑声里带着三分凉薄三分讥笑四分漫不经心。

然后他淡淡道："是吗？"

我斩钉截铁，气势汹汹："是的！"

话音刚落，江沅就下线了。

啊这？他生气了吗？我心头刚窃喜了一会儿，江沅忽然给我发了个微信。

"下楼吧，我在你们寝室楼下。"

我大为震惊："这么晚了你来我楼下干什么？"

他发了个扶猫脸的表情包，然后说："来给你送奶茶和蓝莓蛋糕。"

大晚上的，我怎么可能吃这种热量爆炸的东西！

我正想发过去一句"不用了，你留着自己吃吧"，江沅就说："你下来吧，枝枝，我有件事要告诉你。"

最后我穿着新买的、十分遮肉的桃叶中水手服，披了件小外套就下楼了。出去的时候，我一眼就看到了公告栏旁边站着的江沅。他头顶亮着一盏路灯，光芒流淌下来，把他带着淡淡笑容的脸照得特别好看。他只随随便便站在那里，已经是很耀眼夺目的存在。难免让人觉得自卑，又心生畏惧。

我默默地蹭过去，站在江沅面前，问他："你要跟我说什么事呀？"

尾音上扬，以显示我的活泼可爱。

但江沅显然没感受到我的活泼，只是把手里拎着的东西往前一递："给你的豆乳茉茉茶和蓝莓芝士蛋糕。"

我好心动，但我不敢轻举妄动。我的手在空中犹犹豫豫了半天，终于一咬牙把东西接了过来。

江沅笑了："回去吃掉就早点睡吧。"说完，转身就走。

扑火

我不敢置信："……这就是你要跟我说的事情？"

"那倒也不是。"

江沅转头看着我，眼中有莫名的光："明天你就知道了。"

第二天，我跟陈墨去宋宜老师那里汇报课设进度时，带上了电脑。我对着源码演示讲解了一番，然后忐忑不安地看向宋宜老师。

她推了推眼镜，唇边噙着一丝意味不明的笑："你这个算法模型，是江沅给你的吧？"

我震惊之下不打自招，脱口而出："您怎么知道？"

陈墨在后面猛地拽了一下我的衣摆。但话已出口，覆水难收，我只能看着老师，尴尬而不失礼貌地微笑。

结果宋宜老师不但没生气，反而笑得更灿烂了："因为这个算法模型就是江沅开发的，连数据分析都是他自己出的。不过也正常，让你们大二的学生写算法，确实有点太为难你们了。"

江沅说得没错，老师果然人很好。她甚至还和颜悦色地对我说："江沅很不错的，优秀又谦虚。陆枝枝啊，你眼光真好。"

我晕晕忽忽地出了办公室，好半天才想起来给江沅发消息。

结果他很坦然地承认了："我昨天特地跟宋宜老师说过，而且我自己做的算法模型，给我……想给的人用，不是很正常的事情吗？"

直觉告诉我，江沅本来想说的话，或许和这句有些不太一样。但那句"想给的人"，已经足够让我心动。我下定决心，再瘦五公斤，就跟江沅表白。结果江沅这个人忽然开始天天送吃的投喂我，令我的计划一度搁浅。

这天晚上，江沅又跑来给我送消夜，热腾腾的铁板豆腐。

"南门外的美食街买的。"江沅摸摸我脑壳，目光竟然有些慈爱，"吃完早点休息。"

我快哭了。他怎么老买我每天最想吃的东西啊！

回去后，我扎了块铁板豆腐放嘴里，跟陈墨吐槽："江沅就跟在我身上装了窃听器似的，我下午随口说我想吃铁板豆腐，晚上他就给我买回来了。"

陈墨停顿两秒，意味深长地说："或许这就是心有灵犀吧。"

我站在镜子前，捏了捏肚子和大腿上的赘肉："没办法，节食计划行不通，就只能加大运动的力度了。"

我把每晚夜跑的距离加到八公里，风雨无阻。而且，运动时我穿的运动短裤和短袖都很贴身，将我的身材暴露无遗。为了防止去操场的路上被江沅看到，我每天出门时都要戴上口罩，还要注意一路上四下观察，到了乌漆麻黑的跑道上再摘下来。

昨晚下了雨，操场上湿漉漉的。我发誓，我原本只是想在角落的水泥地上做一下跑前热身。结果脚下一滑，一声惨叫。我当场给大家表演了一个操场劈叉。我疼得眼泪都冒出来了，试图撑着地面站起来，可稍微一动，腿和胯骨就钻心地疼。

旁边已经有热心的小姐姐围过来，问需不需要扶我起来。我强颜欢笑："不用……我学舞蹈的，练基本功呢。"然后艰难地摸出手机，给陈墨打电话："呜呜呜快来救我，我被封印在操场上了！"

"……说人话。"

"我热身的时候不小心劈了个叉，现在动不了了！"

我做梦也没想到，她会把江沅带过来。

而且他们来时，还通知了操场广播站的工作人员，以至于这一片漆黑的角落忽然被高杆路灯照得大亮，广播里还在循环播放："有同学跑步时不慎受伤，请大家远离操场西北角，避免踩踏……"

如果此刻的操场是舞台，我就是聚光灯下最闪耀夺目的女主。本来还没多少人注意到这边，广播一喊，好家伙，全都围了过来。等陈墨带着江沅挤出人群来到我面前时，我已经绝望了。此刻的我，正穿

扑火

着超紧身的短袖和运动短裤，劈着叉坐在地上。强壮的大腿和胳膊，肚子上软绵绵的赘肉，全都清晰地呈现在众人面前。

旁边人群的窃窃私语传入耳中。

"诶，那个摔伤的不是咱们院的陆枝枝吗？"

"她怎么摔伤还劈叉啊，好好笑。"

"原来她一点也不瘦。"

"你别说，我好羡慕陆枝枝啊，你看她身上肉肉的，但脸又小又精致……"

说这些话的人，其实都没有恶意。可我还是深深地对这个世界感到绝望，甚至不敢抬头看江沅的眼神。我苦心经营，拼命想在他面前掩饰的一切，就这样毫无保留地展现给了他。就好像一出排练到一半的戏，演员还没换好装，幕布就已经拉开。江沅会怎么看我呢？他会不会也礼貌地告诉我，陆枝枝，你很好，只是我更喜欢瘦一点的女孩子？

在我深陷绝望的时候，江沅神情焦急地在我面前蹲下，然后问我："枝枝，你还好吗？"

枝枝不好，枝枝非常不好。

"你试着动一下，看能不能站起来？"

我稍微动了一下，疼得钻心，眼泪终于掉了下来："不行，我好疼啊。要不你们打120，找个担架把我抬走吧……"

江沅深吸了一口气，然后跟我说："枝枝，你稍微忍一下。"

接着江沅就一手揽着我的腰，另一手在陈墨的辅助下，小心翼翼地把我从地上抱了起来。

"疼啊——"

不光腿疼，心也疼。江沅抱了我。他公主抱了我，一手揽着我腰上肋骨的位置，一手勾着我的膝弯。

他还跟我说："枝枝，搂着我脖子，小心掉下去。"

从操场到校医院，差不多有九百米的距离。这九百米，我感觉我已经在人世间走了九个轮回。晚上出门前我特意称了体重，五十六公斤。

到医院之后，江沅抱我去看急诊，我整个人已经麻木了："学长，你把我放下来吧，我怕累着你。"

"累什么？你又不重。"他低头看了我一眼，距离过近，那双湿漉漉的温润眼睛好像水洗过一样，闪闪发亮，"再说了，以前又不是没抱过。"他说什么？我仿佛遭遇了一道晴天霹雳。

江沅把我放在病床上，医生过来诊断，又做了两个检查，最后得出结论，说我是大腿内侧的肌肉和韧带拉伤，需要静养，然后给我开了一个星期的住院单。

……真好啊，我又一次靠减肥把自己送进了医院。

我被转移到病房的床上时，已经是深夜了。陈墨和江沅坐在床边，一个帮我拉开被子盖好，一个转身去倒了杯水放在床头柜上。

我抱着破罐子破摔的心情问江沅："你刚才说，你之前还抱过我，这是什么时候的事情？"

总不能是我满月的时候吧？

我刚把自己脑补的乱七八糟的场景从脑中删掉，就听见江沅说："那天在院办走廊，你低血糖晕过去之后，我把你抱到了休息室。"

我不敢置信，痛心疾首地看向了陈墨："你不是说是你抱的我吗？"

她翻了个白眼："拜托了陆枝枝，我那还不是为了配合你俩互相演戏，你也不想想，我怎么可能抱得动你？"

"……好了，你闭嘴吧。"

陈墨很听话。她不但闭了嘴，还转身出去了。临走前，她不忘贴心地带上门，把我俩关在里面。四下寂静，我忽然有点不敢直视江沅的眼睛。

扑火

"……其实我原本希望你自己想通，可是我发现我错了。"江沅有些严肃的声音响起，"有些事情，如果我不跟你讲明白，你就会一直钻牛角尖，把自己给框进去，走不出来。"

我蓦然抬起头，愣愣地看着江沅。他伸出一只手，轻轻搭在我的手背上。

"枝枝，我给你送消夜，请你喝奶茶，都是想告诉你，我不觉得你胖，而且你本来也不胖。按 BMI（身体质量指数）来算，一米六五，五十五公斤，就是再正常不过的标准体重。"

不愧是理工男，安慰人都要用数据说话。这种时候，我居然在想这些乱七八糟的事情。

"身材、颜值、性格，甚至打游戏的技术、写代码的能力——每一项都是你的属性，你不是因为哪一项属性吸引到别人，而是这些属性共同构成的，可爱的你。"

他真的……好会讲情话。

我张了张嘴："你不懂，江沅。其实你现在看到的我，已经是瘦很多之后的了，之前我一百五十斤。"

"我见过。"他忽然打断我，"我见过一百五十斤的你，不妨碍我被你吸引，为你心动。"

仿佛一道惊雷在我脑中炸响。我几乎完全丧失了思考能力。江沅说，他见过一百五十斤的我，也就意味着，他高中时就见过我？可是为什么，我并不记得高中时认识他？

我发出灵魂质问："难道我失忆了吗？"

好吧，其实我并没有失忆。

第二天，在邻市上大学的表哥专门赶来看我，我才知道江沅那所谓的"他见过一百五十斤的我"，到底是怎么回事。

江沅的确见过我，但我也是真的没见过他。因为，他是在我表哥赵瑾手机里见过我。他俩是学校篮球社认识的朋友。当初，我写完那首尚且青涩的《秘密情书》，因为心中忐忑，然后把录下来的自弹自唱的视频发给了赵瑾。第二天，赵瑾跟我说，他觉得我要是这么表白，肯定能成功，我才下定决心行动。

"当初你发来视频的时候，我也正好在场。说实话，我根本没注意到你有七十五公斤，或者注意到了，但我也不觉得这是什么重点。"他说着，忽然往前凑近了一点，认真地看着我，"我只看到，这个在唱歌的女孩子，她好像浑身都在发光。赵瑾跟我说，你要唱这首歌跟一个人表白，但是害怕不成功。我告诉他，如果是我，我一定会马上答应下来，所以他也就这么告诉了你。"

后面的事，就是我表白失败，减肥进了医院。赵瑾来看望我时，江沅觉得非常抱歉，得知我喜欢吃蓝莓蛋糕，特地买了一个，托赵瑾送来给我赔罪。他说其实蛋糕盒底部有张道歉卡片，但我回忆了一下，我好像吃完就把盒子给扔了，压根没注意到有什么卡片。江沅还说，其实我一考上这所大学，赵瑾就跟他说了，我会成为他的学妹。但新生晚会上见过面后，他却迟迟没有来认识我。

"因为……我也在害怕。"说到这里，江沅微微苦笑，"枝枝，我和你一样，我也怕你觉得我是个除了写代码什么都不会，性格很无聊的人。"

我脱口而出："可你还有一张很好看的脸啊！"说完觉得这样可能显得自己很浅薄，又补充了一句，"你还会带我打游戏，你打野那么强，都把我这种菜鸡带上星耀了。"

……完了，好像显得更浅薄了。为了补救一下，我决定澄清上次的误会。

"其实吧，和我绑情侣关系的那个澜，他的确是个小学生，我上回是骗你的。"

江沉沉默了整整一分钟，然后问我："打游戏吗？"

我火速摸出手机上线，结果等了半天，也不见江沉，倒是澜哥在线。

我催江沉："你倒是上线——"

然后当场愣住。江沉的手机里已经传来了游戏的背景音乐。

他叹了口气："你现在才发现这件事，我也是很意外。"

"江沉就是澜哥"这六个大字在我心头反复回荡，刻下了深深的痕迹。然后我马上回想起那天晚上，我和陈墨在江沉面前做作的表演。该配合我们演出的他，视而不见。一米八九的大帅哥，请我喝奶茶，还给我买蓝莓蛋糕。真好啊。我已经算不清这是我在江沉面前社死的第几次了。

"其实这个是我堂弟的号，他的确还在上小学，我答应他，只要他好好读书，我就帮他把段位练到王者。那天晚上，我是在附近的人里看到你的头像，一眼认出你，然后就拉你一起排了。"说到这里，他忽然笑了一下，"没想到，你一口一个大哥，叫得这么热情。"

算了，陆枝枝，算了。只要你不尴尬，尴尬的就是别人。

我在心里疯狂给自己洗脑，然后冲着江沉粲然一笑："大哥，双排上分吗？"

......

其实江沉讲的很多大道理，一点也没有错。原本听不懂的源码，在调试工具的过程里，我一点一点弄懂了。原本菜得要死的我，在一次又一次的峡谷磨炼中，变得越来越像一个合格的辅助。原本自卑又怯懦的我，在他数据和情感的双重论证下，忽然不那么在意我的赘肉了。他是能让我变得更好，更从容的人。我真的好喜欢江沉啊。

一周后，我的伤好得七七八八，办了手续出院。江沉来医院接我。已经是黄昏了，天边铺开一片暖洋洋的橙红色，把气氛烘托得特别暧昧。我们往寝室楼走的时候，路过了操场，老远我就听到从那边传来的音乐声。

"之前听说过，今天好像有独立乐队过来免费演出。"

我眼睛一亮，拉着江沅往操场走："我们过去看看吧！"

台上果然是一支乐队在演出，音乐很躁，长发的吉他手一边弹琴一边疯狂甩头发，全场都跟着他一起蹦。江沅按住我的肩膀，把我固定在地面上。

"别跟着跳，你腿还没好全呢。"

一首歌唱完，音乐声停了，吉他手微微喘着气："大家已经跟着蹦了三首啦，我们先休息一会儿吧。"

这是最好的机会。我眼睛一亮，挣开江沅的手，往台上走去。

吉他手疑惑地看着我："妹妹，你这是……"

我问他："我今天没有带琴，可以借你的吉他用一下吗？我有首歌想唱给一个人听。"

他脸上瞬间出现了悟的神情，摘下吉他递给我。我夹好变调夹，目光从台下的人群中准确找到江沅。他真的好耀眼。这么夺目的人能喜欢我，大概证明我也并不是那么一无是处吧。

我清了清嗓子，对着面前的麦克风道："我想唱一首我新写的歌，给我喜欢的男生，他叫江沅。我想跟他说，两年前，你听过我给另一个人唱的《秘密情书》，现在我要给你唱，专门为你写的——《世纪情书》。"

这几天在医院里，我写完曲子，还一气呵成填了词。这首歌盛大又热烈，像是夕阳下的我和江沅。唱到最后，全场都沸腾起来。

我站在舞台上，盯着台下江沅的眼睛："江沅，我喜欢你，来做我的男朋友吧，好不好？"

他微微仰起头，于千万人中看向我，笑容同样很灿烂，然后大声对我说："好呀。"

扑　火

　　"姐姐，我迟早要死在你床上。"

　　他嗓音里带着欲海沉浮后的沙哑，或许还有一丝甜越发腻的缠绵。顾扬天生就眼泛桃花，再配上他那张染上几分色气的俊俏脸颊，能迷倒一大片同龄女性和年纪更小的少女。我正在穿衣服，白衬衣已经被揉皱弄脏，不能穿了，我顺手丢在脏衣篓里，又从衣柜里拽出一件 T 恤。

　　"什么死啊活啊的，好端端的，别说这种话。"

　　套好 T 恤，我顺手倒了杯威士忌给自己，兑了苏打水，又去冰箱里翻冰球。

　　顾扬在我身后嚷嚷："你别找啦，我昨天喝可乐的时候全加进去了。"

　　"用了不知道冻上新的？"我回头瞪了他一眼，索性连酒也不喝了，重重地将杯子蹾在桌上，把他胡乱丢在地上的衣服捡起来，丢到他身上，"赶紧穿衣服，走人。我还有个方案要做，今晚没空伺候你。"

　　"姐姐，你怎么睡完就翻脸不认人啊？"顾扬抓了把乱糟糟的头发，委屈地坐起来，"工作可以明天再做啊，我后天就要去外省集训了，接下来半个月都见不到你。"

我已经打开电脑，闻言嗤笑一声："我倒想明天做，你爸能同意吗？"

"所以我就说，把我们的事告诉他嘛，免得你天天这么辛苦！"

"可别。小少爷，我是凭实力站在这里的，让你这么一嚷嚷，倒像我靠睡老板儿子上位似的。"

"砰"的一声巨响，顾扬已经踢翻了小木凳，气冲冲地站在了我面前，眼圈红红的："姐姐，你每次都这么说。在你心里，我们到底是什么关系啊？"

我在心里叹气。还能是什么关系，床伴啊。这事，我本来以为顾扬心里是明白的，然而最近一段时间，他非拽着我去看一些无聊的电影，又要去游乐园和海洋馆，还给我买棉花糖、写情书。我不由开始怀疑，这小孩是真的想跟我谈恋爱。

顾扬今年十九岁，刚上大一，是我们公司老板的儿子。我把他睡了这事，从一开始就存了点报复心思。报复他爹顾正阳总是借着工作的由头，有意无意地拍我的肩，摸我的腿，戳我的腰，说点荤话，送点珠宝。为了表明我并不想当一个成年男性的后妈，我只好跟顾扬发展点其他关系了。

刚进这家公司，是我硕士毕业那年。那年我二十五岁，从上百位面试者中脱颖而出，还谈到了五十万往上的年薪，足够我在这座一线城市活得滋润，只要我不接济家里。

十五岁那年，爸妈生了弟弟，还是一对双胞胎。他们打的算盘特别好："秦昭，再过七年你大学毕业，到时候我和你爸也老了，你两个弟弟上小学，正好你负责。"

我把家里人的电话号码全部拉黑，无视了我妈"你两个弟弟都上不

扑火

起学了"的哭诉，以及我爸"像你这种冷酷恶毒的女人根本没人会娶"的诅咒，将他们从好友列表里移除。之前，我把户口从家里迁出来时，给了他们二十万的买断费用。从那时候起，我就当自己没爹没妈了。

工作后的第二个月，因为拿出的方案给公司带来了数百万收益，我提前转正，并于一年后晋升项目负责人。如果不是老板顾正阳，我的职场之路大概会一直顺风顺水、扶摇直上。

顾正阳虽然年纪不小了，但人保养得很好，身材不错，衣品又好，看着很显年轻，好像才三十岁出头。公司里不少单身的姑娘，对他都有那么点想法，除了我。我不傻，一个四十多岁的男人借着酒劲，对二十五六岁的姑娘倾诉心事，说自己妻子病逝后独自抚养儿子长大，有多么寂寞和辛苦，而他本人又是多么洁身自好——这意味着什么，我很清楚。

顾正阳喜欢我，这种喜欢里，情欲的成分要远远高过单纯的心动。但我不愿意，尽管答应他的话，我的路可能会走得更顺。成年人都知道分寸，他也不逼我，毕竟除去年轻貌美之外，我同时还是个很好用的、能给公司创造收益的员工。所以他一边正常给我安排工作，一边继续撩拨我，送礼物、制造肢体接触、试探我的底线。我烦不胜烦。

直到那天下午，顾正阳出差前扔给我一把车钥匙，让我去接他儿子回家。我把车开到本市最好的大学门口，找了一圈，没找到顾扬，只好给他打电话。

连打了七个他才接，语气里透着一股不耐烦："谁啊？"

"顾扬，我是你父亲公司的员工，他让我来接你回家。"我保持着公事公办的冷漠语气，并在他开口之前及时截住接下来的话，"报个地址，不然我会去你们学校的广播站和论坛发布寻人启事。"

我在大学附近的酒吧里找到了醉醺醺的顾扬。灯光昏暗，音乐放得震天响，台上几个大学生扯着喉咙在唱老王乐队的《我还年轻，我还年轻》。我穿过躁动的人群，从沙发上捞起顾扬。他穿了件黑色卫衣，留着毛茸茸的短发，戴着钻石耳钉，轮廓深邃。一双眼睛里雾气朦胧，眼尾狭长，又因酒意染上微红，嘴唇也是艳红的。原本顾扬还赖着不肯走，我砸了个酒瓶，才唬住旁边那群起哄的小孩，把人拖走了。顾扬个头高，我好不容易把他弄进车里，汗已经湿了后背。

循着导航开到顾家别墅门口后，他忽然凑过来，靠在我肩头嗅了嗅："姐姐，你身上好香。"

人的欲望与恶念本就是一瞬间出现的。在这辆车上，顾正阳曾经借着谈完生意送我回家的名义，隔着裙子在我大腿上轻轻摩挲。他的拇指上戴着一枚昂贵的帝王绿扳指儿，通透润泽，只这一枚，就够我五年的薪水。他是故意的，似乎儒雅随和，但胜券在握。

而如今，我和他儿子坐在这辆车上，天色漆黑，车灯昏暗，酒气蔓延，气氛正好。我勾了勾唇角，解开安全带，伸手拆了头绳，任由柔软微卷的长发散落下来。我捧着顾扬的脸，准确无误地找到了他的嘴唇，若即若离。等他实在忍无可忍，打算反客为主时，我又飞快退开一点，看着他的喉结上下滚动。

顾扬很年轻。年轻……也就意味着精力旺盛。一开始是我勾引他的，可到了最后，反倒是我被他引导着，几乎浮沉着迷失在欲海中。顾扬的确喝醉了，浑身滚烫，脑袋像小狗一样在我面前拱来拱去。

我咬着嘴唇推开一点，他又吻着我的耳垂，反复地叫："姐姐，姐姐……"

他的身上带着年轻男孩特有的气味，清新，迷人，此刻深陷情欲，格外令人心动。

第二天上午，我在顾扬的卧室醒来。他还在睡着，一条胳膊搭在我胸口。昨晚喝了酒，又折腾了半夜，他睡得很沉。我把他的胳膊挪开，小孩也只咕哝了一声，没什么大反应。

顾正阳给我打来了电话："秦昭，小扬昨晚没给你添麻烦吧？"

"没有。"大概是昨夜太过放纵，一开口，我才发现自己的声音沙哑得厉害。

顾正阳低笑一声，声音忽然带了些温柔缠绵："小昭，你别这么跟我说话，我会误会的。"

呵呵，你慢慢误会吧，反正我睡的是你儿子，不亏。我在心底冷笑一声，挂了电话。

顾正阳很快又发了微信过来："诚基那个招标方案最后一版，你再发我一份备用。"

我盯着消息，半晌没作声。顾正阳总是这样，在工作和私事的状态里随意切换，他倒不介意，却把我的生活搅得混乱不堪。上一次，我去他办公室送文件，他手指从我手背缓缓划过，就让突然闯进来的前台看了个正着。后来公司里关于我的流言纷纷扰扰，什么难听话都有，还是我去说了软话，又请他吃饭，他才肯出面将流言澄清。他终究长我很多岁，论手段，我敌不过他。可他的公司又是行业龙头，如果我辞职去别的地方，很难再拿到这么高的薪水。

我有些出神，光着两条腿在床下站了一会儿，身后忽然传来顾扬的声音："……姐姐？"嗓音里带着几分刚清醒的惺忪。

我收敛心神，转头看着他，笑笑："你认识我是谁吗？"

顾扬点点头，揉了把凌乱的短发，跳下床，去浴室洗澡："你昨晚说了，你是我爸公司的员工。"

他的镇定令我微微意外。原本以为顾扬醒来后肯定会质问我昨晚的事，我连借口都编好了。不过想到昨晚在酒吧里看到的场景，我倒有些明白过来。现在很多小年轻玩得比大人开放多了，而顾扬作为典型富二代，大概早就习惯这样的一夜情了吧。这样也好，大家心照不宣，玩完就算，各不相干。

我换好裙子，踩着高跟鞋，出门前跟他挥了挥手："再见。"

然而，我万万没想到，刚上车我就接到了顾扬的电话："你去哪儿了？"

我懒懒道："打车回家啊。"

真要命，白衬衣让这位小少爷揉得皱皱巴巴。我不由反思了一下，昨晚确实过于放纵了。但我好像也真的有些……食髓知味。

顾扬好像有点生气："你就打算这么走了？"

我笑起来："怎么，你还想跟我再来一次吗？"

电话那边沉默下来，片刻后，顾扬的声音传进我耳朵里，冷冰冰的，有点像他爸顾正阳："让你的车停在原地等我。"

我这个人，吃软不吃硬，当即冷笑一声，挂了电话，对司机道："继续开。"

但不知道顾扬从哪儿弄到了我的地址，过了两天，早上我出门吃早饭，一开门就看到他蹲在我家门口。听到声音，他抬起头来，嘴唇冻得发白，湿漉漉的眼睛里显出几分无措和委屈，像是被主人抛弃的大狗。

"姐姐。"他说，"我在你家门口等了好久。"

我以前约过不少人，但大都是同龄人，大家是社会里磋磨过的，很知道分寸，完事发现没有长久合作的打算，就自觉地彼此人海告别。像顾扬这样不依不饶的年轻小男孩，我还是第一次遇到。

我叹了口气，在心里抱怨自己给自己惹了个麻烦，冲他伸出一只手："走吧，带你吃早饭去。"

顾扬人长得高，饭量也大，连吃了四根油条、两碗豆腐脑才放下筷子，又目光灼灼地望着我，身后好像有根尾巴在摇。

我只能把人又带回家，然后认真地问他："你是不是想跟我继续

扑火

那天晚上的事？”

他顿时红了脸，支支吾吾了半天，最后才很小声地应了一声。我思考了一下，顾扬技术过关，天赋异禀，和他长期保持关系也可以。最重要的是，他是顾正阳的儿子。顾正阳虽然为人风流，但对这个儿子很是看重。而且他向来傲慢，认定了我逃不出他的手心，所以才像猫捉老鼠那样慢慢逗弄我。对他来说，看着我焦躁不安却无可奈何，大概是天大的乐趣。在他眼皮子底下跟他儿子亲密无间，想想就爽。

想到这里，我慢慢笑起来：“好啊。可是我明天还要上班，今晚不能留你，我们现在就开始吧。”

等这一场漫长的情事结束，时间已经过了中午，我去浴室洗了澡，随便套了件睡裙出来，才发现顾扬还赤裸地睡在沙发上。

“你去洗澡吧，洗完可以走了。”我毫不留情地赶人。

顾扬委屈地看着我：“姐姐，我饿了。”

“……”

“要是没有吃的，吃你也可以。”

“……”

我转身往厨房走去，边走边说：“我给你弄点吃的，吃完你赶紧走。”

冰箱里还有前两天剩的吐司，我简单做了个三明治递给顾扬。

他用叉子拨了拨盘子里的面包片，抬起头看着我：“姐姐，你平时就吃这些吗？”

我仰头灌下一杯酒，淡淡道：“是啊，怎么了？”

“下次我来给你做饭吧，好不好？我厨艺很好的。”

我愣神了片刻，等回过神，也没说好或不好，只让他吃完东西快点走。顾扬又在沙发上磨蹭了好一会儿，抓着我的手指亲了又亲，最后才依依不舍地走了。人是走了，但消息一条接一条地发。

"姐姐，我到家了。"

"姐姐，我准备去上早课了，你记得吃早饭。"

"姐姐，几天没见了，好想你。"

"姐姐，晚上七点有校篮球赛，我是小前锋，你要不要来看？"

我从没见过这么黏人的，一时很不能适应，原本想拒绝，但顾扬紧接着发来一张照片，是他穿着蓝白相间的球衣靠在篮球架上，笑得神采飞扬。我的心蓦地一软。

下班后，我把工作安排好，开车到了顾扬他们学校。路上有些堵车，等我到时，比赛已经开始了一小会儿。顾扬人高腿长，偏偏又灵活，与队友配合拿了不少分。我到场边时他刚投进一个球，在全场的欢呼声中，他淡淡笑着转过身，目光扫过场边的我时，眼睛忽然亮了起来。

"姐姐！"他冲我用力挥了挥手，很快又投入比赛中。

我看着顾扬打球，一时之间有些恍惚。我的大学生涯被学习和兼职填满，像这种充满青春活力的比赛活动，我从来没参加过。而此刻晚风拂面，球场明亮的灯光照在脸上，恍惚间竟令我回到了曾经缺失的青春时光。比赛结束，顾扬所在的队伍以绝对优势获胜了。

他第一时间跑到我身边来，邀功似的问我："姐姐，我厉害吗？"

我笑着点点头："厉害。"心里却想，那天在我家客厅的沙发上，顾扬额上的汗水滴落在我肩头时，他也问过这样的话。

明明是眉目俊朗的男孩子，偏偏有一双格外勾人的桃花眼。这样的组合在他脸上并不显得违和或突兀，反而越发出挑。因此，学校里喜欢他的小姑娘应该不在少数。刚才他向我跑过来时，就先后拒绝了两个送水送毛巾的小姑娘。两个人委委屈屈地站在那边，又不时往我们这里望。

扑火

顾扬视而不见，只是望着我，有些小心翼翼地问："姐姐，今晚我能去你那里住吗？"

我顿了顿："……你明早没课？"

顾扬特别委屈："明天周六。"

没日没夜地加班赶方案，已经忘了日子。我原本还想问顾扬周末不回家吗，随即想起顾正阳今天刚出差回来，顿时没了询问的念头，反而笑道："好啊。"

顾扬立刻雀跃起来。正好这时候与他同队的几个男孩勾肩搭背地走过来，顾扬回头去说了几句什么，几个小孩吹着口哨，笑起来："顾扬，约会去啊？行了，替你兜着，放心吧。"

就这样，我开车把顾扬带回了家。中途他接到一个电话，顾正阳的。不知道顾正阳在那边说了什么，顾扬特别不耐烦——

"知道了，我又不是小孩了，用不着你管这么多。"

"打球啊，还能干什么。"

"还有事，先挂了。"

顾扬挂了电话，我斜睨了他一眼："你爸关心你呢，你干吗这种态度？"

"关心我？"顾扬皱起眉毛，似乎很不开心，"他要是真的关心我，当初就应该好好照顾我妈，不至于让她走得那么早。"

提到早逝的母亲，他眼圈有点红。在公司其他员工的八卦中，我早就了解了顾扬的家庭情况。据说他母亲是书香门第出身，下嫁给顾正阳，陪着他白手起家。公司好不容易走上正轨，她却病倒了，查出来的时候已经是癌症晚期，撑了两年就走了。她走那年，顾扬只有九岁。我不知道怎么安慰顾扬，只能趁着红灯腾出一只手，安抚似的拍拍他的肩膀。

顾扬的眼圈更红了："我妈走后没多久，他就领着新的女人回来了，没多久又换，身边的人就没断过。我讨厌他，也讨厌那些不检点、不知羞耻的女人！"

我心说可别了吧，小少爷你自己又能好到哪去，面上却笑道："这么说，你也讨厌我了？"

顾扬愣了愣，看着我急声道："怎么会！姐姐，你跟她们才不一样！"

我把车停好，先一步下了车，往楼门内走去，顾扬急忙追过来，反复解释："姐姐，我不是说你，你和她们不一样，我喜欢你……"

开了门，我伸手按亮客厅的灯，转身拉上房门，顺便将顾扬圈在我臂弯之内，微微仰起头，亲了亲他的下巴，轻笑道："那都不重要，弟弟，春宵苦短，我们还是做点该做的事情吧。"

第二天醒来，我发现顾扬给我做了早餐。一个煎得有点煳的煎蛋，忘了放糖的牛奶冲麦片。

看着他满是期待的眼神，我到底是艰难地把东西咽了下去，又从抽屉里翻出一个游戏机扔给他："你先玩一会儿，我出门买菜。"

顾扬连忙道："我跟你一起去！"

我扶住额头。他真的好黏人。

顾扬委委屈屈地看着我："姐姐，你不想带我一起去吗？"

"去吧，去吧。"我破罐子破摔，"你正好来帮我拎东西。"

"好！"顾扬开心地从沙发上蹦起来，不知道的还以为我不是叫他拎东西，是给他送东西。

我和顾扬推着车走在超市里，我正在货架前挑牛奶，耳边忽然传来熟悉的声音，夹杂着一丝惊喜："秦昭？"

顿了顿，我转过头，果然看到一张熟悉的脸，五官俊俏，眉目含情。我研究生时期的前男友，周维年。比起顾扬，我和周维年之间的纠葛要复杂太多。付出过真心，也有过成年人之间满是张力的博弈。

分手那天，周维年吻了吻我的脸颊，笑得冰凉："秦昭，你不可能遇到第二个像我这么爱你的人了。"

我推开他，轻轻地笑："我知道，但我们都更爱自己。"

我和周维年，是因为一场兼职认识的。彼时我正为下个月的生活费和排满的课表发愁。自从上了大学，父母就不再管我，一切生活支出由我自己解决。然而分了小专业后，学习越发紧张，兼职和考试堆在一起，几乎快把我逼疯了。雪上加霜，我被兼职家教的两家人同时辞退了。周维年就是这个时候出现的。他以高于市场价不少的价格，请我去给他上高一的妹妹做家教。那年圣诞，我和周维年借着酒劲滚了床单。酒店房间里灯光昏暗暧昧，他在我身上看着我，眼中满是情欲的暗光。

我伸手勾着他脖子，轻笑："两清了？"

"哪有这么容易？"他轻哼一声，低头啃我的脖颈，哑着嗓子道，"秦昭，我们试试吧。"

我和周维年在一起了。他的确对我很好，每一个节日都不忘送我昂贵的礼物。我相信他是喜欢我的，只是这种喜欢，建立在不影响他自己的前提下。他能付高价聘请我做他妹妹的家教，却不能接受我一直锋芒毕露下去。

在他提议我去他家里公司帮忙，却被我又一次拒绝后，周维年面色不虞，淡淡道："秦昭，你要再这么下去，是在消磨我对你的爱。"

"哦。"我笑得轻巧，"那就分开吧。"

我和周维年做事，一个比一个绝，说分手，就真的再也没联系过。三年没见，没承想，倒是今天赶巧碰见了。

我还没反应过来，顾扬已经挡在我身前，警惕地瞪着周维年，口中的话却是问我的："姐姐，他是谁？"

"小昭，你离开我之后，挑人的眼光越来越不行了。"周维年唇边噙着一丝笑，眼底却一片冷意，"这小弟弟，成年了吗？"

顾扬面无表情，冷冷地说："和你有什么关系？"

他回身来牵我的手："姐姐，我们走。"

我没动。顾扬愣了愣，眼中忽然翻涌出零星的狠意，又很快沉了下去，换上我看了无数次的委屈，声音里带着一丝难过："姐姐……"

我安抚似的拍拍他的手，接着抬头对周维年道："用不着你操心，我现在就喜欢年轻听话的。"

周维年笑意不变："秦昭，我是没想到你也有养小奶狗的一天。"

闻言，顾扬转过头，理直气壮道："关你屁事！我就喜欢吃姐姐的软饭，怎么了？"

周维年终于变了神色，他见我不反驳，权当默认，于是淡淡垂下眼，片刻后又抬起，从货架上拿起一瓶牛奶，放在我面前的推车里，柔情蜜意道："小昭，我记得这是你最爱喝的牌子。你一直缺钙，要记得按时喝牛奶，少喝点酒。"说完，毫不犹豫地走了。

顾扬被气到了，他把那瓶奶拿出来放回货架上，又换了瓶新的，这才跟着我去结了账。

回家后，我在厨房飞快地做好午饭，喊顾扬来吃："来吧，吃软饭了。"

他夹了块排骨放在碗里，没吃，只是犹豫地抬眼看我。

我挑挑眉："你想问什么？"

顾扬问："姐姐，那个人……到底是谁？"

我没想到他竟然这么在意周维年的事情，诚实道："前男友，已经分手挺久的那种。"

"……姐姐还喜欢他吗？"

我想了想："喜欢过吧。"

扑火

顾扬抿了抿嘴唇，低下头去安静吃饭，不再说话，只是神色有些晦暗不明，令我一时捉摸不透他在想什么。

顾扬在我这儿住了两天，到第三天时，学校有课，他不得不回去住了。临走前依依不舍，非问我要告别吻。我亲了亲他温热的脸颊，嘴唇正要离开时，忽然被他攥住下巴，堵着我的嘴唇来了一个绵长而湿润的吻。

他好不容易松开后，又在近在咫尺的地方凝视着我的眼睛，轻声道："姐姐，我会想你的。"

我在心里叹了口气，违心道："姐姐也会想你的。"

顾扬眼睛亮了亮："真的吗？"

"真的。"

当然是假的。他在的这两天，黏人得不像话，我手里堆了一堆没完成的工作，就等着他离开后加班加点地做。原本早就该开口赶人的，可我看着顾扬那双湿漉漉的眼睛，竟然怎么都说不出重话来。

第二天一早，我把熬夜做完的方案交给顾正阳，他低头翻了两页就抬起头来，笑着说："秦昭，你的工作能力，我向来放心。"

我抿了抿唇："顾总还是仔细看看吧，这方案是和春景那边竞标的，几个关键的数字我都标了出来，但我没摸清他们的底细，具体数额需要开会再商讨。"

顾正阳点点头："会议你来组织就好。"

我应了声，转身出门，手刚搭在门把手上，顾正阳忽然在身后叫我。一回头，我便听到他笑着问："小昭，你这两天是谈恋爱了吗？"

我手下紧了紧，淡淡笑道："怎么会？我还年轻，想多为自己拼两年。"

"我就知道，你懂分寸，知道什么事该做，什么事不该做。"

顾正阳笑得慈眉善目，我却恶心得有点想吐。

下班回家的路上，我接到了一个陌生号码的来电。电话接通后，那边传来两道熟悉的聒噪声音："姐姐。"

不是顾扬，是我那两个刚满十岁的双胞胎弟弟。我不喜欢他们。我知道，他们也不喜欢我。

但此刻却听从爸妈的暗中指挥，在电话里违心地倾诉衷肠："姐姐，我们好想你啊，下个月你会回来看我们吗？"

"不会。"我面无表情地说，"我不认识你们。"

电话那边安静了几秒，随即传来我妈的破口大骂："你白住我家的房子这么多年，小宝和小文可是你亲弟弟啊！你在大城市吃香喝辣，就眼睁睁看着你亲兄弟在小地方受苦？白眼狼，没良心的东西……"后面跟着一连串不堪入耳的脏话。

我安静地听完，语气依旧平静："我录音了，如果再打过来，我不介意去网上曝光你们。"

说完，我挂了电话，改变方向，向酒吧开去。灯光迷离，我坐在角落的桌前喝了两杯龙舌兰，渐渐觉得有些头晕，撑着脑袋，怔怔望着前方，任由失焦的目光落在虚空处。这酒的后劲很大，我摇摇晃晃地站起身，又重新坐下去，拿起手机。鬼使神差地，我拨通了顾扬的电话。他来得极快，不出半小时就赶到了这里，挺拔如一棵小白杨的少年站在酒吧门口，立刻引来不少人的窥视。他视而不见，目光扫视一周后，径直向我走来。我醉眼蒙眬地望着他。

顾扬蹲下身，平视着我的眼睛，语气顿了顿："……姐姐，你眼睛好红。"

我笑了笑，将手搭在他肩上，轻声道："带我回家。"

顾扬把我抱出了酒吧，打车带我回家，醉意翻涌，我难受地靠着他的肩膀，直到进了家门，他小心地把我放在沙发上，正要起身，忽然被我勾住脖颈，吻了上去。

灼热的气息喷吐在耳畔，顾扬眸子越发深沉，我细细地吻着他，低声道："弟弟。"

"姐姐，我在。"

"你喜欢我？"我问。

顾扬目光颤了颤，最终道："喜欢。"

骗人。大概是逢场作戏的次数多了，竟练得一身好演技。小男孩眼神真挚，可满口谎话。我与他第一次见面，就在回去的车里睡了。从前他都不认得我。这样的关系，能有多喜欢？

我闭上眼，将眼底情绪尽数敛起："好啊，让我看看，你有多喜欢我。"

没有人天生薄情寡义。小时候，母亲抱着我，说她喜欢我。我很高兴，说我也喜欢妈妈。她说："你不用喜欢妈妈，但你得喜欢弟弟，堂弟、表弟，还有你未来的亲弟弟……秦昭，他们都是你的家人，你要不计回报地帮助他们、爱护他们，记住了吗？"

后来，周维年也说他喜欢我。他说："小昭，你这样一直针锋相对，我怎么受得了？别闹了，我总不会亏待你。"后来发生的事情，我完全记不得了。我酒量不错，很少喝醉，但每次醉后就会忘事。

第二天醒来，顾扬已经不见了，我躺在沙发上，身上盖了一床毛毯。我有些头疼地爬起来，给自己倒了杯温水，一饮而尽。就在这时，门口忽然传来敲门声。我随手抓起一件外套披上，走过去开门。笑容灿烂的顾扬站在门口，身边还放着一个巨大的行李箱。

我和顾扬就这样开始了同居生活。起先我不愿意，但顾扬好像瞅准了我吃软不吃硬的本质，扯着我袖子撒娇卖乖，甚至硬挤了两滴眼泪，我只能同意下来。他把箱子拖到卧室里，拉开衣柜，把自己的衣服一件件挂进去。我这才发现，顾扬其实不太像传统意义上的富二代。他买的衣服，全是那种软乎乎的卫衣，穿在身上，像一只毛茸茸的大狗，垂眼坐在沙发上打游戏时，一点侵略性都没有。

我租的是一室一厅的小公寓，顾扬便很自然地和我睡到了一张床上。小男孩倒不爱打呼噜，只是睡觉的时候总喜欢往我身上黏，灼热的气息喷在我耳畔。我也不是什么正人君子，摸摸腹肌，蹭蹭喉结，不知不觉就滚到了一起去。

顾扬才大一，专业课还不是很多，大部分时间睡在我这里没有问题，只有哪天有晚课的时候，才会依依不舍地同我告别，还会安慰我："姐姐你别想我，我就回去一天，很快就回来。"

这几天，公司竞标赢了春景，拿下了永昌那个大项目，顾正阳做主，批给身为负责人的我一笔不菲的奖金。加上之前存下的钱，正好能买下我现在租住的这间公寓。一个人漂在这座城市里，好像只有房子能给我最大的安全感。

我心情好，也就配合他演戏："好，姐姐在家做好饭等你。"

在做饭这件事上，顾扬尝过我做的菜，就再也不好意思说自己厨艺好了，倒是问我："姐姐，你厨艺明明这么好，为什么不好好做饭吃啊？"

我笑得很冷淡："我不喜欢。"

顾扬好像看出了我心中的不快，没有再说话。只是那天晚上，我加班回来，看到他坐在桌前，面前是两个冒着热气的盘子。最简单的两道菜，但已经让他原本修长好看的手出现了不少伤痕。

我愣了一下，顾扬已经抬起一只手："姐姐，我照着美食博主的教程学的，你尝尝。"

餐桌上有一盏流光溢彩的灯，光芒落进他瞳孔里，像是闪烁的星星。平心而论，顾扬做的菜真不太好吃。但它却莫名将我千疮百孔的

扑火

心脏填补了一些，与此同时，又催生出其他晦暗不明的情绪。我下意识想要逃离。

晚上，我洗完澡出来，看到顾扬坐在桌前，戴着耳机，一边看手机一边在纸上写东西。凑过去一看，才发现他在对着视频教程写菜谱，连几克盐几粒蒜都要记下来。我觉得很好笑，可心底深处又泛开一片熨帖的滚烫。然后倒了杯酒，把冰球丢进去，坐在床边饶有兴致地看着他写。

不知道过了多久，顾扬丢下笔，转过身来，正好撞上我的目光。他惊讶地叫了一声"姐姐"，然后喉结动了动，眼神忽然暗下去。我故意换上轻薄的半透明吊带睡裙，故意没有擦干身上的水就穿了衣服，故意晃着酒杯，让冰冷的酒液沿着脖颈缓缓淌下，故意赤裸着一双雪白修长的腿搭在床沿。

顾扬走到我面前，我仰起头望着他。即便从这个角度看，他的脸依旧好看。利落的下颌线条，紧抿着的嘴唇。

顾扬不笑的时候，其实和顾正阳有一点像。就是这点相似，会让我对他产生下意识的厌恶和抗拒，实在因为顾正阳之于我，意味着太多不堪的、龌龊的记忆片段。但我已经学会了演戏，心里越恶心，脸上笑得越勾人。我扯着顾扬的衣襟，迫使他一点点弯下腰来，吻着他的嘴唇，把冰冷的酒液一点点渡过去。顾扬的眼神越发幽深，他黏糊糊地、一声又一声地在我耳边喊"姐姐"。

"姐姐，我会死在你床上的。"他说。

我闭着眼睛，把带着眼泪的笑咽回去，低声说："不会的，弟弟。你这么好，姐姐舍不得你死。"

就是这样。唯有沉沦在单纯荷尔蒙带来的生理欲望，能让我产生巨大的安全感。人可能会背叛其他任何人类，唯独不会背叛自己的欲望。不知道过了多久，我终于从欲望的深海中抽离，软绵绵地躺在床上。顾扬却忽然起身，走了出去。没一会儿，他端回一杯牛奶。

"姐姐，喝了奶再睡。"顾扬说完，顿了顿，又补充了一句，"我在柜子里发现了你的药和体检报告，缺钙是该多喝牛奶的。"

我沉默了很久，接过牛奶一饮而尽。为什么会缺钙？在十八岁自己会赚钱之前，我没有尝过牛奶的味道。青春期那几年，我像雨后的竹笋一样拼命向上长，可是营养不够，于是就瘦得很夸张。每晚蜷缩在客厅那张狭小的弹簧床上时，我好像能听到自己的骨骼和关节在空洞作响。我把牛奶杯放在桌上，伸手关了灯。

顾扬站在一片黑暗里，轻轻喊了一声："姐姐。"

我躺下去，闭上眼睛："睡吧。"

顾扬好像察觉到了我的情绪。第二天早上我醒来，他已经不见了。一起消失的还有他的书包和电脑，梳妆台上放着我给他的备用钥匙。我在空荡荡的卧室里发了会儿呆，然后很镇定地去热了吐司片，吃完去上班。整整三天，顾扬没给我发过一条消息。正好新项目开始，我忙得要命，很快把杂念抛诸脑后，每天泡在公司盯进度，加班到深夜才开车回家。

到家的时候，已经是凌晨一点。走出电梯，我一眼就看到靠在墙边、微微垂着头的顾扬。许久没剪过的头发有些长了，垂落下来，遮住半边侧脸。听到动静，他转头看着我，眼眶发红，脸色微白，目光里带着一点零星的委屈。我沉默地和他对视了片刻，面无表情地走过去，拿出钥匙，开了门。

顾扬跟在我身后，走了进来。我刚踢掉高跟鞋，转过身，灼热的吻就贴了上来，急促又热烈。他咬得我发疼，我轻哼了一声，但他没有任何放轻动作的意思。我闭了闭眼，用力推开他，按亮身后的顶灯开关。骤然亮起的光里，顾扬踉跄着后退两步，目光沉沉地望着我，眼睛里全是隐痛。

"姐姐。"他哑着嗓子说,"这三天我没有找你,你有想过我吗?"

我沉默。顾扬眼中闪过一丝狠意,而后他突然往前走了一步,打横抱起我,往卧室走去。

"姐姐,你不用回答我,我知道你不想说。"

第二天,我的脖子上多了几处显眼的吻痕。床上的顾扬仍然沉沉睡着,我穿好衣服,默默地看了他一会儿,这才起身去上班。

项目进度暂告一段落,再加上第二天就是小长假,今晚倒不用加班到很晚,下班后,我拎着包摇摇晃晃地走到地下停车场,路过一处黑暗的拐角时,忽然被一只手拽了进去。我惊着,正要叫出声,嘴巴却被一只手牢牢捂住。这只手散发着浓郁的烟草味,指节上一抹冰凉,是翡翠的触感,手心有汗。一股恶心从胃里蹿上来,我几乎要弯下腰去干呕。

顾正阳黏腻的声音在我耳畔响起:"小昭,我刚夸过你知道分寸,你就要带着这东西在我面前耀武扬威吗?"

他的指腹摩挲着我脖子上的吻痕。

我在黑暗里注视着他满是侵略性的眼睛,强自镇定:"顾总,我是成年人,找个床伴什么的,不是很正常吗?"

顾正阳低笑了一声。我越发觉得,他和顾扬真的很像。笑起来时,眼尾都会微微往上挑,唇角的弧度也一模一样。

"床伴?"

顾正阳凑到我颈侧嗅了嗅,终于放开了我。我忙不迭地后退了一步,警惕地看着他。

"小昭,已经快一年了,没有哪个女人敢让我等这么久。你很诱人,但也别挑战我的底线。"

我开车回去的时候,手在方向盘上微微发抖。房间里一片漆黑,顾扬不在。我趴在马桶前，把胃里的东西吐了个干净，又蹒跚着走回卧室，缩在床上发抖。

我六岁的时候，爸妈想再生一个儿子，于是把我送回乡下的外婆家住。外婆住的是土房，后院院墙因为一场大雨，塌了大半。某天深夜，村里的小流氓翻墙进来，闯进我房间里。他用汗湿的手捂着我的嘴巴，手伸进被子里扒我的裙子。我在黑夜里睁大眼睛，努力想看清他的脸，手在枕头旁边摸索，终于摸到了一截铅笔。铅笔从他的后背扎进去，他一声惨叫，终于惊醒了邻居家的狗。在疯狂的狗叫声中，他狠狠打了我一个耳光，夺门而逃。后来外婆打电话，让爸妈把我接回去了。

我拎着可怜的一包行李跨进门，母亲厌恶地扫了我一眼，冷冰冰地说："秦昭，你小小年纪，就这么会耍手段。"

哦。他们觉得我不想住在乡下，所以故意勾引了一个小流氓，让外婆送我来。我是如此讨厌人类的生理欲望。可又是如此心甘情愿、清醒地沉沦在欲海里。

"姐姐？"

顾扬的声音忽然响起来，接着卧室灯光大亮，我眯了眯眼睛，抬起头，看到他满脸歉意地站在床前。那张脸，渐渐和黑暗里的顾正阳重叠起来。

我面无表情地坐起来："滚出去。"

顾扬嘴唇颤了颤，忽然掉下眼泪来："姐姐，我错了。姐姐……"

这天晚上，他睡在客厅的沙发上。第二天早上，我一睁开眼，顾扬就端着杯热牛奶站在我面前。他身上系着围裙，客厅里传来煎蛋的香气。我默不作声地起床、洗漱，吃完早餐，然后……抬眼看着对面小心翼翼的顾扬。

"顾扬。"我放下杯子，看着他淡淡地笑，"你还想住在我这里吗？"

扑火

顾扬拼命点头，语气听上去好像快哭了："姐姐，你想赶我出去吗？"

这是你送上门的，不能怪我。

我缓缓地吐出一口气，轻笑道："怎么会呢？"

谁让你是顾正阳的儿子。

"姐姐是想跟你道歉，昨晚不该为工作上的事情迁怒你，下次不会了。"

这世间恶人千万，为何独我一人要做圣人？

"走吧，姐姐带你出门逛逛。"

——我偏不。

顾扬满柜子的卫衣和 T 恤里，多了一件细蓝白条纹的衬衫，与我那条细蓝白条纹的裙子正好配成情侣装。那衣服他连着穿了三天，直到弄脏，才不得不脱下来换掉，又眼巴巴地看着我。

我笑了笑，伸手挑着他的下巴，在他唇边印下一个吻："弟弟，你乖一点，姐姐就给你买新衣服。"

这话当然是调笑。顾正阳的儿子，哪里就买不起一件新衣服了？

顾扬也很清楚，但他很乐意陪我演这出戏，夜里床头留一盏昏暗的灯，他望着我的眼睛湿漉漉、雾蒙蒙的，我也不愿深究那下面深埋的真实神色究竟是什么。这样的关系有点危险，文艺些讲，像是深渊里前行，刀尖上共舞。直白点说，我好像和顾扬偷情。

就在顾正阳的眼皮子底下，他觊觎的女人和他的儿子亲密无间，想想就会让人笑出声——每次看着顾扬沉溺在我的身体里，心甘情愿地服从于欲望的支配，我都会一遍又一遍地这么想。弟弟，我只能做个恶人。

公司的项目已经进行到第二阶段，我时常忙得没空吃饭，自然也就没时间回他的消息。顾扬发来十几条消息，分享他生活方方面面的细节片段，我差不多只能回两三个字。

晚上回去，他洗了澡，顶着一头湿漉漉的头发，赤裸着胸膛在我身边绕来绕去，而我忙着核对数据和纠察进度，实在没空搭理他。

到最后，顾扬只好垂头丧气地坐在床边："姐姐，我的身体对你没有吸引力了吗？"

我暂时停下打字的手，转头望着他，勾勾唇角："弟弟，你先自己玩一会儿，姐姐做完工作就来陪你玩。"

那天下午，顾扬回来时，带回两张森林音乐节的门票。这票很不好抢，开票一秒就刷完了，不知道他是从哪里弄来的。

顾扬眼睛亮晶晶地望着我："我找有内部渠道的朋友拿的，姐姐，我们一起去吧，有草东和 Joyside（北京朋克乐队）。"

我眯起眼睛，勾着唇角笑："弟弟，你偷看我的歌单？"

"才没有。"顾扬好像有点不好意思，"我只是找到了你的网易云账号。"

还不是看了我的歌单？我对他的辩解不屑一顾，但确实对音乐节很感兴趣。我已经很久没有去看过现场了，看着喜欢的乐队在台上演唱，是我为数不多的爱好之一。

周末，我和顾扬一起去森林音乐节现场，却没想到，在门口买水的时候，又一次碰到了周维年。

顾扬立刻警惕地挡在我身前，周维年看到他这副样子，一下子笑起来："小昭，你跟这小弟弟，还没玩腻呢？"

我没说话。顾扬冷冷地说："我和秦昭的事用不着你管！你已经是过去式了，麻烦有点自知之明。"

这还是我第一次听到他连名带姓地叫我，不免有些稀奇，于是多

扑火

看了顾扬两眼。周维年脸色微微一沉，大概除了顾扬，很少有人这样对他说话。

但他终究没有动怒，只是冲我微笑："小昭，你是聪明人，知道谁更适合你。"

聪明人。这三个字将我钉死在墙上。周维年说我是聪明人，顾正阳说我有分寸。但他们都错了。我是个疯子。

我勾着顾扬的肩膀，在他嘴唇上印下一个吻，然后看着对面脸色骤然难看的周维年，微微一笑："周维年，我说过了，我现在喜欢年轻听话的。"

"你已经不行了，你老了。"

大概对男人来说，年龄也是死穴。周维年脸色冰冷地走了。

音乐节下午三点开始，我一直等到傍晚八点，草东才出场。这时候，天上已经飘起蒙蒙细雨，但我挤在人群里，跟着大家又唱又跳，雨水里眼线和口红花成一团。气氛最热烈的时候，我转过身，扯着顾扬的领口，迫使他低下头，然后和他接吻。这动作并不突兀，身边有不少男男女女都这么干。但亲吻顾扬的时候，我眼角的余光扫过人群，看到了不远处的周维年。在雨丝和路灯的映衬下，他似笑非笑地望着我的方向。

散场后，周维年在停车场拦住了我和顾扬。看着面容冷肃的顾扬和面无表情的我，他慢条斯理地笑道："小昭，这个弟弟，就是你们公司老板顾正阳的儿子吧？"

我的心倏然向下沉。周维年笑得越发开心，眼睛里却都是狠意："好啊，秦昭，真有你的，是我小瞧你了。"

不等我应声，他便利落地转身走了。我皱眉看着他的背影，不知道为什么，心生不安。

上车后，顾扬照例坐在副驾驶座，安静了一会儿，他忽然说："姐姐，我一定会尽快考出驾照，以后换我来接送你。"

我心不在焉地"嗯"了一声，心里还在想周维年刚才说的话。

"姐姐，我想把我们的事情告诉我爸。"

顾扬话音未落，我已经抬起头看着他："你说什么？"

他显然听出了我声音里的冷意，眼里闪过一丝受伤："姐姐，我很早就想说了，你工作这么辛苦，让我爸知道你的身份，至少你能稍微轻松一些……"

"算了吧，大少爷。"我面无表情地发动车子，"我是凭实力进你家公司，让你这么一说，我成什么了？我手下还带着项目呢，还能服人吗？"

我语气很差，顾扬不可能听不出来，他缩在座位上，没有再说话。车开到楼下时，已经是深夜。我看了看身边的顾扬，有些心烦意乱地点了一支烟，又打开了车窗。

顾扬终于没忍住，伸出手来拉我："姐姐，你别抽烟了，对身体不好。"

我就势扯着他的衣襟，随手按灭烟头，堵着他的嘴唇吻上去，淡淡的烟草味蔓延四散。我力用得很莽撞，牙齿撞在顾扬嘴唇上，很快尝到一丝甜腥味。

"姐姐。"顾扬用那双温柔的、可怜兮兮的眼睛望着我。

其实他的眼尾狭长上挑，用来魅惑勾人要更合适一些，但不知道是不是他故意的，在我面前，总是装出这么一副大狗的模样，好像笃定了我会心软。

我叹了口气，语气软下来："弟弟，姐姐好不容易才走到今天，再等等，好不好？"

顾扬点点头，声音闷闷的："姐姐，你再哄哄我吧。"

害怕关系曝光，不能服人。这理由是我编给顾扬听的。真正的原

扑火

因是什么，连我自己也不知道。我也不想知道。

顾扬开始频繁地约我出门。看电影，去海洋馆，在游乐园傻乎乎的旋转木马上拍照，排在穿粉色公主裙的小女孩身后大半个小时，就是为了买一支彩虹色的棉花糖。我其实每一次都想拒绝，但每一次都会败在顾扬那双亮晶晶的、满是期待的眼睛里。反正都是演戏，不如演得逼真一点吧。我在心里这样劝自己。

而很快，我就知道了周维年那天晚上为什么会那么说。股权变动，公司合并，周维年接管了我们原本与永昌合作的那个大项目，成了对面新的负责人之一。顾扬到底还是撒娇卖乖地赖在了我这里，直到集训当天早上，才匆匆出门，赶去学校和其他人会合。

对方一早就说要派负责人过来当面洽谈，因此我熬了好几夜才做好了方案。然而会议室大门被推开后，走进来的那几个人当中，为首的就是周维年。他在几步之遥的地方看着我，冲我微微一笑。一阵彻骨的凉意从心底漫上来。但我很清楚，他就是想看到我惊慌无措的样子。好像不管怎么样，在一起还是不在一起，我都逃不脱他的掌控。就像顾正阳一样。

因此我挺直了脊背，神色不变，只是淡淡地笑了一下，客气地打招呼："好久不见，周总。"

顾正阳的眼神立刻扫了过来："小秦和周经理，以前就认识吗？"

我笑着说："我和周总以前是大学校友，周总大我一届，算是我的学长。"

顾正阳摩挲着手上的翡翠扳指，笑起来："原来是这样，那可真是太巧了，想必今天的会议，一定能进行得很顺利吧？"

会议由我全程主持，详细讲述了项目的进展和目前最紧急的几个需求。

到最后，周维年第一个称赞："秦昭学妹真是越来越优秀了，当初在学校里，我就知道，你的工作能力非常出色。"

我看着他，仍然礼貌地微笑，不说话。我想他话里有话，所以，我不接这个茬。顾正阳看了周维年一眼，又看着我，一副若有所思的模样。因为见面洽谈甚欢，顾正阳让秘书安排下去，晚上请周维年他们吃饭。

周维年问："秦昭学妹，你也一起来吗？"

我想拒绝，可是顾正阳的眼神牢牢锁定在我身上，锐利如鹰隼，好像要刺破我的一切伪装。

我镇定自若地看着他们，继续微笑："当然要来，毕竟这个项目主要由我负责。"

秘书订的酒店不是太远，走路就可以过去，但即便如此，顾正阳还是提出开车。凭着"学长与学妹"的关系，周维年理所当然坐上了我的车。

一上车他就笑起来，眼睛里带着几分快意："秦昭，看来顾正阳并不知道你和他儿子的关系啊！"

我的手在方向盘上顿了顿，踩下刹车，转头看着他："周维年，你很恨我吗？"

他扯了扯唇角，似是不屑地冷笑："秦昭，你未免太看得起自己。"

"若不是恨我，我与顾扬谈恋爱，和你有什么关系？周维年，我们已经分手了，分手了就是结束了，没有我还得为你守身如玉的道理。"

那三个字出口时，好像有一股莫名的电流从心脏蹿出来，我指尖微微发麻，只好更用力地握紧方向盘。周维年似乎被我的话激怒了，他蓦地转过头，冷冷地看着我，片刻后忽然欺身向前，在我嘴唇上重重咬了一口。

"嘶！"剧痛终于令我失去理智，劈手要打他，却被周维年牢牢

扑火

攥住手腕。

他在很近的地方盯着我的眼睛，一字一顿道："秦昭，你做梦，我们还没有结束。"

我被他气笑了："周维年，你有病吧？我都和你分手三年了！"

"那又怎么样？秦昭，哪怕再过十个三年，我还是最喜欢你，除了我，还有谁适合你？"他越凑越近，呼吸与我近在咫尺，"那个顾扬，一个什么都不懂的富二代，离了他爹一无是处的东西？别人不知道，我还不了解你家的情况吗？你爸妈吸你血还不够，你还要自己再去找个小奶狗回来养着？"

周维年堵住我的嘴唇，惩罚似的辗转厮磨，我吃痛，重重地推开了他。周维年的脑袋磕在车窗上，发出"砰"的一声巨响。

"你最好放开我，两边公司的人都已经快到酒店了。"

他目光发狠地望着我，到底没再有其他动作，由着我发动了车子。而我刚一走进酒店包厢的大门，顾正阳便盯住了我嘴唇的伤口。他的眼神实在令我心生寒意。但我还是神态自若地坐了下来，镇定地听他们交谈。

一张桌子上，除了我，剩下的都是男人，于是话题渐渐往不可控的方向滑落而去，我皱了皱眉，周维年却突然笑着道："好了，还有小姑娘在，不说这些了。"

顾正阳意味深长地说："周经理真是护着学妹啊。"

我面色苍白地坐着，忽然感受到一只大手抓住了我放在桌下的左手，然后一路缓缓向上。这只手带着冰凉的汗水，像一条滑腻的蛇攀上我的胳膊。我整个人微微发抖，几乎要吐出来。

"顾总。"

周维年突如其来的声音打破了这几乎毁掉我的凝重气氛，顾正阳立刻放开了我，转而点了支烟，微笑道："周经理，怎么了？"

"听说顾总的公子在 J 大读大一，真是虎父无犬子啊。"

我的脸色立时变得惨白，不明白他这会儿提起顾扬的用意。

提到顾扬，顾正阳的神情里多了一丝自豪。他深深地吸了一口烟，然后才道："这孩子，从小性子就倔，我要送他出国留学，他不乐意，非要留在国内考，好在考上了 J 大。但也没个消停的，这不，这两天又跟着什么校篮球队去外地集训了，说要半个月才回来。"他状似无奈地叹了口气，语气却非常自得。

周维年笑道："年轻人嘛，都是这样。我有个妹妹，和顾公子一样大，都在读大一。她也是 J 大的，等有机会，可以叫两个人一起吃个饭，认识一下。"

这是要相亲的意思了。我面无表情地坐在位置上，一口一口喝着杯子里的果汁。来之前我吃了两粒头孢，谁也不敢劝我喝酒。

顾正阳似乎有些意外，他怔了怔，笑起来："交个朋友倒是没问题，可是顾扬他前几天跟我说，自己已经交了个女朋友。"

我手一抖，果汁泼到了身上。

周维年看了我一眼："哦？这么不凑巧，敢问顾公子的女朋友是哪家的千金啊？"

"这他倒是没说，估计就是大学里的同学，谈着玩的，不碍事。"

顾正阳说完，转头看到我脸色苍白，语气顿了一下："小秦啊，你怎么这么不小心？赶紧出去整理一下。"

我从牙缝里挤出一句"谢谢顾总"，放下杯子，强撑着最后的镇定走向了洗手间。

吃过饭已经是深夜。几个人多多少少喝了点酒，好几个人已经喝得醉醺醺，只能找代驾回去。

只有我一个清醒的，周维年笑着说："既然如此，那就麻烦秦昭学妹送我回去了。"

顾正阳和其他人就在一旁看着，我不能拒绝，只能眼睁睁看着他坐进副驾驶座。离开前，我看了一眼顾正阳。他的眼神隔着一层醉意透出来，仍然满是阴鸷。我收回眼神，没有再回头。车停在周维年家楼下，我正要叫他下车，满是冷汗的手忽然被握住。

"秦昭。"周维年的声音发沉，眼睛里盛着冰冷的笑意，"我还以为你多厉害呢，为什么不反抗？"

我抿了抿嘴唇，垂下眼睛："这和你没关系。"

"你宁可留在这里被顾正阳性骚扰，也不愿意来我家公司——秦昭，你贱不贱啊？"

我一耳光甩在他脸上，用了最大的力。周维年的脸被我打得偏过去。

"周维年，留在你家公司？你妈到底有多嫌弃我，你当我看不出来吗？我只不过跟着导师去外地学习了半个月，她就给你安排了三场和名门闺秀的相亲，为的是什么？"

指甲嵌进手心，我看着他，挑眉冷笑："到哪里都是死路，我还不如选一条让自己爽的。"

"被顾正阳摸手，你觉得很爽？"周维年怒极反笑，"我怎么忘了，他在这么多人面前都敢摸你的手，暗地里肯定早就做过更过分的事情了吧？你既然没有拒绝，说明你也乐在其中，是不是？"

我闭了闭眼睛，再睁开时，已经满眼寒意："下车。"

"秦昭，你……"

"你给我滚下去！"

我伸手去开了另一侧的车门，用尽全身的力气把周维年推了下去，车顶灯的光芒烫过我的脸，我的手剧烈地颤抖着，看着周维年的眼睛里浮出鲜明的恨意。他踉跄了一步才站稳，却又撑着车顶，微微低下头看着我，以居高临下的姿态。像是被我眼底的恨意激怒，他扯着唇角笑起来。

"秦昭，我怎么忘了你是什么样的人——你和那顾扬小弟弟在一起，哪里是喜欢他，你是为了报复顾正阳吧？"

好像心底最柔软的部分被蓦然剖开，我痛得指尖发抖，仍然冷笑道："周维年，你既然知道我是什么样的人，还敢来招惹我？你以为我不知道，当初我忽然被辞退，是你从中动了手脚，目的不就是为了给我那样一个机会，让我对你感恩戴德？若我真的和你复合，你不怕我当面给你妈两耳光，搅得你家宅不宁？"

我没有看他的目光，伸手拉上车门，驱车离开。周维年喜欢我？恐怕未必。他只是不高兴，为何我与他分手之后，没有对他心心念念，反而和顾扬在一起。他和顾正阳是一路人，为了一己私利，不惜动用一切手段，对我进行围剿。我不会认输的，我怎么可能认输。我咬着牙回到家里，随手把手包丢在地上，拿出手机，这才发现，顾扬竟然给我打了十几个电话，发了几十条微信。

"姐姐，你看到的话可以回复我一下吗？"

"姐姐，你是不想理我，还是出事了？"

"姐姐，我已经坐上回来的车了，你等我。"

……

我猛然一怔，身后传来钥匙开门的动静。

我转过头，顾扬已经按亮了客厅的灯："姐姐，你都回家了，怎么不开灯——"

话音未落，他忽然大步冲过来，握着我的肩膀，眼中闪过一丝狠戾，随即被翻滚的心痛与担忧压了下去："姐姐，你怎么了？"

我从他清澈的眼底看到了自己的倒影。满面泪痕，头发散乱，眼眶发红，嘴唇上还有结着一层薄痂的伤口。我闭了闭眼睛，任由自己身子软倒，撞进顾扬怀里。

他抱着我，修长的手指覆上我的手背，小心翼翼地问："姐姐，你是不是碰上坏人了？"

小男孩，多天真啊。如果他知道口中的坏人是自己的亲生父亲，还会这么问吗？但很奇怪，顾扬满是汗水的手，却并不会让我觉得恶心。不知道是不是因为去他们学校看过他打球的缘故，顾扬如今手心的汗，以及从前情动时滴落在我身上的汗水，混着他身上清新好闻的味道，总是让我想到那天球场上笑容灿烂的少年。还有阳光、青草、白色球衣、鲜艳又热烈的爱，以及其他一切，我的青春时光里未曾拥有过的东西。原来早就不是单纯的报复了。我一边在心里憎恶着他的身份，一边又贪恋他带给我的阳光，即便它无比短暂。我忽然觉得自己如此卑劣。

我闭上眼睛，遮住刺目的灯光和眼中蔓延的情绪，哑声道："顾扬，我们分开吧，你搬出去。"

那只覆着我的手忽然剧烈地颤抖了一下。顾扬的声音里多了几分慌乱："为什么？姐姐，是我惹你生气了吗？"

"不是。"我拼尽全力从他怀里挣脱出来，站直了身子，凝视着他明亮的眼睛，"顾扬，我们不是一路人，你应该在学校里找个同龄的小女孩，谈一场正常的恋爱。我和你……我们没有未来的。"

"为什么没有？"顾扬急急地来捉我的手，却被我躲开，他仓皇地僵在原地，语无伦次，"姐姐，你是不是怪我把我和你的事情告诉我爸了？但我只说我谈恋爱了，没有说你的名字……我只是想让他有个心理准备，姐姐，你要是不高兴，我以后再也不提了……"

够了。真的够了。我买这间房子的时候怎么没察觉到，天花板的吊灯实在太亮了，炽白的灯光投下来，照得我无所遁形，但也照亮了顾扬坦荡赤诚的灵魂。我很想逃开，可是胳膊被他握住，他手心滚烫的皮肤贴着我，几乎令我昏厥过去。

"……顾扬。"

我的心变得乱糟糟的，这是我活了这么多年从未有过的体验，我只想努力让它平静下来，但顾扬的气息围绕在身边，我就好像迟迟无法冷静。

他说："而且姐姐，谁说我和你不是正常恋爱了？"

我的心忽然就软得化作一团，一句重话都说不出来了。

顾扬小心翼翼地看着我，眼圈有点发红，但眼睛里撑开一片微薄的希冀："姐姐，不分开了，好不好？"

我答应了顾扬。小男孩也没有再追问我究竟发生了什么事，大概是看出了我不想说。他只是陪着我洗了澡，又睡了一觉，第二天早晨，天还没亮，就坐车赶回了集训的城市。

后来他集训结束回来，又住在了我这里，只是偶尔课满的时候，还是得回学校。他还是经常约我出门，有时是看电影，有时是跑遍大街小巷找吃的。顾扬好像察觉到了我对乐队现场的喜爱，有好几次从各种渠道弄来了我感兴趣的音乐节和 LiveHouse（音乐展演空间）门票，和我去现场蹦到天黑才回家。这是我从未有过的恋爱体验，我只觉得新奇万分。从前跟周维年在一起时，我和他去过最多的地方，就是酒店。各种各样的酒店。

他说："秦昭，你很漂亮，可还是在床上的时候，最迷人。"

项目已经进入了最关键的时期，为了赶进度，我时常在公司里熬通宵。作为对方的负责人，周维年也会跟我一起守着。有天半夜，我实在有些熬不住，去楼下的自动贩卖机买咖啡，周维年就跟了下来。没有其他人在的时候，他打量我的眼神肆无忌惮，充满侵略性，现在就是这样。我费了好大的力气才忍住把手机砸在他脸上的冲动。

扑火

"周维年。"我深吸一口气，平静地看着他，"我们没可能。"

他竟然笑了："放心吧秦昭，你都把话说到那个份上了，我再缠着你，岂不是太过不知好歹。我只是来通知你一声，小萱已经认识了顾扬弟弟，两个年轻人相处得挺好，听说顾扬还邀请小萱去看他们的篮球比赛来着。"

他的眼睛里是毫不掩饰的得意。好像在说，你看，秦昭，你以为只有你会报复吗？周维萱，就是周维年那个请我去做家教的妹妹，她和周维年一样，骨子里就带着与生俱来的傲慢。只是周维萱要更擅长伪装一些，用清纯甜美的外表把一切都掩盖起来。

我第一次去给她上课的时候，她扯着我的帆布包，状似天真地问："姐姐，你这个包多少钱啊？"

我微笑："十九点九元，包邮。"

她似乎很惊讶："那姐姐，你给我上一节课，岂不是能买二十个这样的包？"

我毫无波动，仍然微笑："是的，妹妹，所以我希望你能好好听课，让我一直教下去，这样我可以多赚一些钱。"

而如今，看着面前的周维年，我礼貌地微笑了一下，弯腰拿起咖啡，起身离开了。这件事，我没问顾扬。我同样问心有愧，何必搅得大家都不愉快。这边的项目暂告一段落后，顾正阳忽然把我叫进了他的办公室。

冷白的灯光下，他看我满脸紧张，忽然笑了："小昭，别这么怕，我不会吃了你的。"

我没有说话，只是冷冷地看着他。这里没有其他人，我也不需要再演戏，维持那样虚假的和平。

顾正阳不以为意："小昭，你上次说的那个所谓床伴，就是对方铭峥的周经理吧？学长和学妹，再续前缘，挺好的。如果是这样的话，我也不怪你了，你好好地跟周经理相处，如果项目二期还交给我们做的话，他们再让出五个点就好。"

他说得特别理直气壮。我瞪大眼睛，险些笑出声来。顾正阳，你算什么东西？

我扯扯唇角："顾总，您多虑了，我一向公私分明，不会把私事带进工作里的。还有，我跟周总只是普通的大学校友关系，实在担不起这样的重任。"

说完，我不等顾正阳反应，转身开门出去。

回到位子上时，我发现顾扬给我发来了消息："姐姐，明天周末，你有空吗？上次集训认识的隔壁校队要来和我们打比赛，在 J 大体育馆，我今晚要训练，就不回去住了。你要是明天有空的话，来看我比赛吧，好不好？"

我的手指在屏幕上停顿许久，才迟滞地打出一个"好"字来。在打球这件事上，顾扬好像特别有天赋，也格外受人欢迎。我走进校体育馆的时候，被观众席上坐得满满当当的人群吓了一跳，当中有不少年轻活泼的小女孩，有几个甚至还拉了一条给顾扬加油的横幅。我挑了个角落的位置坐下，没一会儿，就看到顾扬和他的队友走了进来。他穿着白色镶蓝边的球衣，目光扫过观众席，等落在我身上时，终于灿烂地笑起来。我有些恍惚，恍惚地看着他在球场上奔跑、跳起投篮、和队友击掌庆贺……到上半场结束的时候，顾扬所在的队伍，得分已经远远超过了对面。

中场休息，他喝了几大口水，朝我走过来，语气里满是雀跃："姐姐！"

我拿出一包纸巾，正要递给他，斜里忽然闪出一道人影，身上带着一股甜香。

她挡在我和顾扬中间，将手里的东西递了出去，声音很温柔："顾

扑火

扬，你擦擦汗吧。"

是周维萱。不知道为什么，我突然很想笑。这么久没见，她的性格没变，可手段竟然也一点都没见长。

顾扬唇边的笑容消失了，他看了周维萱一眼，礼貌拒绝："谢谢，不过不需要了。"

说着，绕过她走到我身边来，从我手里接过纸巾，兴奋道："啊，是上次买的那个小狗纸巾！"

我笑了笑："是。"

纸巾是我和顾扬一起逛街的时候，在某家超市里看到的，纸上印着毛茸茸的萨摩耶，一下子就让我想到了顾扬，所以我买了很多。

周维萱转过头，目光扫到我脸上，忽然满脸讶异："秦昭姐姐，你和我哥分手之后，不是回老家嫁人去了吗？听说那个人不嫌弃，愿意出五十万彩礼娶你呢，是不是真的呀？"

她这话说一半藏一半，点到即止，却凭空令人生出许多遐思来。我父母打算为五十万彩礼把我卖给一个老光棍这事，我只是从前跟周维年提过两句，想不到他竟然告诉了周维萱。

我也笑："妹妹，你想多了，是我踹了你哥，因为他不守规矩，道德观念败坏，跟我在一起的时候还四处相亲。至于我嫁不嫁人，彩礼多少，和你们周家人一点关系都没有。"

"秦昭姐姐，你生气啦？"周维萱偏着脑袋看我，好像很委屈，"我只是关心你啊，毕竟当初我哥介绍你来给我做家教，你还教过我很久呢。"

顾扬忍无可忍，皱眉道："周维萱，你没事的话可以离开吗？我想跟我女朋友说两句话，你站在这里很碍事。"

周维萱睁大眼睛看着他，笑容一下子僵住。顾扬见她没什么反应，失去耐心，牵了我的手，带着我径直走下观众席，来到球场边缘的一排椅子跟前。那里坐着几个替补队员，还有顾扬的队友，好几个都是上次见过的熟面孔。见顾扬拉着我过来，都笑起来，有一个还一边挑眉一边吹口哨。

顾扬说："姐姐，你在这里等我，下半场打完我就过来找你。"

我挑了挑眉："你把人家小女孩邀请过来看球赛，又把她一个人撇在那里？"

"谁？"顾扬愣了愣，顺着我的眼神往后看，忽然反应过来，"你说周维萱？姐姐，我没邀请她啊，是在图书馆门口碰上了，她说要来看我打比赛，我说你随便——姐姐，你不开心了吗？那我下次让她不要来，好不好？"

我笑出声来，拍拍他的手："弟弟，这体育馆又不是你家开的，你不让人家来，凭什么啊？"

顾扬欲言又止地看着我，正要说点什么，裁判在场边吹哨。下半场开始了。我坐在椅子上，托着下巴看他打球。顾扬每次进了球，都会下意识回过头，在身后观众席的热烈欢呼声中，找到我的眼睛，投以真挚又灿烂的笑。一片喧嚣里，我却很清晰地听到了自己的心跳声。

比赛结束，他第一时间跑回我身边，眼睛闪闪发亮地看着我："姐姐，我们赢了！去吃饭吧！"

我请顾扬的队友们在学校门口的火锅店吃了饭。一群青春洋溢的小男孩，会争着抢锅里的东西吃，互相调侃，但又小心翼翼地遵循着相处的边界和底线，不会让人觉得冒犯。这是我从未经历过的人生。遇到顾扬之后，好像生活在一点一点，把我过去缺失的那些东西，全部填满。

小男孩喝了点酒，回去的路上，醉醺醺地靠着车椅背："姐姐，我和周维萱的事情，是谁告诉你的？"

我笑了笑："她哥哥，周维年。你见过的。"

顾扬蓦然坐直了身子，转头看着我："你的前男友？"

"嗯。"

顾扬立刻沉下脸，不高兴地说："原来是他！怪不得兄妹俩一样惹人讨厌！"

说完咬了咬嘴唇，又来扯我的袖子，语气里多了几分委屈："姐姐，你怎么还和他有来往，不要理他了好不好？"

"宝贝，我也不想理他，但他们公司目前在和我们合作新项目，所以他天天都得和我有接触。"我开着车，头也没回，只是玩笑道，"不然你跟你爸说说，不要和他们公司合作了？"

话音落了，却没得到顾扬的回应。我有些奇怪，趁着红灯踩下刹车，转头看去。顾扬直直望着我，眼神里带着一点恍惚，再往下探，是一片莫名的冷意。

"顾扬？"

我略微抬高了声音，他像是蓦地清醒过来，又露出了惯常撒娇般的笑脸："姐姐，你放心，这件事我会帮你处理好的。"

回家后，小男孩跟我说起了周维萱的事。原来不是他认识周维萱，是周维萱主动来和他交谈，顾扬客套着说了两句话，周维萱便自觉亲近，撒着娇甜甜地说："那我这周末去体育馆看你比赛，给你加油，好不好呀？"

"姐姐，我真的就跟她说了三个字'你随便'，不知道怎么就被她理解成了我主动邀请。"顾扬气鼓鼓地说，"我除了姐姐，谁都不要。"

我当然信他。我并非迟钝的人，即便一开始顾扬是在同我逢场作戏，可演到如今，到底还是付出了真心。况且，我自己本就不是什么好人，又何必苛求对方完美无缺。

　　不知道是不是巧合，第二周去公司，我听说，因为春景那边把价格压低了三分之一，周维年他们铭峥就把项目二期交给了春景，我们竞标失败。晨会上，顾正阳不留情面地训斥了我一顿。

　　"学长学妹，这是多好的机会，秦昭，我让你把客户留下来续签而已，有这么难吗？一期的底子我们都打好了，春景半道把项目接走了，这就是你做出的成绩？"他望着我，冷笑道，"我相信你的能力，所以才重用你，没想到你这么让人失望。会后来我办公室一趟。"

　　办公室冷白的灯光下，我咬着嘴唇，面无表情地看着他。

　　顾正阳穿好西装外套，走到我面前，忽然伸手在我脸上拍了拍，轻蔑地笑起来："小昭啊，这是我给你的最后一次机会了。今晚我会出差去谈另一个项目，如果你同意的话，还是会交给你负责。"他蓦然凑近了我，热气呵在我耳畔，"别让我失望。"

　　丢掉铭峥的项目，让顾正阳对我丧失了最后的耐心。回家后，我又一次打开微信，看着那条被我搁置好几天的消息，终于下定了决心。那天，顾扬回家很晚，而我还在电脑前忙碌。

　　他凑过来，撒娇卖乖地问我这几天在忙什么，我轻笑："丢了个项目，你爸很不高兴，我在想办法补救。"

　　顾扬像是怔住了，片刻后又扯着唇角笑起来："姐姐，你不要怕，这是好事。"

　　我不明白他的意思，但顾扬也没有解释的意图，只是过来蹭我："姐姐，很晚了，我们休息吧。"

　　第二天是周末，一大早起床，顾扬突然说要回家拿东西。除去第一次送他回家外，我从未再踏进过顾家的别墅。那里充斥着顾正阳的气息，实在令我反胃。但我还是陪顾扬回去了。就当是离开前，再多陪小男孩温存一下吧。我在心里这样劝自己。

　　顾家别墅里空无一人，顾扬解释说，他不喜欢和陌生人离得太近，

扑火

所以就把用人辞掉了，平时也很少回来。我跟着他上楼，走进顾扬的卧室里，忽然愣住。偌大的床铺上铺满了山茶花，中间还放着一枚戒指，戒托中间的钻石被灯光一照，折射出星辰般璀璨的光芒。

"姐姐，生日快乐。"顾扬的声音忽然在我身后响起来，声音清朗又温柔，"姐姐，我不想等了，我真的好喜欢你。你等我毕业，我们就结婚，好不好？"

我下意识想要拒绝，或者说点别的什么，可喉咙像是被什么东西哽住，一个字也吐不出来。我一步一步走近那张床，望着满床山茶花，想到第一次睡过顾扬之后的那个晚上，他躺在这张床上，醉醺醺地同我撒娇。

"姐姐，你好香，我好喜欢你……"

周维年送过我玫瑰，顾正阳也送过。可是我不喜欢玫瑰，我最喜欢的花，是山茶。但这件事，我从来没跟顾扬提起过，他是怎么知道的呢？我转过头，怔怔地看着他。顾扬眼中光芒熠熠，而后凑过来，吻着我的嘴唇，将我压倒在满床花朵上。戒指被他拿出来，套在我手指上。

"姐姐，不说话的话，我就当你同意了哦。"

细细密密的吻落在我脸颊、脖颈和肩头，山茶花清甜的香气缠绕着蔓延上来，天花板的灯盏倒映在我眼底，轻轻晃动着。这是梦境吗？

顾扬的手扣在我腰间，我正要说话，门口忽然传来一道熟悉的男声："顾扬。"

我浑身的血液都被冻住了。

顾扬的动作轻轻顿住，扶着我坐起身来，转头看着顾正阳，微笑："爸，这就是我之前跟你说过的，我的女朋友秦昭。你认识的。"

顾正阳的神情冷漠又狠戾，他锋利的目光从我身上扫过，仿佛要用眼神将我凌迟。

顾扬就像是完全感受不到我与他爸之间剑拔弩张的气氛，继续说下去："我已经向她求婚了，我要娶她。"

"秦昭……"顾正阳用轻柔缠绵、仿佛呢喃耳语般的声音叫了一声我的名字，而后竟然笑了起来，"顾扬说他要娶你，你听到了吗？"

我面无表情地看着他。

顾正阳又走近一步，眼神锐利得恨不得生扒了我的皮："你敢答应吗？"

他忽然暴怒起来："秦昭，你敢不敢告诉顾扬，你和他在一起是为了什么？是不是为了报复我？"

在此之前，我已经在心中预想过无数次被顾正阳发现的可能。他的盛怒在我预料之内，我原本与顾扬在一起，就是为了这一刻报复的快感。但此时，我竟然不敢直视顾扬的眼睛。他的戒指还套在我手上，尺寸很完美地契合我的手指，应该是顾扬趁我睡着专门量过的。小男孩把他的一颗真心，毫无保留地捧到了我面前。而我亲手打碎了它。

我微微仰头，看着顾正阳，忽然畅快地笑起来："是啊。"

顾正阳怒极反笑："你还敢承认？"

他转向顾扬，语气嘲弄："顾扬，你听见了吗？这个女人对你根本就是不怀好意，你还想娶她吗？"

我脸色苍白，嘴唇也褪去血色。有那么一瞬间，我希望自己立即丧失五感，不要听到顾扬的回答。

可是他的声音还是清晰地传进我耳朵里，严肃又温柔，甚至带着一点心痛："我知道。"

顾正阳张了张嘴，正要说话，顾扬却又先一步开口了："为什么呢？"

"……什么？"顾正阳皱起眉头，顾扬的反应似乎超出了他预料。

扑火

"我说，秦昭为什么要报复你呢？"

顾扬侧了侧头，好像是看到了我苍白的脸，于是伸出手来握着我的手。力道很轻，带着三分小心翼翼，温温暖暖地覆上了我的指尖。

"这么久以来，你一直没有停止过对秦昭的性骚扰，在调查到她家里的情况后，认定她孤立无援，于是变本加厉。顾正阳，你是多自负的一个人，怎么能允许有人逃脱你的掌控？"他面无表情地说，"所以，她报复你，不是很正常的事情吗？"

一声巨响在我脑中轰然炸开。他是什么时候知道的？所以这么久以来，顾扬一直是在跟我演戏吗？

顾正阳被顾扬当场戳破，冷笑一声："那又如何？她装什么假清高，睡过她的人不止一个，我让她跟着我，都算是抬举她了。"

顾扬抬起眼，直直看着他："这么说，你承认你对秦昭进行过不止一次性骚扰了？"

顾正阳笑了："承认又如何？顾扬，难道你还要去告我不成？"

"那可说不准，我要告你，随时都可以。"

顾扬忽然从满床山茶花里扒出一个小小的摄像头，在顾正阳面前晃了晃："录音、视频我都有，证据充足，秦昭要是去告你，顾正阳，你根本洗不白——别跟我说什么亲不亲爸的话，前些年我过成那样，你不闻不问，要不是你在外头私生的那一个没了，这两年你能对我这么好吗？"

顾正阳的脸色彻底黑了下来，他眸光森冷地看着顾扬，那眼神不像是看儿子，倒像是仇人。顾扬站起身来，毫不怯懦地与父亲对视。他站在那里，挺拔得像是一棵树。我蓦然意识到，小男孩其实不是小男孩，他早就长大了，已经长成了足够和顾正阳抗衡的强大存在。而我却不知不觉陷入他温柔天真的陷阱里，几乎丢弃了自己的全部原则。

我站起身来，跌跌撞撞地仓皇而逃。目光与顾扬交错的那一瞬间，我看到他的神情忽然变了，变得极致惶恐。他伸出手来，似乎想要抓住我，但指尖只是轻轻与我的裙摆擦过。我跟跟跄跄地下了楼，冲进楼下停着的车里。身后的脚步声越追越近，在我锁门之前，顾扬已经先一步拉开车门，坐上了副驾驶座。

"姐姐！"在我开口之前，他急促地打断了我，"我可以解释。"

"解释什么？弟弟？"我的手扣在方向盘上，转头看着他，嘲讽地笑，"是要我再跟你重复一遍我利用你报复顾正阳的动机，还是你跟我讲一遍你利用我报复你亲爹的事情啊？"

这场局走到今天，究竟是谁先利用谁，谁先沦陷，我已然分不清了。我自己目的卑劣，自然也没有指责顾扬的立场。我只是很想逃。逃离这里，离顾扬和顾正阳远一点，再远一点。

"顾扬。"我拼命忍着没让眼泪掉下来，不想在他面前那么脆弱难看，"你早就知道顾正阳今天会回来吧？给我过生日，打的旗号挺好，拿我的事情做筹码去威胁报复顾正阳，你真会算计啊你！"

我低下头，用力拔下手指上的那枚戒指。因为用力过大，戒圈甚至刮下我一层皮，鲜血顿时涌出来。

戒指被我放进顾扬手里，我的语气恢复了冷静："还给你，弟弟，我们好聚好散吧。"

顾扬瞪大了眼睛，语气里带着哀求："姐姐，我没有骗你，我喜欢你五年了！"

他拿出手机，急急地去翻相册，翻出一张很有些年代感的照片："姐姐，你看，这是我以前的样子！你以前来给我做过家教的，你还记得吗？"

照片上的男孩胖乎乎的，穿得异常朴素，戴着眼镜，只有眉眼间能依稀看出一点顾扬的影子。我愣在原地。记忆里某个很不起眼的片段，忽然在这一刻破风而来。大二的时候，我顶替一个生病的同学去

扑火

她兼职的地方做过家教。那小男孩才上高一，十五岁，鼻梁上架着黑框眼镜，挺胖，住在学校附近一间很不起眼的出租屋内。我讲了两个小时的课，他几乎都听得心不在焉。

临走前我问他："你这么讨厌学习，是怎么考上市重点高中的？"

他有些自嘲地笑："花钱上的。我爸说了，这是他给我花的最后一笔钱，以后我要死要活，他都不会再管。"

我笑了："那你何必还要请家教呢，多浪费钱？"

"之前被哄着交的钱，等用完之后，我也就不请了。"

他说得好像很轻松，但明亮的眼睛里满是脆弱，像只可怜兮兮的小狗。我的心忽然就软了一瞬。

那天临走前，我郑重其事地对他说："弟弟，你可以继续自甘堕落下去，反正你爸妈不会管你。但是你得知道，别人给你的东西，随时都可以收回去，但你靠自己拿到的，没人夺得走。如果你觉得自己被抛弃了，那就爬上去，反过来，像丢垃圾一样丢掉那些人。"

我没有当救世主的念头，说这话也不过是一时兴起，很快就抛诸脑后。但顾扬却说，我救了他。

"那时候我爸有了私生子，他彻底不想管我了，又嫌我叛逆、成绩差，把我从家里赶出去，一个人住。姐姐，你在我跌落深渊之前，拉了我最后一把。"

顾扬抿了抿嘴唇，过来捉我的手，又小心翼翼地避开鲜血淋漓的伤口。他的身上，已经发生了翻天覆地的变化。而我却仍然落在深渊里，迟迟爬不出来。

"弟弟，我很高兴看到你现在这副样子，也希望你能继续好好活下去，永远活在光明里。"我微笑着掰开了他的手，"但我们，还是到此为止吧。"

　　回去后，我立刻提交了离职手续。不知道是不是因为顾扬之前的威胁，顾正阳没有再为难我，很痛快地批准了。之前，邻市的一家大公司开出高价挖我，原本我想到顾扬，迟迟不舍得走，前几天才下定了决心。交接完工作后，我把公寓挂给中介，独自一人搬去了邻市。

　　临走前，顾扬来我家楼下等我。他穿着那件蓝白条纹的衬衫，眼睛红红地望着我："……姐姐。"

　　我抱着箱子的手轻轻颤抖了一下。"弟弟。"我叹了口气，"我要走了，你是来跟我告别的吗？"

　　顾扬的眼圈更红了："姐姐，我会去找你的。"

　　"顾扬，我觉得我们还是稍微冷静一段时间比较好。"

　　他摇头，语气里带着一意孤行的倔强："姐姐，我最多只能冷静一星期。"

　　……好吧。我不想跟顾扬再纠结这个问题，反正他还在上学，总不能退了学跑来找我吧？

　　我驱车离开，车子开出去很久，我仍然从后视镜里清晰地看到，顾扬站在原地，动也不动，直直望着我。世事往往不尽如人意。我以为自己向来薄情寡义，很快就会忘掉顾扬，可是没有。我以为我已经搬走，大概此生都不会再见到顾扬，可是没有。

　　在新公司和同事闲聊的时候，我意外得知，春景和周维年他们铭峥合作的项目二期，出事了。由于价格瞒报，加上人手锐减，两方需求不对应，延缓进度，最终合作破裂。春景赔付了双倍的合同价格，而铭峥的二期项目没有如约上线，股价暴跌百分之三十。顾正阳原本想趁火打劫，不料三年前的几个旧项目忽然被翻出来接连核查，一起牵扯进了这件大事里，公司流动资金链差点断裂。

　　不知怎么的，我忽然想起那天在车上，我说丢了铭峥二期项目时，顾扬回我的话："姐姐，你不要怕，这是好事。"

这件事，会和他有关吗？我心乱了。

下班后，我想去附近的酒吧喝两杯，然而走出公司大门，才发现外面下起大雨，我又没带伞，只能小跑去停车场取车。跑到近处，忽然发现车门前站着一道人影。他撑着伞立在那里，身姿挺拔，被雨帘模糊的面容依旧清隽锋凛。是顾扬。我步伐微微一顿，他已经大步跑过来，把伞撑在我头顶。浇灌而下的雨水被骤然阻隔，寒气却缠绕而上。

我湿淋淋地坐进车里，顾扬立刻握住我冰冷的手，微微扬起唇角："姐姐，一个星期到了，我来找你了。"

我抿了抿唇，一言不发地开车回家，顾扬亦步亦趋地跟在我身后，一直跟进了浴室里。

我把湿淋淋的衣服脱下来，打开热水，站在渐渐升腾起的雾气里，望着他："顾扬，你为什么还要找过来？"

"姐姐，我想你了。"我问："春景和铭峥的事情，是不是你搞的鬼？"

顾扬无奈道："姐姐，你非要知道这种事吗？我们有更重要的事可以做。"

我笑道："姐姐就想知道，你有多厉害啊。"

然后我就真的知道了。果然厉害。不但春景和铭峥的事情是他从中插手，就连顾正阳趁火打劫反被拖下水，也和他脱不开干系。

我意外地挑了挑眉："弟弟，那可是你爸的公司，以后迟早要交到你手上的。"

"我从来不稀罕他的东西。"顾扬不屑道，眉目神采飞扬，"姐姐，这次我过来，除了找你，还打算在这边拓展业务。"

我蓦然坐直了身子，讶异地看着他。

顾扬凑过来亲了亲我的鼻尖："你第一次睡到我时，去接我的那间酒吧，就是我跟人合伙开的。后来带你去的那个山月 LiveHouse，也是我开的。姐姐，我可是业内人士，不然哪能帮你弄到那么多门票？"

"这次过来，是打算在这边也看一个合适的场地，租下来 LiveHouse 场馆。"顾扬说着，眨了眨眼睛，看着我，"所以姐姐，我可以在你家借住一段时间吗？"

顾扬在我这里住了小半个月，才终于找到一处合适的地方，签下合同，重新装修，并进行了加大力度的宣发，打算把这里开成本市容纳人数最多的 LiveHouse 场馆。

等一切尘埃落定，他躺在床上，玩着我的手指跟我说："姐姐，我明天就得回去接着上课了。"

我懒洋洋地应了一声。顾扬的动作忽然一顿，撑起身子看着我："姐姐不会舍不得我吗？"

我没说话，顾扬苦笑一声："姐姐，你是吃准了我离不开你，所以你才这么肆无忌惮，是不是？"

我的眼睫毛剧烈地颤抖了一下。顾扬话说得很重，可我竟然不能反驳。那天重新冷静下来后，我其实已经想明白了。如果顾扬只是单纯想利用我报复顾正阳，大可不必把自己也搭进来。何况他每一次看向我那双闪闪发光的眼睛，都真挚而热烈。可连我自己都不知道，我还在犹豫什么。

见我沉默，顾扬终于失望地坐起身来，哑着嗓子道："姐姐，我不逼你，也不让你为难。我走啦，下次场馆里有你喜欢的乐队来演出，我会送你门票的。"

说完，他翻身下了床，就要离开。一阵莫名的慌乱席卷上来，我几乎是下意识地抓住了他的手臂。

"姐姐。"顾扬沉沉的声音传进我耳朵里，情绪被迷雾遮掩，我竟然辨不清楚，"你既然不喜欢我，为什么还不放我走？"

"谁说我不喜欢你？"下意识的反驳脱口而出，我怔了怔，干脆

扑火

咬牙把话说明白，"顾扬，你现在还小，不明白世事瞬息万变，真心可能随时会变。即使我现在这么喜欢你，可……"

话音没落，嘴唇忽然被顾扬堵住了。

"姐姐，你刚才说你喜欢我了，是不是？"他在我唇舌间呢喃，语气里散布着星星点点的欣喜，还有种目的得逞后的小得意。

他亲了我好一会儿，微微离开了一点，又在近在咫尺的地方注视着我的眼睛："姐姐，你可以永远相信我的真心。"

我忽然反应过来："顾扬，你诈我？"

他眨眨眼睛，委屈地看着我："姐姐，因为你迟迟不肯说出真心话，我只能使用一些非常规手段了。"

我嗤笑一声，望着他没说话。

顾扬得寸进尺，又凑过来吻我："姐姐，你再说一遍你喜欢我，好不好？"

我望着他，看着他的神情从期待渐渐变得忐忑不安，忽地粲然一笑："宝贝，姐姐要是不喜欢你，当初怎么会睡你呢？"

……

很久以前，我曾经奢望父母爱我，这个世界友善对待我。但父母弃我如敝屣，世界给我以重击。于是我竖起尖牙利齿，给他们以更沉痛的回击。后来我遇到顾扬。灼灼灿烂，像是夏日里最热烈的光。我义无反顾地扑向他，就像飞蛾扑火。

扑火：顾扬番外

　　我是顾扬。这是我喜欢秦昭的第五年。今年一月，顾正阳的公司年会，我偷偷溜了过去，站在宴会大厅的角落里看着她。她作为公司的年度优秀员工，上台领了奖金，然后讲话，声音镇定，表情冷淡。与我五年前第一次见她时相比，笼罩在她身上那层疏离又冷漠的外壳，好像更加明显了。

　　其实我早就找到了她的音乐软件账号，知道她喜欢听什么歌，喜欢什么乐队，甚至最近的心情如何。她主页的背景是一张油画，画的是盛开的山茶花。大部分时间，她都维持在一种无喜无悲的状态里，仿佛这个世界上，没有任何人能走近她的身侧，影响到她的情绪。

　　我觉得难过，而且束手无策。不知道自己究竟要成长到怎样的地步，才有接近她的可能。但上天总算厚待了我一次，以至于我接到她的电话，听到熟悉的声音响起时，差点从沙发上跳起来。

　　"顾扬，我是你父亲公司的员工，他让我来接你回家。"她的语气十分冷漠，"报个地址，不然我会去你们学校的广播站和论坛发布寻人启事。"

　　我抑制住声音里的颤抖，乖巧地报了地址。

扑火

合作的朋友取笑我："顾扬，说好的今晚在这里喝到天亮，你怎么半道要溜啊？"

我不说话，只仰头灌酒，一杯又一杯。他们懂什么？马上就要见到秦昭，又一次和她说话了，我紧张得声音都在发颤。我多么想让她知道，当初那个坐在她面前，一无是处、绝望颓废的小男孩，已经长大了。我能够独当一面，也不必再惧怕顾正阳的任何手段。自从他在外面生的那个儿子病死了，而那女人卷钱跑掉之后，他又回过来求我，极尽讨好，希望我能继承他的家业，为他养老送终。我不稀罕。一直以来我都没有告诉顾正阳，母亲临死前以教育基金的名义，在银行里为我存了一笔钱。倘若我一事无成，这笔钱也足够我下半辈子衣食无忧。何况我还把它投进了我看中的酒吧里，又用这两年来的盈利租下了一家旧厂房，改装成适合室内演出的 LiveHouse 场所。这当中，多少有几分是因为秦昭。我希望她知道，可又怕她知道。

她来的时候，舞台上唱歌的声音安静了一瞬，随即变得更加热闹。我想秦昭根本不知道，她哪怕什么都不做，只要面无表情地站在人群里，就是非常耀眼的存在。可秦昭竟然没有认出我。她看着我的眼神里，是全然的陌生，甚至带着一点不耐烦。我难过极了，借着几分酒意赖在沙发上不肯走，希望她来哄哄我。但我怎么忘了，她是秦昭。

在朋友的起哄声里，她面无表情地抄起一个酒瓶，在桌子边缘磕碎，用锐利的尖端对着我，眼中浮出一点冰冷的笑意："小少爷，来酒吧接你本来就不属于我的工作范围。再闹下去，我今晚只能跟你一起进医院了。"

我乖乖地站起来，跟着她一起回去了。她身上有一种清冽又绵密的香气，和车内昏黄的灯光混在一起，将我拽回到那个被颓气充斥的夜晚。她从深渊里救出我，然后转身离去，没有丝毫停留。连她自己大概都不觉得那算什么拯救，但对我来说，那是我命运里最大的拐点。

然后她忽然坐在我身上，低头亲吻我。

这是梦境吗？从前无数次，她入我梦境时，我都不敢想象这样的事情，可它就这样发生了。她的亲吻、她身上的香气、散落在我指间柔软的长发，还有悦耳的声音，共同合奏成一支最动听的乐曲。它令我从无尽的犹疑与小心翼翼中抽离出来，将我满心炽热毫不犹豫地献给她。姐姐，我不会再让你逃脱了。我紧紧抱着她纤细的腰肢想道。

我好不容易找到了她家的地址，故意可怜兮兮地蹲在门口；我一天给她发无数条消息，要她随时拿起手机，都能记起我的存在；我死皮赖脸地赖在她家不走，想让她一点一点习惯我的存在。

周维年的出现让我蓦然惊醒：秦昭是熠熠生光的宝藏，当然不可能只有我一个人发现她身上的光芒。所以，我该加快速度了。只是，我一早就知道，秦昭答应和我在一起，并不是因为真的喜欢我。但我无论如何都没想过，是因为顾正阳。她醉醺醺地抱着我，伏在我肩头落泪，而后又擦干眼泪，咯咯地笑。

她大笑着说："顾正阳，你想睡我，可我睡了你儿子，这下你满意了吗？"

我整个人好像被兜头泼下一盆冷水，忍不住发起抖来。为什么顾正阳会喊她来接我回家？为什么看我的时候，她的眼睛里常常有掩饰不住的锋利仇恨？她已经不认识我了，又怎么会恨我呢？我在心中反复念着顾正阳的名字，恨意一点点蔓延开来。也是从那一刻起，我开始布局，下定决心要让顾正阳付出代价。

一直到在一起很久之后，我才把秦昭那天晚上喝醉后说的话告诉了她。

她没说话，只是用一种冷峻又审慎的目光打量我，好半天才意味不明地笑了一声："顾扬，你可真会演啊。"

扑火

我连忙撒娇般地扑进她怀里，委屈地说："姐姐，我不是故意的，我只是怕你离开我……"声音里带着一点零星的失落，我很清楚，秦昭吃软不吃硬，只要我在她面前示弱，她就会心软。

果然，她叹了口气，伸手揉揉我头发："过完年你就二十二岁了，怎么还像个孩子一样？"

我想我们俩都很清楚，我不是孩子。上个月，我联合朋友做了个局，把顾正阳逼到绝境。他的公司差点破产，逼得他打电话来，咆哮着骂我逆子，问我究竟想怎么样。当时我开了免提，秦昭就坐在我身边剥橙子，闻言抬起眼，扯着唇角嘲讽地笑起来。

"你仗着权势骚扰秦昭，一步步把她逼到绝境，带着情人去我妈病房里示威，气得她呕血，为了私生子把我赶出家门的时候，没想过自己到底想怎么样吗？"我的眼神也冷下来，声音比眼神更冷，"顾正阳，上天不会永远偏向你。我长大了，你再也左右不了我了。"

挂掉电话，秦昭把剥好的橙子递到我嘴边，我乖巧地张开嘴咬住，又用舌尖轻轻碰了碰她的指尖，而后抬起湿漉漉的眼睛看着她。

秦昭轻轻在我肩头拍了一下："先吃饭。"

好吧。我把橙子吞下去，起身去厨房做饭。秦昭会做饭，而且厨艺很好，但她一点都不喜欢自己动手。起初我不太明白，直到上一次她父母带着两个弟弟找到这边来，趾高气扬地让她拿钱，命令她滚回家嫁人换彩礼的时候，我忽然就明白了为什么。

我把那四个人赶出门，回过身抱住她，下巴抵在她发顶喃喃道："姐姐，我已经学会了，你再也不用做饭了。"

我跟着美食博主学会了越来越多的菜色，秦昭是个宽容的品尝者，即使我做得不太好，她依旧会夸奖我。她说话时脸上带着淡淡的笑容，令我万分心安。晚上 LiveHouse 有一场演出，是秦昭最近才喜欢上的一支乐队，吃完饭我们就出发了。因为场地是我的，在演出结束之后，我和秦昭去了后台，问她喜欢的那个鼓手要到了签名跟合影。我站在旁边，只觉得整个人都酸溜溜的。

回去的路上，秦昭开着车，在红灯前停下，忽然转头握住我的手，笑道："不会吧宝贝，你连这种醋都要吃吗？"

"姐姐，其实我也学过一点架子鼓。"我看着她，眼神亮晶晶的，"我只是希望你能再多看看我。"

"那我下周去你们学校看你打球吧。"

我没想过秦昭这次来看我打球，居然带着一张横幅，还有印着我名字的发带。她把头发扎成马尾，发带系在额头上，手里拎着那张横幅，站在体育馆门口冲我挥了挥手。那一瞬间，好像全世界的光芒，都落进了她带笑的眼睛里。

我故意在球场上耍帅，投了几个全场惊呼的远程三分，还从对方的小前锋那里抢下几个篮板。每次进球时，我都下意识看向秦昭的方向，哪怕她坐在喧嚣人群的角落里，我还是能一眼就看见她。比赛结束后，秦昭站在球场边冲我招手。

我朝她跑过去，听到身后的队友们打趣和起哄："顾扬，我看你魂儿都要被你家姐姐勾走了。"

我头也不回地说："等下不跟你们一起吃饭了啊！"

他们发出啧啧的感叹声，我置之不理，只是跑到秦昭面前，认真地看着她。

"姐姐，我现在满身是汗，可是很想抱抱你。"

秦昭勾勾唇角，忽然张开双臂抱住我，在我耳边轻声说："宝贝，刚才你跳投的时候衣服撩起来，露出腹肌那一瞬间，姐姐特别想上去抱抱你。"

我特别特别喜欢秦昭。酒店的灯光照在她脸颊上，微微粉红的颜色被暧昧的昏黄笼罩，呈现出一种逼人的美艳。她低笑一声，将脸埋在我肩头。我正要说话，忽然感受到一阵凉凉的湿意落在肩上，猛地怔住。

"顾扬，要是没有遇见你的话。"她轻声说，声音很平静，听不出什么情绪，"我可能会烂在泥潭里。或者，什么时候抄一把刀，跟顾正阳同归于尽。"

"但是你出现之后，我发现了活着的意义。"她仰起脸，将一个很轻的吻印在我嘴唇上，声音低低的，但布满无数萌发的情绪，"是被爱的意义。"

我一时说不出话来。秦昭从来没跟我说过这样热烈的情话。更多时候，她在我面前时，总是一副淡淡的模样。两个人中总要有人热情和主动，我知道她的过去，了解她的心境，所以大多数时间并不介意，那个主动的人是我。但偶尔，我也会觉得失落。

秦昭会一直喜欢我吗？她的爱究竟能持续多久？对于从前的我来说，这些问题的答案通通是未知的。但这一刻我无比清晰地意识到，她的爱并不比我少，只是惯常藏在冷静自持的外表下，岩浆涌动但被地表掩埋。

"姐姐。"我吸了吸鼻子，忍住就要汹涌的泪水，用力抱紧她，"我会一直爱你，永远站在你这边。"

秦昭特别喜欢逗我。比如有段时间，她突发奇想，想跟我学篮球，还要打小前锋的位置。

她说："我整个大学时期都忙着兼职，根本没有时间接触这些运动。"

我顿时心疼得要命，当晚就拉着她去小区楼下的篮球场学运球。但秦昭其实根本不是为了学篮球，她就是要借着运球间的肢体接触勾得我心痒，又在我说"要不我们回家吧"的时候摆出一副求知好学的样子："我们再学一会儿。"还有一次，我和秦昭去一家别人推荐的很好吃的火锅店。其实我不太能吃辣，但她点了两盘麻辣牛肉，最后没有吃完，还是我帮着解决。我被辣得泪眼汪汪的时候，抬眼就看到秦昭坐在我对面，笑得正开心。

我十分委屈："姐姐，你就会欺负我。"

"好弟弟，乖一点。"她冲我眨了眨眼睛，语气暧昧，"今晚姐姐就让你欺负回来。"

话是这么说。但亲眼看着她一点一点变得更加开朗和活泼，对我来说实在是件幸福的事情。后来，我在南方湿润温暖的海风里第二次向她求婚。秦昭接过戒指，看着我，眼睛里光芒闪耀，万分夺目。

那段时间正好有一部新电影上映，叫《我的姐姐》，我就和秦昭一起去看了。整个过程里，她的表情一直很微妙，到片尾灯亮起来的时候，我才发现她的眼睛里有泪光。好像在笑，可眼底一点笑意也没有。

"我有两个弟弟，但我非常讨厌他们。"她扣在我手腕的指尖是冰凉的，"我也不喜欢小孩子，也不会生孩子。顾扬，怎么办，你现在放弃我还来得及。"

我有些气恼，牵着她的手把她扯到外面的逃生楼梯间，吻着她的嘴唇，不开心地问："姐姐，我说过不管什么时候我都不会放弃你，你不相信我吗？"

她微微垂下眼睛："我只是不想你后悔。"

"姐姐，你看着我。"我扶着她的肩膀，迫使她抬起头凝视我的眼睛，"什么孩子不孩子的，对我来说是无关紧要的，你明白吗？我只要你。"

"你戴着我的求婚戒指，所以不可以随便说反悔，好不好？"

扑火

她闭了闭眼睛，忽然凑过来吻住我："……好。"

我和秦昭的婚礼在第二年初夏举行。那时我已经大学毕业，LiveHouse 的场地开到第四家，被一支篮球青训队聘去做教练。和秦昭一起看过了无数部甜腻腻的电影，去过了许多更远、更辽阔的地方。十五岁时那个满身颓丧、死气沉沉的我，好像已经是上辈子的事情。秦昭将我从深渊里救出来，成了我生命里最亮眼的那颗星星。

来参加婚礼的人很少，除了之前篮球队的几个好朋友，就只有秦昭在新公司关系好的几个同事。在她穿着长长的拖尾婚纱，一步一步走向我的时候，我在她身上看到了明媚的整个世界。我的一生，好像从这一刻，才刚刚开始。

暗火

半夜一点，男朋友突然发了个知乎帖子的链接给我："这是你写的吗？"

沉默片刻，我回了一个字："是。"

他好像终于松了口气："那我们分手吧。"

我想回他"好"，至少让自己离开得有尊严些。可手指在屏幕上剧烈颤抖，眼泪擦了又流，怎么都打不出一个字。那个帖子的标题是"你什么时候察觉到对方不爱你了"。什么时候呢？

大概是上周一傍晚暴雨，他给我发红包让我打车，然后亲自开车，去城市另一边接曲心瑶回家。我在便利店门口排了一个小时队才打到车，浑身湿透地回到家，却在朋友圈看到曲心瑶发了张照片。暖黄色的灯光，还有灯光下眉眼柔和的他。文案是"谢谢林同学接我回家，请你喝姜汁可乐"那一瞬间，我的世界轰然崩塌。

失眠一整夜，天亮时，我终于擦干眼泪，告诉林柯："要分手可以，当着我的面说。"

毕竟当初在一起，也是他当面跟我表白的。我跟林柯、曲心瑶是高中同学。我和林柯在一起多久，曲心瑶就单恋了他多久。高考完的

扑火

那个暑假,林柯拒绝了曲心瑶的告白,跟我表了白。

整个大学时期,我们三个人之间的纠葛,都是同学们津津乐道的话题。那时候,我跟林柯一直异地,曲心瑶却和他在同一所大学。林柯为了给我充足的安全感,每次和曲心瑶碰完面,都要跟我报备。

"芝芝,今天我去图书馆的路上碰到曲心瑶了。她问我要不要一起吃午饭,我没同意。"

"这周末志愿活动,我到地方才发现曲心瑶也在,不过我俩全程没有单独相处过,请孟芝同学放心。"

我一边吐槽他没必要,一边又忍不住因为他这样的行为感到万分安心。情况到底是什么时候发生改变的呢?大概是从半年前开始的吧。半年前,曲心瑶搬到了我们所在的城市,又因为工作上的交集,开始和林柯频繁接触。

一开始,我也没觉得这有什么。直到那次一起吃饭,林柯当着我的面,很自然地夹起一块虾仁滑蛋,挑掉里面的韭黄后,放进曲心瑶的盘子里。我僵住身体,呼吸一瞬间凝滞。最后,是曲心瑶先一步反应过来。

她吃掉那块虾仁滑蛋,落落大方地道谢:"谢谢林同学。"

她这么坦荡,我反倒不好再说什么。回家后,林柯也跟我解释,之前公司的饭局上,曲心瑶说她吃韭黄会反胃,所以他顺便就帮她挑了。

他从身后抱着我,嘴唇亲昵地蹭着我的耳朵:"毕竟她也算我的甲方,不能得罪。芝芝,体谅一下好不好?"

我垂下眼,好半天才轻轻应了一声。

但没过几天,我又无意中在林柯的手机上,看到他的好兄弟于浩发来的消息:"人家曲心瑶好歹也是个女孩,喜欢你这么多年,默默付出,不离不弃。现在又特意追过来跟你一起工作,你别辜负人家啊。"

林柯很久才回了一句："我知道。"

我把那条消息截图下来，摆在林柯面前。

他沉默了好长时间，才揉着眉心无奈地跟我说："芝芝，你别多想，我和曲心瑶清清白白。"眼睛里有盖不住的疲倦。

最近几个月，他一直在忙一笔大合同，合作方的负责人就是曲心瑶，接触多一点也无可厚非。可女生的直觉告诉我，他和曲心瑶绝不是单纯的合作关系那么简单。其实平心而论，从高中起，曲心瑶就比我耀眼。她虽然成绩不如我，但人好看，性子又活泼，胆子还很大。

当初学校举办篮球赛，决赛场，我们班的对手暗中使小动作，绊倒了林柯，导致他膝盖破皮，韧带拉伤，无法再上场。

我默默帮林柯处理伤口的时候，曲心瑶已经拎着啦啦队花球冲上去，瞪着绊倒林柯的那个男生："你犯规了，你下场！哪有这么打球的，脏不脏啊？"

包括她后来大着胆子跟林柯表白，义无反顾追着他跑了六年。如果她撬的不是我的墙角，连我都想夸她一句率直可爱。

"芝芝，如果我和曲心瑶有情况，早就有了。我们在一起六年，你好歹给我一点信任，可以吗？"林柯的目光里，已经带着隐约的厌烦。

那个瞬间，我发现自己是如此无力。装作不知道，就是看着他一步步不动声色地走向曲心瑶。可直接挑明，只会把他推得更远。向前向后，对我来说，都是死路一条。

两天后，林柯出差回来了。他甚至没有通知我，只是默默地回来，把自己的东西打包，然后请搬家公司运走。如果不是我提前下班回来看见，恐怕他就会这样一声不响地离开我的世界。看到我，林柯明显也有些吃惊，脸上闪过一丝难堪。

我强忍着心痛走过去，故作平静地说："要不要喝杯咖啡？"

扑火

"孟芝，我们还是分手吧。"喝完咖啡，林柯还是当着我的面说出了这句话。

我呼吸一窒，死死掐着手心，抬眼看向他："为什么？"

"就像你自己写的那样，我已经不爱你了。"他深吸了一口气，声音里带着隐约的抗拒，"我们好聚好散。还有那个帖子，你删了吧。"

像有谁在我心里撒进一把钢珠，又冷又硬的痛感滚过心尖。

我看着他，艰难地扯了扯唇角："为什么要删？"

林柯顿了顿，再开口时，嗓音里多了种语重心长的意味："孟芝，你毕竟是女孩子，况且心瑶和你也是同学，这种事情搞得尽人皆知，对你有什么好处？"

孟芝，心瑶，远近亲疏一目了然。

我心脏刺痛，指尖发颤，忍不住嘲讽："她曲心瑶当小三都不怕，我怕什么？"

"孟芝！"林柯猛地站起身来，看着我的眼神里带着愤怒和失望，"你什么时候变成这样了？"

砰的一声，房门在我面前被甩上了。空荡荡的房间里，我死死咬着手腕，无声痛哭。

大学时，有段时间，我被满满当当的课程和科研实验弄得焦头烂额，每天心情郁郁，还得了重感冒。结果有天傍晚，从实验楼出来，一眼就看到了对面路灯下站着的林柯。他站在那里，挺拔得像棵树，昏黄的灯光把他的影子拉得很长。看到我的第一眼，他就笑着张开了双臂，任我扑进他怀里。

后来那几天，林柯一直陪着我，陪我上课实验，陪我打针吃药，一直等我的感冒痊愈，才依依不舍地离开。这样的事情还有很多。我和林柯在一起的时间太久了，久到已经变成一种习惯。他骤然抽离，我才发现自己的人生竟然有这么大一块空白，除了他，谁都填不满。

骤然分手让我消沉了好几天。高中时的闺密杜玲找到我，开口就问："你和林柯分手了？"

"……怎么了？"

"曲心瑶发了朋友圈你知道吗？"

我微微一怔，点开朋友圈，映入眼帘的是一张格外亲密的合照。灯光绚烂的长江边，曲心瑶抱着一大捧玫瑰，笑容灿烂地靠在林柯肩上。林柯手里拿着两杯没喝完的奶茶，看向她的眼神里是毫不遮掩的炽热偏爱。文案配的是"重逢才是浪漫的开始"。

林柯第一时间在下面评论："谢谢你六年来从没放弃过我。"

我大脑一片空白，耳朵里嗡嗡作响，眼泪几乎一瞬间涌了出来。蒙眬的视线里，我忽然看到，评论区满满当当的祝福中，夹杂了一个看上去十分不合时宜的语气词"啧"。评论者是贺远。

我有一瞬间的恍惚。那条评论，特立独行，格格不入，就像贺远这个人。

高中时，贺远几乎是我们班最引人注目的一位。除了外表出挑，性格也很随性，上课很少听讲，还敢和数学老师当面吵架。偏偏成绩又很不错，高考甚至超常发挥，去了北大。而且……其实一开始，我喜欢的人，是贺远。

高考过后，我大着胆子写了封情书跟贺远表白，没多久就收到了他的回信，信里他的回绝很客气，也很果断："抱歉，孟芝同学，我对你从来没有那种想法，我们还是当普通朋友吧。"

贺远话说得很明白，我死了心，再没有妄想——哪怕某些曾经的暧昧片段，让我误以为他也对我有过心动。正好那段时间，林柯跟我表白了，甚至抢先帮我送了行李，才去自己的学校报到。

我的寝室在五楼，林柯跑上跑下了十几趟，累得满头大汗，仍然

扑火

毫不在意："芝芝，你想想还有什么要买的，我正好一起帮你搬上楼。"

当时阳光正好，穿过树叶的间隙落进他瞳孔里，闪闪发亮。我看着他微微汗湿的头发，心跳越来越快，于是抽了张纸巾，踮起脚帮他擦了擦额上的汗，然后凑到他耳边，小声说："我答应你了。"我答应了林柯的表白。

毕业典礼那天，他千里迢迢来看我，穿着学士服陪我在草坪上拍照时，旁边正好有两个校友在拍婚纱照。

我跟林柯静静地看了一会儿，他突然转过头看着我："芝芝，等我们结婚的时候，也回你们学校拍一组这样的照片，好不好？"

我重重地点了点头。没想到，我们会是这个结果收场。

回过神，我发现评论区除了贺远那个"啧"，又多了一行杜玲发的"呵"。大概是这两条评论太过刺眼，没一会儿，曲心瑶直接删掉了朋友圈。可林柯跟我分手，和她在一起，还是成了所有同学心照不宣的事实。斟酌很久，我才把跟林柯分手的事告诉了我爸妈。可能是电话里听出了我语气里的勉强，第二天一早，我妈竟然直接过来了。

这半个月我瘦了一大圈，见到我，我妈眼眶一红，伸手把我搂进怀里，心疼地说："芝芝啊，怎么搞成这样子？"

"妈，林柯喜欢别人了，他不要我了……"在我妈面前，我紧绷了很多天的情绪终于垮掉，扑进她怀里哭了很久。

最后，我妈说让我回家散散心。正好离过年只有半个月了，我干脆跟公司请了年假，和我妈一起回了老家。在家的半个月，每天睁眼就有做好的饭菜，晚饭后还能挽着爸妈的手出门散步，我刻意放空自己，什么都不去想。林柯带给我的伤害，似乎在慢慢愈合。然而，就在过年前几天，杜玲忽然到我家来找我，说今年的同学聚会，就定在后天下午。

"听说今年贺远从北京回来了，他也会来。"杜玲感慨，"要不是林柯和曲心瑶也要去，我一定得去见见这位传奇人物，不知道他现在变成什么样了。"

我心神一动："那我们一起去。"

杜玲惊讶地看着我："你不怕见到那俩啊？"

"出轨的人都不怕，我怕什么？"

杜玲很明显振奋起来，摩拳擦掌地要给我挑衣服、选口红，让我务必在那天艳压曲心瑶。不过同学会当天，我还是素面朝天地过去了。曲心瑶本来就比我好看，我又何必自讨没趣。

推门走进包厢后，我几乎第一时间就注意到了角落里的贺远。很奇怪，哪怕已经六年没见，我还是能一眼就认出他。比起高中，现在的他五官轮廓更加利落硬朗了。眉眼冷峻，鼻梁高挺，偏薄的嘴唇微微抿着，专注地盯着手里的 Switch（任天堂游戏主机）。听到动静，他抬起眼往门口看来，目光在我脸上顿住，然后挑了下眉毛，算是打过招呼。

我和杜玲被分到和贺远一桌，还有两个空位，是留给林柯和曲心瑶的。一直到菜上齐了，这两人才姗姗来迟。我发现我高估了自己。从林柯牵着曲心瑶的手进门的那一刻起，我的心脏就像被一股巨大的力道攥住，剧烈的疼蔓延到指尖，被我用握拳掩盖住。我看着他们走过来，看着林柯体贴地帮曲心瑶拉开椅子，挂好外套，看着曲心瑶妆容精致，满眼不加掩饰的幸福与满足。

在以于浩为首的几个男生的起哄声里，她毫不闪避地看向我，弯起嘴角："嗨，孟芝，好久不见。"

我没想过她竟然能如此坦荡。好像那个刻意忽略我的存在，不屈不挠追了林柯六年，甚至甘愿做小三的人不是她。

杜玲在我身边阴阳怪气："确实好久不见，还没恭喜你，倒贴六

扑火

年终于梦想成真了呢。"

"你怎么说话呢？"还没等曲心瑶说话，一旁的于浩已经拍案而起，"心瑶勇敢追求真爱，你以为跟你们这些扭扭捏捏的小女生一个样啊？"

他说这话时，特地意有所指地看了我一眼。我扯扯唇角，只觉得这一幕荒诞又可笑。我知道，他和曲心瑶从高中起关系就很好，因为曲心瑶从前爱而不得，所以他对我也很有意见。有一次，我生病住院，林柯特地请了几天假来照顾我。于浩直接打来电话，质问我知不知道林柯下个月还有考试。

"你跟他在一起，永远都在拖累他。孟芝，像你这样的人，拿什么和心瑶比？"

等我从记忆中回过神，林柯已经坐在了曲心瑶身边。给她倒完橙汁，又低声问她想吃什么，再帮忙夹菜。忙前忙后，体贴周到，跟他从前对我一样。间隙里，曲心瑶抬起头，朝我递过来一个眼神，炫耀，自得，甚至带着一点点挑衅。她是故意的。

杜玲也看到了，她站起来，端着满满一杯酒走过去："曲心瑶，我敬你一杯，毕竟这六年你也不容易。别人的男朋友还是挺不好撬的，对吧？"

曲心瑶坐着没动，只是微笑着抬起头："你说这话我可听不懂。我跟林柯，是在他跟孟芝分手后才确认关系的。芝芝，是不是？"

林柯伸手接了那杯酒，仰头一饮而尽，然后皱起眉头看着我："孟芝，我已经说过了。我和你分手跟心瑶没关系，只是我对你没感觉了。有情绪你冲我来，老针对心瑶干什么？"

去年的同学聚会上，他还挽着我的手跟大家宣布："我跟芝芝明年订婚，每个人都要来啊！"

现在，他当着所有人的面跟我说："是我对你没感觉了，你冲我来。"

原本热闹的席间忽然安静下来，无数目光明里暗里看过来，定格在我脸上。灯光明亮，我难堪地坐在那里，心头的刺痛和酸涩涌上来，眼眶一热，几乎要掉下眼泪。寂静中，忽然传来椅子拖行的声音。竟然是贺远。

他站起身，随手把手里的 Switch 揣进卫衣口袋，又伸了个懒腰："好闷，我出门透个气。"往门口走了几步，他停下来，懒洋洋地侧过头，"一起？"

迟了几秒我才反应过来，他这句话是跟我说的，忙站起来，跟了过去。从包厢出去，沿走廊走到尽头，就是天台。

天已经完全黑了，只有墙壁上仿古的玻璃灯亮着一团暖色的光。贺远忽然停下脚步，我没留神，险些撞上他的后背。

他从口袋里摸出烟盒，刚取了一支，忽然想起什么似的，侧头看过来："你还是闻不了烟味？"

"……嗯。"

我轻轻应了一声，眼睁睁看着他又把烟塞回去，对我说："没事，想哭就哭，这里没其他人。"

这句话，成了压倒我情绪的最后一根稻草。眼泪瞬间涌出来，我蹲下身，一边哭，一边想着刚才在席间曲心瑶睁眼说瞎话，林柯宁可说谎也要维护曲心瑶，把我贬低得如此不堪。最关键的是，这一切都被同一桌的贺远看得清清楚楚。六年没见，重逢后的第一面，我就在他面前狼狈成这样。

贺远没有再说话，只是在我哭累了，抽抽噎噎的时候递过来一张纸巾，然后忽然说："其实我刷到了那个帖子。"

我倏地一怔。

"虽然匿名了，但我还是从那个背景描述看出了咱们学校的影子。再加上你回忆过去的时候，提到了那棵合欢树——除了你，没有哪个女生每节体育课都跑到合欢树下面做卷子了。"

贺远竟然还记得这件事。高三那年，我每节体育课都在合欢树下做题，其实是因为那里离篮球场最近，能清楚看到几个打球的男生。我看的是贺远，但不知道怎么回事，后来班里开始有传言，说我坐在那里，是为了看林柯打球。有节课，我边看男生打球边做一套数学题，结果算压轴题的时候入了迷，篮球砸过来也没察觉到。

砰的一声响后，贺远大步跑过来，蹲下身焦急地看着我："孟芝芝，你没事吧？"

我扶着晕乎乎的脑袋，抬起眼睛，看着他被汗水微微打湿的额发，还有一贯肆意随性的眼神里布满的担忧神色，摇了摇头。班上同学都叫我孟芝，关系好的女生叫我芝芝，只有贺远会叫我孟芝芝。

"你都二十四岁了，怎么还是这么软绵绵的脾气？"贺远好听的嗓音把我从回忆中拽出来，"我要是你，既然花那么多时间写了帖子，他们秀的时候，直接把链接贴在评论里。"

我吸了吸鼻子，没有作声。

大概是见我不回话，他语气里忽然多了一丝嘲弄："你不会还舍不得吧？"

这话说得我鼻子一酸，眼泪又差点掉下来。原本站着的贺远忽然蹲下来，往前凑了一点，在很近的地方看着我的眼睛。他的瞳孔是水洗般清澈的浅褐色，不知道是不是错觉，我竟然在里面看到了一丝慌乱。可怎么可能呢？贺远是这样桀骜不驯的一个人，敢和老师当面吵架，怎么会在我面前慌乱。

"我不发，是因为觉得丢人……"我抽抽噎噎地说，"我可不想让大家都觉得，我不管哪件事都比不过曲心瑶，就连找她对峙的勇气都没有，只敢默默在网上发帖子……"

这是我心底深处最隐秘的想法，很幼稚，也很可笑。说出口的时候，已经做好了贺远会嘲笑我的准备。可我等了片刻，只等到一只落在我发顶的手，骨节分明，触感温凉。

贺远在我头顶轻轻拍了两下，像安抚小孩子一样，然后收回手，重新揣进口袋里："哪件事都比不过曲心瑶？你是太看得起她，还是太看不起自己？还是就因为林柯选了她？"

我微微一愣，起身，低着头站在他面前，没再作声。

贺远沉默了一会儿，再开口时，嗓音里带了点咬牙切齿的意味："孟芝芝，你说你，千挑万选，就选了这么个玩意儿。"

我不懂他为什么要这么说。当初，明明是他先拒绝我的。我性子绵软，就像当初只敢坐在球场边默默地看贺远打球那样，喜欢这件事，也不敢轻易说出口。做过最勇敢的事，大概就是给贺远写了一封表白信，拜托球队的同学转交给他。没想到，他拒绝得那么干脆彻底。

想到这里，我声音里不由带了几分赌气："我不选他，难道选你吗？"

贺远眯了眯眼睛，忽然微微低下头，凑近我："选我怎么了？难道我还比不上你那位前男友？"

他语气里又带上了嘲讽，我眼眶发酸，顾不得这个有些暧昧的姿势，转头就走。贺远没有追上来。落在我脸上的光线从暗到亮，我站在包厢门口，缓了好一会儿，让自己的表情看上去尽量平静。然而，我正要推门进去的时候，门忽然从里面打开了。林柯站在门口，眼神在我脸上定格片刻，落到我身后时，神色忽然变得有些难看。我转过头，才发现贺远不知道什么时候又跟了上来。

片刻后，林柯忽然开口了："我说怎么贺远在北京六年都好好的，今年忽然回来了……孟芝，你们早就勾搭上了吧？你又有什么资格谴责我？"

他眼神发冷，当中莫名多了很多晦暗不明的情绪。只是……他话里指责我那莫须有的罪名，让我完全懒得去猜测他的想法，只觉得一股怒意从心底涌出来。

我就要驳斥林柯，贺远却先我一步开口了："怎么，自己做了不道德的事，就看谁都一样了？放心，我回来是因为工作调动，至于今晚……那叫见义勇为。"

他一只手揣在工装裤口袋里，另一只手伸过来，在我脖子后面翻动了一下，我才发现自己毛衣的领子竟然折了进去。弄好之后，他懒懒地冲我说了句"好了，进去吧"，自始至终，都没有正面看过林柯一眼。我轻轻点了点头，正要越过林柯进门，他却忽然伸出手来，紧紧扣住了我的手腕。

"松手！"

我下意识用力甩开，结果下一秒，一股淡淡的甜香忽然飘过来。等我回过神，才发现那是曲心瑶。

她看了看林柯，又看了看我，轻轻皱起眉："孟芝，你和林柯已经分手了，为什么还要对他纠缠不休呢？"语气听上去理直气壮，和从前的无数次一模一样。

我终于忍无可忍，后退一步，瞪着这两个人，咬牙骂了一句："厚颜无耻！"接着又说，"明明是你毫无廉耻心，在我和林柯还没分手的时候就对他穷追不舍。现在我跟林柯已经分手了，你来质问我，又是站的什么立场？以为我会跟你一样，毫无道德底线吗？"

林柯和曲心瑶愕然地看着我，半晌说不出话来。大概是从前沉默忍让惯了，让他们觉得我永远不会反击，所以越发肆无忌惮。但此时此刻，站在我身边的贺远，好像一点点堆积出支撑我的勇气，让我终于把心底的情绪表达了出来。我突然想到当初，高考前，我跟贺远一起去参加 F 大的自主招生考试。面试完出来，我脸色很不好看，旁边有个男生就嘲讽了两句，说我肯定录不上。

贺远原本在低头翻书，听到后忽然抬起头，看着他，唇角微勾："就算她录不上，你就可以了？也太拿自己当回事了点。"

他的话给了我还击的勇气。我抬起眼，看着那个男生："高三十七班的陈泽同学吧？如果我没记错的话，你的笔试成绩似乎是最后一名。就是因为这个，你才巴不得每个人的面试结果都很糟糕吗？"

陈泽的脸色一下变得铁青。

后来面试结束，我们一起往回走，走到楼梯拐角的时候，贺远忽然抬手在我发顶揉了一下："看着不声不响的，怼起人来还真会找痛点。"

记忆回神。我不想再看林柯的表情，挤开他们走进包间，从一旁的衣帽架上拿下外套，一边穿一边往门口走。

杜玲追上来，和我一起走到门外，却在看到贺远时主动后退一步："贺同学，我突然想起还有点事，你等下有空吗？可以送芝芝回家吗？"

贺远很随意地点了点头："可以。"

"好，那就麻烦你了。"她在我背后轻轻戳了一下，"去吧，芝芝，改天我再去找你。"

直到坐进贺远车里很久，我内心剧烈翻涌的情绪才慢慢平息下来。

他伸手开了空调，一手搭着方向盘，侧头问我："地址？"

我报了家里的地址。

贺远随意应了一声，又忽然把身体探过来，伸手从我另一侧拽出安全带："扣好。"

他低头时，柔软的发梢扫过我脸颊，触感微痒。一股淡淡的雪松香气飘入鼻息间。我的脸立时红了起来。

扑火

借着侧身扣安全带的动作，我低下头，有些慌乱地说："我、我自己来就可以。"

贺远发动了车子，轻笑一声："我怕你找不到。"

回去的路上，车窗外渐渐飘起小雪，冷灰的地面被打湿，很快覆了一层薄薄的白色。

贺远把车停在我家楼下，一股冷风灌进来，我小心翼翼地在地面上站稳，转头跟贺远道谢："谢谢你……贺同学。"

他站在车边，眼底的笑意忽然淡了下去："贺同学？孟芝芝，我可从来没见你这么客气过。"

他身后亮着一盏路灯，灯光昏黄，此刻已经是深夜，又下着雪，小区的绿化带已经不见生机。这一幕场景里，只有站在我两步之外的贺远带着敞亮的生机，鲜活地跳脱出来。我一下就想到了高三那年，寒假前，连着下了几天雪，于是周五的体育课上，老师干脆放我们自由活动。大家童心未泯地打起雪仗。贺远的性格素来桀骜，没人敢去招惹他。但我和杜玲玩嗨了，一下子没收住，团了一团雪，重重地砸在他脑袋上。意识到大事不妙，我转头就跑，可惜人矮腿又短，刚跑了两步，就被追过来的贺远一把揪住帽子。

眼看他就要把雪球砸过来，我连忙护住脑袋，大声说："我感冒了！"

雪球忽然停在半空，后面那双明亮的眼睛里无数情绪翻涌、沉寂。

他随手丢掉那团雪，微凉的指尖伸过来，蹭掉了我鼻尖的一小块雪："注意保暖。"

说完，他松开我的帽子，转身就走了。

"赶紧上去吧，小心又感冒了。"

贺远微微暗哑的嗓音响起，又把我骤然扯回现实。我仰头看着他，意识到哪怕过去了六年，他身上那种情绪烘托出的复杂气质，依旧迷人得要命。如果，如果当初的暧昧并不是我的错觉，他最后答应了我的表白。如果当初陪我走过六年青春的人不是林柯，而是贺远。如今的结局会不会截然不同？

我心里油然而生一股勇气："天太冷了，要不要上去坐坐，喝杯茶？"

快过年了，爸妈今天回外婆家取腊肉、香肠，因为时间太晚，干脆就在那边住了下来。所以，今晚家里就只剩我一个人。

贺远坐在沙发上，低头盯着手里的玻璃杯看了三秒，然后抬起头："茶？"

"那个……家里没热水了，我正在烧，你先喝点红酒解解渴。"

好拙劣的借口。我承认，我是太紧张了，想着喝点酒放松一下，再跟贺远进行下一步的谈话。果不其然，贺远嗤笑了一声，像是已经看穿了我的想法，但还是仰头把那大半杯红酒喝了下去。我坐在他对面，小口小口喝着自己杯子里的红酒，思索着话题从哪个点切入会比较好。叙旧吗？毕竟我和他……也有六年没见了。

想到这里，我深吸一口气，问他："你今年怎么从北京回来了？"

"公司在这边设了分部，正好有更适合我的岗位，所以就回来了。"他说完，语气稍微停顿了一下，又说，"而且……"

而且什么，他没说完。我鼓起勇气追问："真的只是因为这个吗？"

"不然呢？"他像是听到了什么好笑的问题，坐直身子，勾了勾唇角，"孟芝同学，照你来看，我还能因为什么别的事情吗？"

他竟然叫我孟芝同学。我瞬间想到那封不留余地的拒绝信，心里又难过起来。

"还是说，你觉得我从北京回来，是因为你呢？"

低沉的声音传入耳中，却像一道惊雷炸响，我的理智也被这句话炸得七零八落。酒精的催化下，我猛地扑过去，揪住他卫衣的领子，

扑火

凑近了他的脸，呼吸间酒气蔓延。

"你怎么可以叫我孟芝同学……"

我有些委屈地说完，就凑上去吻住了他。贺远没有推开我，反而闭上了眼睛。认识九年，我好像是第一次看到他这样温驯的样子。原本我是想喝点酒，等放松下来之后，再跟贺远谈之前的事情。可是我高估了自己的酒量。

到最后，我几乎完全失去了思考能力，揪着他领子，一边哭一边问："你没推开我，说明你也喜欢我是不是？既然这样，当初为什么要拒绝我的表白？"

贺远皱起眉头："什么表白？"

再后来的事情，我完全不记得了。等我睁开眼，已经是第二天早上。人在被子里，身上只穿着一件薄薄的打底衫。迟滞了几秒，昨晚断片前的记忆才慢慢回到我脑中。我心头一颤，隐隐觉得事情不妙。果然，等我收拾好心情走到客厅，一眼就看到贺远坐在沙发上，正低头看手机。身上还穿着昨天晚上那件卫衣，只是揉得有些皱皱巴巴的。听到动静，他抬起头看过来。我眼尖地看到他下巴上有个牙印，腿一软，险些没能站稳。

"昨天晚上发生了什么事情，你应该都想起来了吧？"他把手机揣进口袋里，挑眉看着我，"孟芝芝，可以啊，六年不见，胆子大了不少。"

"我……"

我支支吾吾，一时说不出话来。但很奇怪，心情并没有原本想象的那么慌乱。贺远看起来没有生气。这意味着，虽然事情中途出了些差错，但结果与我预设的相差不大。

想到这里，我鼓起勇气，重新抬起眼睛看向他："我知道，我会对你负责的。"

贺远愣了一下，心情似乎变得好了不少。他支着下巴看着我："你打算怎么负责？"

心中念头一时百转千回，我沉默了一会儿，然后试探地问："要是你现在单身的话，我可以追你吗？"

回答我的是贺远豁然起身的动作。我吓了一跳，眼睁睁看着他走到我面前，微微低头看着我，眼中的情绪一时复杂难辨。

他说："好啊。"

我从冰箱里拿出吐司片，和贺远一起简单对付了一顿早饭，然后把他送到了楼下。

"我爸妈快回来了，等过完年我再约你。"我冲贺远挥了挥手，然后指指他的卫衣，"……你先回去把衣服换了吧。"

贺远的车开走后没多久，我爸妈就回来了。他们拎着大包小包的香肠、腊肉，看我站在楼下，很是意外。

"芝芝，我跟你爸没联系你啊，怎么还专门下楼来等了？"

我有些心虚，忙从他们手里接过两个袋子："怕东西太沉你们拎不动，想下来接应一下。"

我妈一边感慨我太懂事，一边又骂了林柯两句，说他之前肯定对我不怎么好。说到这里，她立刻止了声，像是自知失言，有些歉疚地看着我。

我摇摇头："妈，我没事。"

是真的没事。因为我发现，昨晚之后，我心底那些对与林柯六年时光的眷恋不舍，对于他劈腿曲心瑶的痛苦不解，都飞快地淡去了。取而代之的，是被我刻意遗忘了六年又重新汹涌而上的对贺远的心动。

过了两天，杜玲又跑来找我，问我知不知道那天聚会过后，曲心瑶和林柯吵架了。

"曲心瑶说林柯心里还有你，林柯没有立即否认，她就更生气了。"杜玲嘲笑道,"果然,自己做小三上位的,生怕垃圾再被别人捡走。"

我没有说话。

她又问我:"对了,那天晚上贺远不是送你回家了吗?后面你们有没有再聊天?"

"……没有。"

其实是有的。从我说要追贺远之后,就开始绞尽脑汁地找话题跟他聊天。他回我回得也很及时,甚至听说我有点感冒,又专门到楼下来给我送了一次药。那些遗落在六年前的记忆,正一点点被找回来。

杜玲有些遗憾地叹了口气:"其实要是你能跟贺远在一起也挺好的,他以后就留在这边发展了。而且,说实话,从高中那会儿,我就觉得你跟贺远更般配。咱们班那么多女生,他只对你最特别。"

"可惜,毕业后是林柯跟你表白,他倒一点动静都没有。"

我给贺远写表白信这件事,连杜玲都没告诉。所以,她还不知道贺远当初拒绝了我。想到这件事,我又有些难受,连忙把话题岔了过去。

大年初一那天早上,我跟贺远说完新年快乐,他也秒回了我一句:"新年快乐,孟芝芝。"

因为第二天就是情人节,我鼓起勇气约他:"你明天有空吗?有部贺岁片还不错,可以一起出来看个电影吗?"

过了好一会儿,贺远才回复:"明天有事,改天约。"

我的心情一下跌落谷底。有事?是走亲戚,还是……和别的女孩子出门约会?

很快,我就知道了他到底有什么事。因为中午吃饭的时候,我妈忽然跟我提起相亲的事:"……你吴阿姨家邻居的儿子,可有出息了,和你一年的,当初大学念的是北大。原本要在北京定居,他爸妈都跟着过去了，结果年底工作调动，忽然又回来了。说是大学期间忙着学习，一次恋爱都没谈过……"

我越听越耳熟，忍不住打断我妈，问："他叫什么？"

"好像叫贺远吧。"

我愣在原地，心情一下就变得糟糕透顶。我妈没察觉，还在絮絮叨叨地跟我陈述贺远的优点。

说到最后，她有些小心地问我："怎么样，要不先见一面，吃个饭了解一下？正好明天有时间，日子也不错。"

我沉默片刻，咬牙切齿地答应下来："好啊。"

第二天，我盛装打扮，气势汹汹地奔赴现场。结果一进门，正对上贺远看过来的目光。平静，洒脱，甚至带着一点轻松的笑意。

我走过去，在他对面坐下，盯着他的眼睛问："你知道我是谁吗？"

贺远一下就笑了："孟芝芝，你是不是傻了？"

我忍着内心的酸涩，问他："你既然那天已经答应了我追你，为什么今天还来相亲？是觉得无所谓，我可以作为你众多备选对象之一吗？"

说到最后，我的声音里已经隐隐带上了哭腔。我可以接受贺远不喜欢我、拒绝我，但无法接受他一边和我聊得热火朝天，一边又只是拿我当备胎。听我这么问，贺远的表情里多了一丝少见的无奈。

他叹了口气，反问我："你既然都说了要追我，今天又为什么要来相亲呢？"

"还不是因为我知道相亲对象是你！"

"我也一样。"他伸出手，轻轻握住我放在桌子上的手，重复了一遍，"孟芝芝，我和你一样。"

……啊？在贺远的解释下，我总算懂了。他是先跟那位吴阿姨确认了相亲对象是我，才答应下来。

"昨天我约你出门，你为什么不直说？"

"给你个惊喜啊。还有，既然你说要追我，这件事在长辈面前过个明路，才比较放心吧。"他又恢复了那副随性的模样，把手里的菜单递给我，"好了，点菜吧。你昨天说的那电影，我已经买好票了，吃完饭我们就去看。"

我也没了脾气，把菜单接过来，按照自己的和记忆中贺远的口味点了几个菜，然后专心低头吃饭。他买票的那家影院，就在对面的商业街区。正好是过年期间，又是情人节，商场里可以用人山人海来形容。我和贺远并肩走到影院门口，贺远去一旁取票，我去买爆米花可乐。结果刚走到队尾，余光忽然瞟见，斜里走过来两道熟悉的身影。是林柯和曲心瑶。看到我后的下一秒，曲心瑶立刻收敛笑容，转头去看林柯的表情。

林柯看着我，抿了抿嘴唇："你一个人？"

"关你什么事？"

我刚说完，贺远就取好票回来了。看到贺远，林柯的神色一下子变得极为难看，望向我的眼神也越发晦涩难辨。

贺远目光扫过他们，没有片刻停留，重新看向了我："票取好了，走吧。"

他的态度就好像面前这两个人和普通路人没有任何区别，甚至不值得他浪费半个眼神。我伸手挽住他的胳膊，转身往检票口走去。自始至终，我像贺远一样，没有再看过林柯一眼。

电影其实就是普通的贺岁爱情片，中规中矩，结局也是大家一向爱看的大团圆，热热闹闹的，很符合过年的气氛。只是到最后男女主相拥接吻时，影院里的气氛一下就暧昧起来。我坐在最后一排，看着前面亲得难舍难分的小情侣，有点尴尬，又有点蠢蠢欲动。纠结间，有只温热的手伸过来，轻轻覆在了我的手背上。

这一点接触给了我莫大的鼓励，我反手与贺远十指相扣，侧过身小声说："你把头低下来一点。"

然后吻了上去。这个吻很短暂，蜻蜓点水般就过去了，但没有像那天晚上借着醉意，此刻的我完全清醒，所以退开后，脸也飞快地红起来。

好在电影院里光线昏暗，贺远没有注意到，他只是用额头抵着我的额头，很小声地说："孟芝芝，你现在胆子这么大了？"

我强装镇定："我都说了要追你，当然要主动一点啊。"

看完电影后，贺远送我回家，然后在上次停车的地方跟我告别。等我上了楼，趴在窗口往下看，才发现贺远没有走。他站在原地，靠着路灯，指间有一截烟，在渐沉的天色中明暗闪烁。我突然意识到，其实贺远一直都有抽烟的习惯。只是因为我有慢性咽炎，闻到烟味就会咳嗽，所以他在我面前时，连烟盒都很少掏出来。明明看起来是个漫不经心又随性的人，偏偏在这种事情上无比细心。我抬起手，贴着胸口，清晰地感受到心跳正在加速。

"芝芝。"

我妈的声音打断了我的思绪，转过头，我才发现她和我爸正站在我身后，小心翼翼地问："今天和小贺见面，感觉怎么样？聊得还愉快吗？"

"……挺好的，他刚还送我回家了。"

我妈似乎舒了口气："那就好，那就好。你跟小贺好好相处啊，他对你也挺上心的，妈觉得，这孩子比林柯那个人可靠……"

我耐心地听着她温暖的絮叨，不由得想到过年前刚和林柯分手的那段时间，我还没有重新遇到贺远，没有捡起曾经对于他的喜欢。甚至每天失眠到很晚，因为一闭上眼，脑海中就会浮现出林柯和曲心瑶

扑火

格外亲昵的画面。那段最绝望无助的时光，是我爸妈陪着我一点一点熬过来的。

想到这里，我深吸一口气，走过去抱住我妈，把脸埋在她肩上，闷声说："我会和他好好相处的，妈你不用担心了。"

新年假期结束后，我重新回到了公司上班。我工作的地方在省会，老家则在离这里最近的一座三线小城。回去后我才知道，贺远他们公司设立的分部并不远，离我只有六站地铁。大概是巧合，贺远租的房子就在我对面的小区。因为住得近，接触频繁也变得顺理成章起来。一开始，是我主动约贺远每天下班一起吃晚饭，到后来，只要不加班的日子，这就成了我们之间心照不宣的默契。

那天晚上，因为要修改一个方案，我在公司熬到十一点多才下班。地铁已经停运，我想打车回家，结果到园区门口掏出手机，才发现不知道什么时候没电了。再回去充电已经不可能了，我站在凛冽的夜风中，一时无措。也是在这个时候，一辆熟悉的黑色轿车停在我面前。车窗降下，露出贺远的脸。

他皱着眉，神情看起来有些冷硬："怎么关机了？手机没电？"

"嗯……忙着改方案，没注意。"

我上了车，用冻得发僵的指尖搓了搓脸颊，小声问："这么晚了，你怎么会想到来接我啊？"

"因为这么晚了，你一直不回信息，打电话提示关机。"他说着，一边发动车子，一边侧头看了我一眼，"前两天还有个女生走夜路碰上抢劫的新闻，孟芝芝，我可不放心你一个人。"

我鬼使神差地想到去年。那天暴雨，林柯亲自开车去接曲心瑶回家，让我独自一个人打车，等排到我的时候，都已经是半夜了。其实我胆子很小，那天太晚，再加上看了很多社会新闻，我也怕得要命，回家的路上一直在微信上和杜玲连着麦，直到平安到家才挂断，然后就看到了曲心瑶那条朋友圈。即使现在我对林柯已经没有感觉，但当初的难过，却是真实存在过的。

车在我住的小区门口停下。下车后，我正要向贺远告别，他却跟着下了车，说要把我送到楼下去。

"太晚了，我怕你不安全。"

我和他并肩走过了一段黑漆漆的路，穿过绿化带，到了我住的楼下。

"以后加班太晚，直接打电话给我，我去接你。"他很随意地冲我挥了挥手，"好了，你上去吧。到家早点休息。"

我到家后，第一时间给贺远发去了平安到达的消息，然后才放下手机去洗澡。

这天晚上，我一时没有睡意，于是躺在床上想过去的事情。我胆子小，这事贺远一直是知道的。高中时，经常有人在晚自习前放电影。如果放的是恐怖片，前奏一起我就吓得不行，电影也不看了，直接跑出教室，到走廊上散心。这种时候，一般贺远都会跟出来，靠着我身边的走廊栏杆，埋头玩手游。我问过他，为什么不进去看电影。贺远抬起头看了我一眼，语气似乎十分随意："之前看过了，所以出来透透气。"结果他几乎每一部恐怖片都这样。那时候我还傻乎乎地问他："你是不是很喜欢看恐怖片啊？怎么每一部都看过？"直到现在，我才反应过来，当初的自己，某些时候也挺迟钝的。

从那天之后，贺远开始在我每一次加班后都来接我下班。甚至有几次，他是在把我安全送到楼下后，又折返回自己的公司接着做项目。我才知道，他被派来刚设立的分部，属于研发部门的核心人员，十分重要，所以平时工作都很忙。但即使这样，他还是经常秒回我消息。

扑火

周年庆那天，公司给我们发了福利——两张温泉酒店的入场券。我给贺远打电话，问他要不要一起。电话那边传来几下键盘敲击的动静，接着是贺远带着一点笑意的声音。

"你要跟我一起去泡温泉？"

我微微红了脸："嗯，听说酒店的自助餐也很不错……"

"好，等这一阵赶工忙过去吧。"

我能感觉到，我们之间的距离，越走越近。之前那些遗落在时光长河中的情愫，也在一点一点被找回来，甚至在朝夕相处中越发生机蓬勃。贺远身上，有着令我万分心动的迷人气质，也有周全细致的体贴照料。偶尔跟我妈提起，她也会说："你跟小贺很般配。"只是……每次想到那封被拒绝的表白信，我还是会瞬间丧失掉再跟贺远表白一次的勇气。

早上出门的时候，我特意跟贺远约好，晚上下班后一起吃饭。然而刚下班，我就接到了一个陌生号码打来的电话。

"孟芝，是我，何志年。"

我迟了几秒才想起来，这人是我们高中篮球队的成员，和贺远家住一个小区。当初，因为我考驾照，贺远又考上北大所以挺忙，两个人的时间一直对不上。我给贺远的那封表白信，就是拜托他转交的。后来的回信也是他拿给我。

"什么事？"

"林柯在酒吧喝醉了，一直念叨你的名字，你能不能……过来一趟？"我原本想拒绝的，但他又说，"你还是过来一下吧，当初你跟贺远表白那件事，我有话要跟你说。"

这件事对我来说实在是太重要，我心头一沉，还是伸手打了辆车，直奔他报给我的地址。去的路上，我忽然想到一个问题：何志年不是跟贺远关系比较好吗？他和林柯什么时候这么熟了？

灯光温暖的清吧，我快步走到角落桌前，伸手敲了敲桌面。

林柯抬起醉得蒙眬的眼睛，望向我："芝芝……你还是和贺远在一起了，是吗？"

我深吸一口气："这和你有什么关系？林柯，是你劈腿在先，你没有质问我的资格。"

"那你也不该选贺远！当初他已经拒绝你的表白了，你以为他是真的喜欢你吗？"

我猛然一怔，俯下身撑着桌面，盯着他，一字一顿："你怎么知道贺远拒绝了我的表白？"

何志年把我拉到了一边，声音里满是歉意："对不起，孟芝。我承认，当初那封信根本没有送到贺远手上，包括那封'回信'，都是林柯写的。"

宛如晴空一道惊雷从我脑海中劈下，我脸色一白，几乎要站不稳身子。

"当初高考完，我妈说要带我去见一个几十年的好闺密。见了面我才发现，她闺密的儿子就是林柯。那段时间我和林柯玩得很不错，他跟我说，他真的很喜欢你。贺远那几天不在，所以信你给我之后，被林柯知道，我也就顺水推舟地给他了……"

最后，他犹豫了一下，从身后的背包里取出一个包装好的盒子："其实，当时贺远的时间总和你撞不上，听我说要和你们去游泳，所以去北京前，他也拜托我给你一个东西。"

后面的事，不用他说我也知道了。贺远没有收到我的表白信，我却以为他已经拒绝我了。他的礼物也根本没有送到我手上。

"前段时间，其实贺远来问过我这件事。当时我没有告诉他实话，但思前想后，觉得还是把真相告诉你吧。"

面对他满是歉疚的脸，我既说不出狠话，也说不出原谅。说到底，

扑火

是我自己不够勇敢。即使收到那样的回信,但只要我当时鼓足勇气去问贺远一句,结果也会截然不同。身后,醉醺醺的林柯还在念叨,我把礼物盒放进包里,转身走到他面前。

他忽然抬起头,冷笑着质问我:"要不是你当初总坐在篮球场边,球赛的时候还帮我处理伤口,我会误会你对我有意思吗?你现在就这么跟贺远在一起,那我们之前的感情算什么?之前六年,你说过无数次喜欢我,难道都是假的?"

我突然觉得,他和曲心瑶真是相配极了。一个自以为是,一个不屈不挠。关键是两个人都毫无道德底线,永远也不会觉得自己有错。我拿起桌上的瓶子,把整瓶酒从他头上淋下去。

"我坐在篮球场边做题是在看贺远,给你处理伤口是因为我是生活委员,从一开始,我喜欢的人就是贺远。"我咬着牙,克制着声音里的颤抖,"那六年,本来就是你从贺远那里偷走的。林柯,我早就不喜欢你了,现在知道真相,我只觉得恶心,你懂吗?"

林柯湿淋淋地坐在那里,浑身狼狈,却没有动。他抬眼看着我,眼底的光一寸一寸地熄灭下去,浮现出星星点点的绝望。我头也不回地走了。回去的路上,我在出租车上拆开那个礼物盒,发现里面放着一本书,是岩井俊二的《情书》。记忆在这一刻回流。

高中时,班上是放过这部电影的。看到结局的时候,我哭得稀里哗啦,还跟身边坐着的贺远说,我太喜欢藤井树这种内敛又深情的表白了。原来他听到了,也记住了,还试图用同样的方式向我传达心意。只是阴差阳错,我隔了六年才收到。

下了车,我抱着那本书走进小区,坐在路灯下的长椅上。夜色冷清,我终于不再压抑自己的情绪,把脸埋在膝盖间失声痛哭。这一刻,浮现在我心中的情绪不是怨恨,也不是遗憾和悔恨,只是无限的涩然和酸楚。我曾经的幻想终于得到验证,倘若当初我没有错过贺远,倘若陪伴我度过青春的人一直都是他，这六年的人生，就会完全不一样。

我默默流了好一会儿的眼泪，直到朦朦胧胧地听到一道熟悉的声音："孟芝芝？"

我抬起头。贺远就站在我面前几步之遥的地方，明澈的瞳孔里倒映出我满是泪痕的脸。

"你在这里哭什么——"他目光扫过来，落在我手里的书上，语气忽然停顿住，"这本书还是到你手上了吗？"

我听出这语气里仿佛有暗示，愣愣地看着他。贺远走过来，伸手在我发顶轻轻拍了拍，顺势坐在了我身边。夜风微凉，体温传递间，他贴着我的手背皮肤渐渐温热起来。

"上次你喝醉了，问我为什么拒绝你的表白，我就觉得有点奇怪了，因为我从来没有听到过你的表白。反倒是我的印象里，当初托何志年给你送书，你对我的态度一下就变得很冷淡，后来又跟林柯在一起，我就觉得这是很委婉的拒绝，也挺符合你一贯的性格。所以，我去问了何志年。他没有承认，但我其实已经猜到了一些——比如，这本书当初根本就没有到你手上吧？"

我吸了吸鼻子，轻轻点了下头。

贺远扯了扯唇角："果然。"

空气安静了片刻。他忽然说："其实大三那年，我见过你一次。"

我愕然地看着他。

"有个竞赛，决赛就在你们大学举办。我当时跟着带队的老师过去，在体育馆门口看到你和林柯在一起。"他说着，笑了一下，"你抬头看他，看得很专心，根本没注意到我就从路对面走了过去。"

"后来竞赛结束，我没停留，直接就回去了。"

我心里很不好受。

贺远却忽然又开口了："孟芝芝，现在你收到了这本书，可以告诉我答案了吗？"

"……什么？"

他转头看着我，眼神认真，嗓音微沉："过去了六年，你还愿意和我恋爱吗？"

夜风卷着四周细微的声音，从我耳边掠过。我清晰地感觉到，胸腔里的心跳越来越快，也越来越剧烈，宛如擂鼓。是比六年前更为深刻的心动。

最终，我认真地点了点头："好。"

贺远笑了一下，然后扶着我的脑袋，直接吻了上来。

我把我和贺远在一起的事情告诉了我妈。她兴奋极了，念叨着要请那位做媒的吴阿姨吃饭，还说要把这个好消息告诉贺远的妈妈。我听出了不对劲，追问之下才得知，原来这段时间，她已经和贺远妈妈打过好几圈麻将，还一起逛了街，建立了十分深厚的友谊，就盼着我跟贺远在一起，她们好亲上加亲。我也把这件事告诉了贺远。

他挑眉笑道："那下次回家，我先跟你一起去见见阿姨好了。"

后来和杜玲见面，我也跟她说了一声。她显得很是兴奋，在我面前大骂了林柯两句，又开始夸贺远："我就说你和贺远最合适！让林柯和曲心瑶天长地久去吧！"

我淡淡笑了一下："可是我不想让他们好过。"

倘若他只是劈腿曲心瑶，也许按我一贯的性格，不会多加计较。可他截下了我给贺远的信。

年中那会儿，林柯和曲心瑶之前合作的那个项目，一款号称能帮忙找到灵魂伴侣的App（智能手机的第三方应用程序），终于开始上架推广。同时，我把当初那个帖子取消匿名，然后把链接发到了同学群里和各大网络爆料平台。一款卖点是寻找真爱和灵魂伴侣的App，项目负责人却是不屈不挠，挖了六年墙脚的小三和出轨的渣男，这风评怎么可能好得起来？后来我听说，曲心瑶的公司跟她谈话，派遣她去别的城市做边缘项目。林柯则直接被辞退了，公司还特意把辞退公告发在了网上，以示这个项目从此和林柯没有关系。

"他俩感情本来就出了问题，这事曝光后，曲心瑶直接提了分手，大快人心啊。"杜玲跟我分享完八卦，又感慨，"我之前一直觉得，凭你的性格，估计这事最后又不了了之了。没想到你直接一击必杀，狠人啊——宝，你老实交代，是不是受到了贺远的影响？"

我想了想："可能真的有吧。"

从高中起，他就总是那个给我勇气的人。现在也一样。

告别了杜玲后，我看了看，天色已经黑了下来，手机上有贺远发来的消息："今晚加班，你先吃饭，不要等我。"

我突发奇想，打算去给他送个饭。一个小时后，我拎着从楼下湘菜馆打包的小炒黄牛肉，站在了贺远公司门口。

前台姑娘很热心地过来问我找谁，我忽然有点紧张，举了举手里的饭盒："那个……我来给贺远送晚饭。"

小姑娘恍然大悟，转头小跑进去，喊了一声："贺工，你女朋友来找你啦！"

很快，贺远就顶着一头微乱的头发站在了我面前。

我清了清嗓子，小声说："你今天这么忙，应该还没顾得上吃晚饭吧？我给你打包了楼下的小炒黄牛肉……"

他目光沉沉地盯了我片刻，忽然伸出手，揽住我的肩膀："进去说。"

在他们公司的茶水间里，我见到了贺远的几个同事。大家很热情地跟我打招呼。

"嗨！"

扑火

"原来你就是芝芝莓莓啊。"

我愣了一下，看着那个笑容灿烂的年轻男人："什么芝芝莓莓？"

贺远递过去一个警告的眼神，可惜被男人无视了："就是贺远啊，大学的时候我们学校很多小姑娘跟他表白，他一个也没同意。当时我还以为他性取向有点问题呢。结果有一回在实验室，他在那儿盯着手机屏幕笑，我看了一下，发现是一个群聊，里面有个备注是芝芝莓莓的人一直在说话。去年十月，公司成立分部，他第一个去报名，说要回来。后来我问他，是不是因为芝芝莓莓，他竟然没否认。"

我愣住了。

去年十月……那不就是林柯劈腿曲心瑶，然后向我提出分手，又在朋友圈跟曲心瑶秀恩爱的时间吗？

"话多。"贺远冷冷说了一句，牵着我的手，拉着我往一旁单独的小房间里走，"我吃饭去了，爱心晚餐，不像某些人只能可怜巴巴点外卖，懂？"

男人被气得骂了句脏话。我感受着手上传来的温热触感，偷偷侧头看了贺远一眼。他唇角微勾着，看起来心情很好的样子。我不由微微失神。所以……去年他突然从北京回来，果然是因为我吗？

我在贺远的公司待了好几个小时，直到深夜，他们的工作终于告一段落，顺利下班。园区里已经没什么人了，我挽着贺远的胳膊，沉默地想着心事。

他的声音却忽然响起："你在想什么？"我踢开脚边的小石子，闷声闷气地说："我以为像你这么骄傲又洒脱的人，当初以为被我拒绝了，后来又听说我跟林柯在一起了，就不会再和我有什么交集了。"

贺远沉默了一会儿。

"对，我是个很骄傲自负的人。如果是别人，只要拒绝过我一次，未来也不会再有交集。但因为对象是你，我才觉得，再试一次也没关系。"

　　他说得很慢，也很认真，让我感知到这声音里蕴含的情愫和力量。一如当初合欢树旁的球场上，察觉到我在看，就把三分跳投做得更漂亮的飞扬少年。我吸了吸鼻子，只觉得眼眶发酸。贺远把手从口袋里抽出来，伸过来，用力抱住我。这个怀抱异常温暖，驱散了初秋遗留在我身上的寒意。

　　他在我耳边低声说："孟芝芝，我已经错过你六年，不能再错过余生了。"

　　天色已暗，满天星河光芒点点。我闭上眼睛，用力回抱住他。

　　"我也这么想。"

暗火：贺远番外

　　我第一次见到孟芝，是高一开学那天。报名结束后的第一堂班会，老师让我们挨着自我介绍。因为中考发挥失常，我被分进了普通班，心情实在算不上好。

　　轮到我时，很随便地走上台，说了句："我叫贺远，谢谢大家。"

　　面面相觑的寂静里，忽然有响亮的鼓掌声，一下、两下、三下……

　　坐在第二排窗边的小姑娘默默放下手，有些尴尬地环视四周："我……是不是鼓得不是时候？"

　　同学们发出友善的哄笑声，零零落落的掌声跟着响起来，渐渐连绵成海。我看到她面前的书本下面压着露出一角的手机，而她坐在那里，挺直脊背，眼里涌出一点孩子气的骄傲。心底由骄傲与自负带来的不甘，就很奇异地在她眼睛里被抚平了。如果接下来三年和她在一个班里，那也还不错。我这样想。但其实高一第一学期，我和她的交集并不算很多，偶尔只在考试卷子发下来时，会有带着一点旖旎意味的对视。

　　她的语文学得很好，几乎每一次作文都被当作范文贴出来展览，字里行间都带有鲜明的孟芝风格。我没有告诉她，她的每一篇作文，我都认认真真看过好几遍，以至于很多年后，偶然在知乎刷到那个帖子时，我第一眼就认出了那是她的文笔。她还在帖子里写，她们高中的操场上有一棵巨大的合欢树。我当然记得那棵合欢树。每节体育课，她都坐在树下，一边做题一边不时把目光投向一旁的篮球场。每一次，她的目光落过来，我就会立刻斗志昂扬，恨不得自己发挥得再出色一点。然而班上莫名其妙传出流言，说她看的人是林柯。

林柯？就是上次篮球赛她给上药的那个林柯？孟芝会这么没眼光？我一边在心里这样想，一边又忍不住有点生气，于是那几天都没怎么理她。我其实希望她能来哄我，或者澄清一下，但她好像并没有察觉到我的冷淡，仍然在每周日返校的那节晚自习前，把一杯芝芝莓莓或者多肉葡萄放在我桌面上。我的气又莫名其妙地消了。后来我就给她改了备注，芝芝莓莓。

高二那年的开学典礼结束后，大家都散了，只有孟芝坐在椅子上，迟迟不肯走。我问她怎么了，她红着脸支支吾吾了半天，才说自己生理期突然到了，弄脏了裤子和椅子。于是我把校服外套解下来给她系在腰上，又跑去买了包卫生巾给她，然后把椅子擦干净。她从我手里接过那包卫生巾的时候，脸红得都快要烧着了。

但是八年后，已经能十分坦然地打电话指挥我："贺远，我痛经，你下班回来记得在门口的药店帮我带盒布洛芬，再去隔壁便利店买包超长夜用，家里的用完了。"

我说好，下班回去的时候除了记着帮她买东西，还另外买了杯热可可。

晚上，孟芝吃了止痛药，靠在我怀里，用我的 Switch 玩塞尔达。她玩得很专注，只是操作稍显笨拙，从我的角度看下去，正好能望见她头顶那两个发旋，还有她按在手柄上认真又紧张的手指。

扑火

我忽然想笑，于是伸出手，从后面轻轻握住她的手腕，附在她耳边低声说："放轻松点，你快把手柄捏碎了。"

孟芝一下子就僵住身子，Switch 从她手里掉下去，落在柔软的被子上，被我手心贴着的那一块手腕皮肤渐渐滚烫起来。

她很小声地说："贺远，我今天生理期。"

"我知道，就是单纯地想抱抱你。"

很奇怪的，我在外人眼里，大概并不是什么好相处的人。冷漠，傲慢，自负，这都是别人曾经给过我的评价。传进我耳朵里的时候，我也从没有放在心上过。但面对孟芝的时候，这些冷硬的傲气可以为她筑起高墙，让她意识到自己的特别，也可以在她面前一瞬间溃不成军。

这天晚上，孟芝睡得很早，她贴在我怀里，呼吸悠长。但我迟迟没睡着，因为一直在想过去的事情。当初，我托何志年把那本《情书》给孟芝后，迟迟没能得到她的答复，她对我的态度反倒骤然冷淡下来。本来是那么软乎乎一个小姑娘，冷漠起来竟也很有脾气。

我一开始觉得，算了，既然她拒绝了，那我也不作别想。可开学之后，第一次站在未名湖畔，望着阳光在湖面上铺开一层波光粼粼的金色，那一瞬间，我忽然特别希望孟芝站在我身边。不论她的冷淡是不是无声的拒绝，我都想再试一回。但也是这个时候，我听说了她和林柯在一起的消息。

曾经我以为的流言得到验证——所以她坐在篮球场边看的，一直都是林柯吗？那些在我心里一点一点浇筑出完整又鲜活的她的暧昧，也不过是我自以为是的错觉吗？不可否认，那短短的一瞬间，我几乎是恨过她的。

第二年，已经退休的爸妈跟着搬了过来，把四环外空置许久的那套房子简单收拾一下，住了进去。后来的五年里，我一直待在北京，再也没有回去过，也没有再联系过孟芝。我以为我们再也不会有交集。直到我在朋友圈看到林柯和曲心瑶的合照。

那么……他和孟芝分手了？

那一瞬间，我原本沉寂已久的心重新活跃起来，本以为消失无踪的悸动自四面八方涌起，穿过血液与骨骸，共同在我心头汇集成一个具体的形象。接下来的一切都顺理成章。说服爸妈回老家生活，跟公司申请调动到新设立的分部……

飞机缓慢起飞的时候，我望着窗外北京冬日蓝灰色的天空，忽然明白了，我心底晦暗涌动的火焰，从没有真正熄灭过。只不过，她是唯一的燃料。

由于我妈和孟芝的妈妈关系过于亲近，我们的婚期也很快提上了日程。我找个时间和孟芝一起把积攒了两年的年假用掉，去了几座她一直想玩的城市。最后还剩三天时间，干脆回家待着。

这天晚上吃完饭，孟芝缩在沙发里捣鼓她新买的那把吉他，我在厨房洗碗，孟阿姨忽然出现在我身边，还顺手把门关上了。

她望着我，很有几分感慨的样子："小贺，阿姨真的要谢谢你，和你在一起这两年，芝芝比原来更活泼了，本来我真怕……"

我知道她没说完的话是什么。当初和林柯分手，孟芝受了不小的打击，连她爸妈都担心她走不出来。

"没事的阿姨，这有什么可谢的呢。"我把洗好的碗一个个擦干，转头看着她，"我喜欢芝芝，所以很愿意看着她和我在一起之后一天天变好，这是理所当然的。"

洗完碗出去，我把垃圾收拾了一下，拎着往玄关走："叔叔阿姨，那我先回家了。"

结果孟芝一下子从沙发上蹦起来："我送你！"

扑火

大冷的天，她往毛茸茸的珊瑚绒睡衣外面又裹了件宽大的羽绒服，整个人被簇拥成小小的一团。

电梯一路下行，寂静的空气里，她忽然哼哼唧唧开头："哼哼，贺远同学，在我妈面前很乖嘛。"

我低头看着她，笑了一下："我一直都很乖。"

"睁眼说瞎话！你知道杜玲在我面前都喊你什么吗？"

"什么？"

电梯停在一楼，电梯门打开，我跟她并肩走出去，夜风已经卷着细小的雪花飘在脸上。

我把垃圾扔进门口的垃圾桶里，洗了手，刚转过身，就听见她带着几分淘气的声音："他们都叫你……"

没说完的话被堵了回去。我低下头，贴上她柔软温热的嘴唇。手上湿淋淋的，天气太冷，我没敢碰她，结果这个吻在翻滚的旖旎中渐渐沸腾起来后，反倒是她伸出胳膊，环住了我的腰。

良久，我终于退开了一点，抵着她额头轻轻喘气："好了，天太冷，又是晚上，不安全，你回去吧。"

她没松手，反而贴着我的胸膛，黏黏糊糊地说了句："我会想你的。"

冷硬的、一贯无波澜的心，在这一刻化成柔软的雾气。

"我明天再来看你。"

回家后，我洗完澡出来，忽然被在客厅玩欢乐斗地主的我妈叫住："你刚从芝芝那边回来吗？"

"……是。"

您倒叫得亲近。

她摸着下巴，意味深长地打量了我半晌，忽然出声："你打算什么时候跟芝芝求婚？"

"这个就不劳你费心了吧？"

"我不管，我对芝芝很满意，希望明年春节，我们两家人能在一起过年。"

其实我觉得她更想明年春节和孟芝妈妈一起打麻将，但不得不说，我妈的确也格外喜欢孟芝。

我沉默片刻，淡淡道："我知道了。"

然后吹干头发，回到卧室。桌上摆着我和孟芝的合照，是之前我们专门回学校的那棵合欢树下拍的。我盯着照片上的孟芝看了一会儿，然后拉开抽屉，从里面取出两只精美的小盒子。打开来，戒指在灯光下熠熠生辉。我轻轻摩挲着那颗打磨得精致光滑的钻石，感受到心里的火焰在这一刻陡然旺盛起来。

明天，我将会向她求婚。

脆弱关系

　　我与卫泽的恋爱，开始于一段两相情愿的一夜关系。

　　那时候，我在订婚前夜抓到男友何子轩出轨，于是果断收拾行李，连夜搬到了闺密庄小鱼家。相恋八年，做梦都没想到我跟何子轩会走到这一步。我跟公司请假，在家颓了好几天。酒瓶堆了满桌的时候，庄小鱼终于看不下去了。

　　"陈黎，为了个出轨的烂人难过成这样，你知道有多不值得吗？不仅这个月全勤奖没了，工资还得扣一千八。"她眯着眼睛跟我算账，"哦，还有桌上这些酒，加起来得两千吧？别忘了你还有房贷要还呢。"

　　我一声哽咽硬生生卡在喉咙里，低头看看手里的酒瓶，忽然开始心痛。

　　庄小鱼一把夺走酒瓶，把我从沙发上拽起来，往浴室走："正好今天周末。你去洗个澡，然后换衣服化妆。"

　　"干什么？"

　　她停下脚步，转过头神秘一笑："带你去找乐子。"然后把精心化好全妆的我，拖到了体院的游泳馆。

　　我万万没想到，她说的找乐子，其实是找男人。众所周知，体院盛产肌肉帅哥，而看帅哥能让人快乐。庄小鱼的高中学弟把我们带进了游泳馆，我踩着湿滑的地面往池边走，迎面撞上一个人，脚下一个趔趄，险些摔进身后的泳池。

　　结果那人稳稳地扶住了我，还十分关切地问了一句："姐姐，你没事吧？"

　　嗓音十分好听，清冽里带着一丝若隐若现的沙哑，像是缠绵过后从喉间涌出的最后一点旖旎。我心念一动，抬眼望去，对上一张轮廓深邃、五官俊朗的脸。这人好高，哪怕我踩着八厘米的高跟鞋，也堪堪只到他鼻尖，只能看到他淡粉色的嘴唇，还有顺着下巴流淌的水珠。早上还让我沉浸在失恋悲痛中的何子轩，瞬间被我抛诸脑后。脑中只剩下一个清晰的念头——得到他。

　　我摇摇头："没事。"

　　他扯着唇角笑了笑，露出一口洁白的牙齿："那就好。"

　　等这小孩重新进了泳池，我火速奔到庄小鱼身边，问她学弟："那是谁？"

　　"啊，卫泽吗？我们校游泳队的顶梁柱，最有希望进省队的成员之一。"学弟十分热心，"陈黎姐感兴趣的话，我把他微信推给你？"

　　我眯了眯眼睛："好啊。"

　　庄小鱼的学弟把卫泽微信推给我之后，也换了泳裤下水练习去了。我和庄小鱼坐在旁边的长椅上，盯着满室肩宽腿长的肌肉帅哥，眼睛都快忙不过来了。而在这些人里，无论是外貌还是游泳水平，卫泽都是最拔尖的那一个。我看着他在泳池游了好几个来回后，上岸拿起了手机，于是火速低头申请他的微信好友，备注是"救命之恩"。

　　卫泽很快通过了我的申请，并发出礼貌疑问："你是？"

　　"刚才你在泳池边扶了我一把。"

扑火

"啊，这个就算救命之恩了吗？"

我勾着唇角给他打字："是啊，我不会游泳。如果我摔进泳池，说不定还得你救我。"

隔着两排长椅的桌子前，卫泽打字的动作一顿，而后猛然抬起头，向我这边看过来。游泳馆亮白的灯光照下来，被他身上滚落的水珠折射。清爽得要命，又迷人得要命。我清晰地听到了自己逐渐加快的心跳声。

庄小鱼转过头，望着我欲言又止了半天，还是说："黎黎，欣赏一下男色可以，但是你别太上心了。我学弟跟我说过，这些体育生，好多都……玩得挺花的。"

我冷静地收起手机："我知道。"

作为一个已经在社会上摸爬滚打好几年的社畜，我分得清心动和欲望的区别。

我和庄小鱼在游泳馆看了一下午帅哥游泳，到傍晚时，她学弟过来叫我们："队里要出去吃晚饭了，你们方便的话可以一起呀。"

他身后跟着的人就是卫泽。我礼貌性地矜持了一下："这会不会不太合适？"

"不会啊，只是普通小聚，几个人一起吃顿饭而已。"卫泽明亮又清澈的眼睛望着我，"姐姐，一起来吧。"

于是我就这样，跟着卫泽他们去校门口吃烧烤了。几个正是青春年少的小男孩，又刚消耗了大量体能，饭量惊人。烤好的串端上来，一晃眼就没了。卫泽坐在我身边，眼疾手快地抢下不少鸡翅，放进我盘子里。因为第二天是周末，不用训练，他们点了一打啤酒。几杯灌下去，卫泽已经微微醉了。他偏头看看我，夜风吹过来，头顶的灯盏倒映在他眼睛里，晃出一圈一圈的波光，有种蛊惑人心的力量。吃过饭，天已经黑下来，庄小鱼还有事，提前一步打车走了。几个男孩子三三两两往学校走，卫泽慢吞吞地落在最后，和我并行。

我转头看着他："你怎么不跟他们一起？"

"太晚了，你一个人走不安全。"他小声说，"我先送你回家吧。"

我突然想笑。第一次见面，他就要送我回家。想到之前在游泳馆里庄小鱼对我的忠告，我由衷觉得卫泽还挺会的。这样也好，他主动迈出第一步，说明彼此都没有什么心理负担。我们并肩走过一小段路，到了前面灯火通明的罗森。

我借着买烟的名义把他带进去，走到放计生用品的货架前，低声问："要什么牌子？"

卫泽好像愣了一下："……什么？"

"你之前习惯用什么牌子的，自己拿。"我琢磨了一下，大概是他年纪还小，容易害羞，于是很贴心地走到了一边，"我去拿瓶牛奶，等下我一起付钱。"

结果我在柜台前等了半天，等到奶都被我喝完了，卫泽终于攥着一个小盒子过来了，还坚持要自己付钱。

我目光扫过他微红的耳尖，笑了笑："走吧。"

便利店对面就有一家酒店。卫泽也是经验丰富，随身就带着身份证。电梯一路上行，密闭的空间里，来自年轻男孩子身上特有的清新气味混合着淡淡的酒气，在空气中拉扯出一片旖旎的氛围。

进了房间，我反手锁了房门，转头贴上他的嘴唇。与我掌心相贴的体温一点一点升高，不知不觉中，卫泽反客为主，打横抱起我，走到了床边……

大概是太累，我忘了自己是什么时候睡着的。总之，醒过来时，天色大亮。卫泽已经醒了，正撑着下巴目不转睛地看着我。

我懒洋洋地从被子里钻出来，往浴室走去："好了，你可以回学

扑火

校了。等下我去退房……"

话还没说完，身后传来一阵急促的脚步声，接着我的手腕被他温热的手攥住。

顿了顿，我回头望去，在撞上卫泽欲言又止的委屈目光时，挑挑眉："还有事？"

他摇了摇头，眼神里多了几分固执："姐姐，我还没有女朋友。"

这话里的暗示，傻子都听得出来是什么意思。

我饶有兴趣地看着他："那你要和姐姐交往试试吗？"

说实话，我并不觉得卫泽这种各方面都很出色的小弟弟，会真的有和我恋爱的想法。无非是昨晚还算合拍，他这段时间又正处于空档期，拿我打发时间罢了。正好，我也有同样的想法。卫泽有一双很漂亮的眼睛，眼尾微长，眼珠是水洗过后一般的澄澈。

此刻这双眼睛正专注地看着我，郑重其事地点了点头："要。"

这段恋爱关系，就这么草率地定了下来。我的目光顺着他好看的脸一路往下。

大概是我打量的目光太过肆无忌惮，面前的小孩有些不自在地拧了拧身体，小声喊了句："姐姐。"

我被这一声叫得心神荡漾，伸手勾住他的脖子，扯着唇角笑道："既然时间还早，那就陪姐姐再放松一下吧。"

一直到下午，我才和卫泽一起出了酒店。在附近的海底捞吃了午饭，我把他送回学校，转身要走，结果卫泽又一把攥住我的手腕："姐姐下次什么时候有空？我去找你。"

我吃惊地转头看着他："你体力这么好？"

不愧是拥有六块腹肌的游泳队顶梁柱。

卫泽抿了抿唇，眼神里莫名多了一丝委屈："我是想和姐姐约会。"

不得不说，小男孩就是嘴甜。哪怕心知肚明这只是哄人的话，但心情还是骤然变得愉快起来。

我伸手拍了拍他毛茸茸的发顶："放心，姐姐有空就联系你，我们……约会。"

回去的时候，庄小鱼拎着鸡毛掸子在客厅等着，一看到我就冲了过来："陈黎，老实交代，昨晚去哪儿了？"

我撑着玄关的墙壁，一边换鞋一边说："酒店。"

"你和那个叫卫泽的弟弟……"

"嗯，是的。"

她瞪大眼睛，不可置信地看着我，半晌才憋出一句："……你还记得昨天我们在游泳馆里说过什么吗？"

我走到沙发边坐下，顺手拿过茶几上剩的半瓶酒，灌了一大口："记得。我没上心，他也没有，各取所需而已。"

庄小鱼坐在我对面唉声叹气，一副她把我领入歧途的样子，看得我直想笑。

过了好一会儿，她终于鬼鬼祟祟地凑近了我："那……你感觉怎么样啊？"

我认真地回想了一下："体力很好，人也很帅，赏心悦目，还能感受到一些之前没感受过的奇妙。"

比如，跟何子轩这种瘦弱白斩鸡在一起这么久，我都不知道，原来胸肌这东西，不用力撑着的时候，其实是软乎乎的……

我还在回味的时候，庄小鱼又开口了："对了，昨天晚上何子轩找我了，说他想跟你谈谈，但你微信和电话都把他拉黑了。"

何子轩。我冷笑一声，觉得十分离谱。他出轨在先，还把人带到我们新房的卧室里，被我当场抓住，这还有什么好谈的？

"不用管他，直接拉黑就行了。"

扑火

拿出手机，才发现卫泽给我发了好几条消息。

"姐姐到家了吗？"

"到了记得报平安。"

"姐姐，我找了几对好看的情侣头像，你看看你喜欢哪个，我们一起换。"

没想到，只不过是一段表面上的虚假恋爱关系，卫泽还能这么认真地跟我演戏，连细节也不肯放过。于是我真的兴致盎然地把他发来的头像看了一遍，最后选了一对相依相偎的布偶猫和萨摩耶。我把那个幼稚的猫头换上，点进卫泽的个人资料，才发现他已经先我一步换好，竟然还截图发了朋友圈。

"喜欢猫。"

配图是我已经换好的猫咪头像。而他给我的备注，是格外亲昵的"黎黎"。理智上，我很清楚这条朋友圈大概率是仅我可见。但感情上，还是被这种不加掩饰的直白弄得恍惚了一秒。等回过神来，手指不知不觉挪到了备注上，点击修改——

"很危险"。

少年直白的热烈最容易令人心动。可我已经二十六岁了，在社会上摸爬滚打了四年，见过了形形色色的人和各种脆弱关系，应该时时刻刻保持清醒才对。

第二周去公司上班，我顶着这个过于可爱的头像与客户交流方案时，总是会在晃神的瞬间想到卫泽。这个时候，他大概不是在跑步，就是上课。

我正想着，卫泽的消息就发了过来："姐姐在干什么？"

"工作。"

"晚上要不要见面？"他问完，大概是一时间没得到我的回答，又很快撒娇般补了一句，"姐姐，我想你了。"

解答完客户最后一个问题，我把聊天页面切回来，手指在键盘上轻轻一顿："好，那我去你们学校找你吧。"

"不用，我下午下课早，今天也没有晚训。姐姐给个地址，我去接你。"

这几天我和卫泽一直没见过面，但微信上的联系一直没断过。很难想象，世界上真的会有他这么黏人的男孩子。我只要一打开手机，就能看到卫泽发来的消息。哪怕是当初跟何子轩最热恋的时期，也没这么腻歪过。

因为工作太忙，我回消息很敷衍，他也不以为意。只有在连发很多条消息我都没来得及回复时，才会略显委屈地说一句："姐姐，你已经三个小时没跟我说话了。"

下班后，我跟着人群往外走，一眼就看到了门口站着的卫泽。他身上有种年轻男孩特有的朝气，仅仅只是站在那里，已经耀眼得像是一道光。也正因如此，显得有些格格不入。周五下班时间，人流拥挤，我好不容易才挤到他身边。

看到我，卫泽立刻咧嘴，露出十分灿烂的笑容："姐姐！"

他把手里拎着的一盒冰牛奶递到我手上，低下头问我："晚上想吃什么？"

我有一瞬间的愣怔。我喜欢喝冰过的纯牛奶，这事除了庄小鱼和从前的何子轩，没几个人知道。我跟卫泽认识不过一星期，他是怎么看出来的？

"你不喜欢吗？"见我没接，卫泽有些疑惑地把牛奶盒拿到眼前看了看，"是上次你在便利店买的那个牌子没错啊？"

不知道是多么丰富的情感经历，才能把年轻的小男孩塑造得这么体贴，这么……令人心动。我在这一刻忽然无比庆幸，我与卫泽开始

扑火

得坦荡。不付出感情，就不会受伤。

回过神，我从他手中接过牛奶，摇头："没有，我很喜欢。你想吃什么，姐姐请你。"

卫泽还没来得及答话，我身后忽然传来一道熟悉的男声，带着压抑的怒火："陈黎。"

回过头，看到何子轩怒气冲冲的脸。他两步走过来，目光从我脸上划过，落在卫泽身上，眼中出现了清晰可见的敌意。

"陈黎，这是谁？"

还没等我答话，卫泽已经先一步把我挡在身后，警惕地开口："我是黎黎的男朋友。"

"我们才吵架多久，你就有了新欢？"何子轩不敢置信，又冲着我冷笑，"既然如此，你又有什么资格指责我？"

我看着眼前面目狰狞的人，忽然觉得很累。经历了一星期朝九晚十的工作折磨，好不容易到了周末。此时此刻，我本来应该和秀色可餐的小奶狗坐在餐厅里吃个晚饭，然后去柔软的大床上度过美好的一晚上，彻底放松自己。至于何子轩，哪怕在一起八年，从发现他出轨的那一刻，这个人在我心里已经死了。现在他又为什么要来骚扰我？

"何子轩，你弄清楚，我们不是吵架，是你婚前出轨，被我抓到，然后当场跟你提了分手。"我揉了揉紧绷的眉心，不耐烦道，"至于我有没有新欢，这人是谁，是咱俩分手以后的事，跟你已经没关系了，懂吗？"

说完，不等何子轩反应，我先一步拉着卫泽的手离开了。何子轩没有追上来，倒是小男孩望着我，欲言又止了半天。

我瞥他一眼："有话就问。"

心里已经猜到了卫泽会问什么。无非是何子轩是谁，我和他在一起多久。占有欲这东西谁都有，我很理解，也已经在心里编好了一连串台词。没想到卫泽纠结半晌，忽然停下脚步，转身抱住了我。盛夏七月，他的体温透过柔软的T恤传递过来，却奇异地并不让我觉得烦闷。

"姐姐。"他清冽的声音响在我耳边，"你别难过了。"

他好会。哪怕是逢场作戏，我还是瞬间明白了，为什么女人都喜欢找小奶狗。敏感、体贴，还格外会撩。我是真真切切地投入了八年感情，又怎么可能不难过呢？当初我和初恋分手，何子轩出现，开始全心全意地追求我。我被他的无微不至打动，很快就答应了，甚至为了和他在一起，毕业后都没有回老家，而是留在了这座城市。

刚毕业的时候，我每个月工资只有八千元，在这座超高消费的一线城市，房租都要占四分之一。为了省钱，我搬去跟何子轩一起住。他家境不错，但和我分得很开，包括房租在内，一切日常支出和约会消费全部AA。

在一起的第七年，他仍然闭口不谈结婚的事。而那时我已经因为接连谈下几个大项目，拿到几笔不菲的奖金，于是用奖金和三年的存款付了间小一居的首付。何子轩知道后，马上跳出来指责我防备他。

我把钥匙扔在茶几上，抬起眼看着他："那就结婚。"

他立刻蔫了下来，踌躇半天，磕磕绊绊地告诉我，不是他不想和我结婚，而是希望自己在工作上有所成就后，再给我一个幸福的家庭。其实那个时候，我已经隐隐预感到了什么，只是不愿意承认。

半年后，被父母逼婚的何子轩迫于无奈，跟我提到订婚。哪怕什么求婚仪式都没有，我还是答应了他，只是心情异常平静。一直到那天晚上，我目睹他和另一个姑娘在家里的床上，才明白过来。八年太过漫长，不只消耗了他对我的感情，也让我对他没有了任何期待。

我深吸一口气，从卫泽怀里脱出来，伸手拍拍他毛茸茸的发顶："姐姐不难过了，去吃饭吧。"

晚饭我和卫泽是在海底捞吃的。他说游泳队的教练规定了食谱，

扑火

不能乱吃,于是在清水锅里可怜巴巴地涮了些蔬菜和牛肉就停下筷子,托着下巴看我吃。

我夹起一块玉米放进他碗里:"这个也不能吃?"

卫泽咬牙:"……能。"

我又给他夹了一筷子肥牛:"这个呢?"

"也能。"

"年糕呢?"

"能。"他一狠心把东西全吃了下去,然后小声嘀咕,"大不了回去多跑十公里。"

总去酒店是我这种社畜消费不起的。毕竟是长期固定的关系,吃过晚饭,我直接把卫泽带回了家。前两天,我在公司附近找了间新房子,然后从庄小鱼那儿搬了出来。

卫泽好像特别开心,进来后就眼睛亮亮地四处看,还跟我说:"姐姐,你能带我回家,我好开心。"

桌面上有个空着的相框,原本里面是我跟何子轩的合照,后来被我抽出来撕了。

卫泽看了一会儿那个相框,忽然转过头:"姐姐,我们来拍张照吧!"

我还在愣怔的时候,他已经拿出手机,搂着我的肩膀,把镜头凑了过来。我下意识弯了弯唇角,卫泽飞快地按下了快门。

"下次我把照片洗了带过来。"

他坐在沙发上,低头在手机上敲敲打打。没一会儿,我拿出手机,发现卫泽竟然用那张合照发了条朋友圈,配字是"般配",还自己给自己点了个赞。照片上的他充满青春活力,满脸胶原蛋白,眼睛亮晶晶的,像是兴奋的小狗。而和他脸贴脸的我,虽然化着精致的妆容,但脸色苍白又疲倦,眼睛里满是被生活磋磨过后留下的痕迹。

二十六岁的平庸女社畜和正值青春年少又前途光明的小男孩,到底哪里般配？

　　第二天午饭后，卫泽回学校。

　　我把他送到小区门口，又打了个长长的呵欠："姐姐还有工作要做，就不送你回学校了。"

　　"好。"他抿了抿唇，忽然探头在我脸颊落下一个吻，"姐姐，我周二还可以再来找你吗？"

　　我心道你体力够好，但姐姐已经老了，只得一脸无奈地叹气："恐怕不行。最近总加班，姐姐有空再联系你。"

　　小男孩欲言又止地点点头，带着满眼委屈离开了。

　　我跟卫泽的关系，就这样心照不宣地维持了下去。我的工作排得很满，朝九晚十，周末时不时也要加班。背着房贷，我一天也不敢休息，忙到极致时饭都顾不上吃，自然也没空回卫泽消息。

　　周五晚上，加班到精疲力竭的我回了家，刚出电梯门，就看到卫泽蹲在我家门口，正低头打游戏，身边还放着两大兜食材。

　　听到动静，他仰起头看过来，发现是我，顿时惊喜地跳起来："姐姐，你回来了。我刚给你发了好几条消息，你一直没回。"

　　我从包里摸出手机看了一眼，还真是："刚忙着敲定合同细节，没顾得上看微信。你进来吧。"

　　进了门，我踢掉高跟鞋，随手从冰箱里拿出半块没吃完的吐司，然后回身瘫在了沙发上。

　　卫泽去厨房放了东西，探出头来看着我："姐姐你先随便吃点垫一垫，我来做饭，很快就好。"

　　"……嗯。"

　　我厨艺平平无奇，但喂饱自己还是不成问题。只是这几天太忙，家里冷锅冷灶地闲置了很长时间，到今晚才有了点人间烟火气。厨房

扑火

里飘出的香气渐渐浓郁，我靠在沙发里，嚼着干巴巴的吐司片，有一搭没一搭地翻着手机。

主管发来消息："合同我看过，没问题了。明天你不用来公司，好好休息吧。"

我回了他一句"收到"，然后接着懒洋洋地玩手机。

外界琐事、明星八卦，这些消息一一浏览过去，但在我的脑中没有半分停留。从前的很多个晚上，我和何子轩就是这样，各自抱着手机倚在沙发里，直到睡前都是零交流。这种按部就班的生活持续了好几年，连自己都深感无趣。但这一刻，因为厨房里有一边哼着歌一边做饭的卫泽，和空气里弥漫的饭菜香气，好像有什么东西变得不一样了。

我正在愣神，小男孩端着两只白瓷盘从厨房走了出来："姐姐，吃饭了！"

番茄虾仁意面，上面撒满芝士碎，灯光一照，裹着酱汁的面条亮晶晶的，看上去分外诱人。

"姐姐你先吃。"他把盘子放在餐桌上，抬手捏了捏耳垂，"锅里还有汤，快煮好了，我去盯一下。"

没一会儿，他又端着一小锅丝瓜蛤蜊汤走了出来。卫泽不过才十八岁，竟然有这样的厨艺，我实在很惊讶。

吃饭的过程里我问起这事，他喝着汤，笑容里有种孩子气的得意："我爸妈工作很忙，有时候顾不上照看我，我就自己跟着食谱教程学做饭，熟能生巧了。"

我点了点头，他又道："姐姐，其实我可以每天帮你做便当带去公司的。"

这个意思是……

我挑了挑眉："所以，你是想搬过来和我一起住？"

卫泽望向我，虽然耳尖微红，看上去像是害羞了，但目光一片诚恳："姐姐，我想好好照顾你。"

——照顾。

我当时不置可否，却在吃完饭卫泽去洗碗的时候，去卧室翻了备用钥匙出来，递到他面前。

在小男孩骤然惊喜的目光里，我微笑着开口："有空的时候，你可以随时过来住。"

这大概是一贯谨慎的我，做出的最冲动的决定。事实上，我与卫泽认识也不过一个月，对他的了解也并不深刻。晚上睡前，我洗了澡出来，发现卫泽正倚在床边，支着下巴，眼睛亮亮地看着我。

我拽了拽身上的吊带睡裙，在他骤然深沉的眸光里无辜地笑："今晚太累了，我想直接睡觉。"

"我……"

"不然我帮你把东西拿到客厅去？沙发床也可以睡人的。"

卫泽用力摇头："不，姐姐，我想抱着你睡。"

空调温度开得很低，抱着我的小男孩身体却一片温热。贴过来的灼热让我心猿意马，困意消无，鬼使神差地伸出手去。

卫泽红着眼睛叫了一声"黎黎"，又不敢动，只好委屈巴巴地问我："你不是说你要直接睡觉吗？"

我吻着他嘴唇，含糊不清地说："……反悔了。"

卫泽一点也没辜负我给他的钥匙，第二周就带着大包小包填满了我家的冰箱和橱柜。他还买了个很漂亮的饭盒，真的实现了每天帮我带便当的承诺。

卫泽换着花样给我展示他的厨艺，中午在公司拿出饭盒的时候，还会有同事问我："陈黎，你怎么还有精力搞这些啊？"

我眼看着主管从对面走过，赶紧澄清："我哪有那个时间，都是男朋友做的。"

"秀恩爱就更不对了！"

秀恩爱吗？我夹起一块茄子，神思有一瞬间的恍惚。在一起的时间越久，我就越清楚，这段一开始就不正常的恋爱不会永远维持下去。我比卫泽大了整整八岁。我上小学时他还没出生，我高考完那年他还在读小学，而我从大学里毕业时，他的人生进度刚进入青春期。

如今，我在日复一日的机械劳动中丧失了对生活的激情，可他一片坦途的未来才刚刚开始。他和我之间所差的年龄，不是单纯的数字那么简单，还有平庸与耀眼、一眼望到头和前途不可估算的差别。

下个月卫泽有场很重要的选拔赛，所以今天一大早就离开了我家，一直到周末才有空过来。临走前，他把刚化好妆、还没来得及换衣服的我拉过去，对着镜头拍了张合照。

"我要发朋友圈秀恩爱，今天可是七夕。"小男孩打完字，又仰起头看向我，"可惜教练要求今天必须回去，不然我还可以和姐姐一起过七夕。"

卫泽身高一米九，又肩宽腿长，直直站在我面前的时候，几乎有种压迫感。但此刻他坐在沙发上，湿漉漉的眼睛看着我，像只委屈的大型犬。

我勾起唇角，拍了拍他肩膀："就当昨晚已经过了吧。"

昨晚洗完澡，我已经困得眼睛都睁不开了，小孩还很有精力地拿了吹风机来帮我吹头发。

临睡前，他伏在我耳边，很小声地说了一句："姐姐，七夕快乐。"

回过神，我拿出手机，又把卫泽早上发的那条朋友圈点出来看了一遍。他很细心地截掉了我的吊带睡裙，只留下一张妆容精致的脸，以一种亲昵的姿态贴着他。阳光从一侧的窗户照进来，像打上了一层天然柔光。乍一看，就好像同龄人一样。只是我们彼此心里都清楚，这种"好像"和我们的恋爱关系一样，都是假象。

周末，物业那边给我打电话，说建筑公司交房了，让我们过去拿钥匙，验收房子。

"最好带个人过来，帮你看下水管和电路。"物业友情提醒了一句就挂了电话。

我盯着手机发了会儿呆，鬼使神差地点开了和卫泽的对话框："你今天有空过来吗？"

消息发出去没多久，卫泽就回复我了："抱歉，姐姐，我们选拔赛还没结束，我今天不能出学校。"

我抿了抿唇："那没关系。正好我要出趟门，怕你临时过来我不在家。"

卫泽发了两个表情包，撒着娇说他过两天就来找我。

我很配合地哄了两句，而后关了对话框，给庄小鱼打电话："宝贝，陪我去验收个房子。"

庄小鱼很痛快地答应了，然而她来的时候，把那个叫陶严的小学弟也带了过来。

"不是要检查水管吗？有男生方便一些。"

陶严冲我很爽朗地笑："放心吧，陈黎姐，保证完成任务。"

他和卫泽一样是游泳队的，人长得很高，的确方便。整个验收过程中，我冷眼观察了半天，发现庄小鱼和他之间，多多少少有那么点不同寻常的暧昧。顺利验收完成，签完确认书，已经是傍晚了。

我请陶严和庄小鱼吃饭，闲聊的过程里，顺口问了陶严一句："你今天怎么有空跟庄小鱼一块过来？"

他看了庄小鱼一眼，有些不好意思地朝我笑道："学校那边的选拔赛正好结束，学姐说有事找我帮忙，我就过来了。"

我动作蓦然一顿："选拔赛结束了吗？"

扑火

"是啊，今天中午最后一轮就结束了，所以下午我才能出门的。"

我咬了咬发麻的舌尖，让自己从猝不及防的慌乱中恢复镇定，露出毫无破绽的笑："原来是这样，那我还真是运气好。"

我早就想到，卫泽这样各方面都很出色的年轻小男孩，和我的关系维持不了多久。但我没想到这一天会来得这么快。

吃完饭，庄小鱼去洗手间，我随口跟陶严聊起选拔赛相关的事，这才知道，这场所谓的选拔赛，是市级比赛，目的在于选出进入省队的成员。而每一轮卫泽的表现都十分出色，虽然结果还没出来，但他能进省队，几乎是板上钉钉的事情。

"卫泽人长得帅，还很优秀，一向很受女孩子欢迎。这几天选拔赛，游泳馆开放，观众席都快坐满了。"陶严笑着朝我眨了眨眼睛，"说实话，陈黎姐，之前他发那条朋友圈的时候，大家都超级惊讶的。"

"惊讶？"我转着手里的酒杯，挑了挑眉，"因为我和他以前谈过的类型不太一样吗？"

陶严满脸疑惑："怎么会……他以前没谈过恋爱。陈黎姐，你可是卫泽的初恋，所以我们才震惊的——因为之前有个漂亮学姐追他，天天来游泳队送水送毛巾，我一直以为他会被那个学姐拿下的，没想到……"

没想到被年纪更大的我横插一脚，直接拿下。我笑了笑，没说话。

见我不出声，陶严反而慌了神："陈黎姐，我知道，网上肯定有不少有关体院男生的传言，我们游泳队也真的有这样的。但是卫泽不一样，他真的一次恋爱都没谈过！"

"我知道。"我笑着说，"你别慌，我不关心过去的事情。"

没谈过恋爱，不代表没发展过其他关系，只是大概率陶严并不知

·140

道而已。不然怎么我们第一次见面，他就带了身份证，还心照不宣地和我去了酒店？陶严看着我，一脸欲言又止的表情，但庄小鱼已经回来了，他也就默默地闭上了嘴。

吃过饭，天已经完全黑了下来。我告别了陶严和庄小鱼，一个人慢悠悠往家走。到楼下的时候，我目光随意一瞥，蓦然定住。不远处的花坛边沿上，坐着一道万分熟悉的身影。路灯的光照在他身上，在脸颊一侧落下明明暗暗的光影。他抬起头来，目光直直地看向我。

我默不作声地看了卫泽片刻，终于开口："选拔赛结束了吗？"

"嗯，提前结束，所以我就赶过来了。"他站起身，像只委屈的大动物那样朝我张开双臂，"姐姐，抱。"

理智告诉我，我是成年人，是在社会上摸爬滚打好几年的社畜，这段关系的结束应该由我主动来提，至少比较体面。但是，我终究没有问他选拔赛的真相。我抿了抿嘴唇，还是走过去，扑进他怀里，被高大的小男孩抱了个满怀。

他紧了紧胳膊，贴在我耳边小声说："黎黎，好想你。"

我的心脏在这一瞬间被击中。理智，清醒，衡量得失，自我警醒……所有筑起我心内防御壁垒的一切，都在他的拥抱中融化，短暂地消失殆尽。

"你不是有备用钥匙吗？"我问，"怎么在楼下等我？"

"想第一时间见到你。"

这个拥抱持续了很长一段时间才结束。而直到我和卫泽一起上了楼，开了门，我才知道他下午不能陪我的真正原因是什么。——他在客厅那面空白的墙壁上，搞了个照片墙。之前我随口跟他提过，那面墙空得有点光秃秃的，想买幅画来装饰一下。当时卫泽还拍着胸脯跟我保证，这件事让他来处理。

我一步一步走到近前，看到在一块做工略微粗糙的木板上，错落

扑火

地钉着十多张我和卫泽的合影，都是之前他主动拉我拍的。如今被洗了出来，装进小相框，挂在了墙上，旁边还贴了星星灯装饰。很……幼稚，但又显得格外真诚。

"是惊喜，我提前一小时上来装好的。"小男孩有些忐忑不安地看着我，"姐姐，你喜欢吗？"

我努力压下心中浪潮般涌起的情绪，回头勾了勾唇角，抱住他："喜欢。不但喜欢，还很想答谢你一番。"

小男孩红了脸，笑说："姐姐，我有话要跟你说。"

我勾着他的脖子，堵住他的嘴唇："有话明天再说。"

欲望不只能让人沉沦，同样能让人清醒。否则，在这样温情又甜美的假象里，我就快要忘记，我和卫泽之间是如何开始的了。

卫泽和他带来的那面照片墙，一起留在了我家。选拔赛过后的很长一段时间，学校都没有再强制他们留宿，只有在第二天满课的时候，他才会在前一天晚上吃完饭后，依依不舍地跟我告别。有一次，他去厨房洗碗时，放在桌面上的手机亮起来，我随意瞥过去，正好看到弹出的微信消息。

蒋曼曼："那我明天早上就在食堂门口等你啦。"

我动作一顿，垂下目光，盯着面前的果盘沉默不语。我清晰地记得，之前陶严跟我说过，追了卫泽很久的那个学姐，就叫蒋曼曼。

"黎黎，我搞定啦。"

小男孩从厨房出来，甩了甩手上的水珠，从桌面上拿起手机，开始低头打字。

我面无表情地看着他回消息，他回完消息后重新把目光投向我："那我就先回学校了，明早还有课，黎黎你记得把水果吃了。"顿了顿，他的眼神里多了几分忐忑，"……怎么了？"

我沉默片刻，笑起来："没大没小，叫姐姐。"

他走过来，俯身在我脸颊落下一个吻，眼睛被灯光照得湿漉漉的："那姐姐，我走了。"

卫泽走后，我坐在沙发上发了很久的呆，然后回过神，把他切好的哈密瓜倒进了垃圾桶。

第二天晚上，卫泽回来的时候，我刚洗完澡，顶着一头滴水的头发从浴室出来，然后就被他扑过来紧紧抱住。我发梢的水珠一滴滴落下去，把他肩膀的衣服打湿了一片。

他却毫不在意，只是更用力地紧搂着我："姐姐，你一天都没回我消息了。"

小男孩把自己打理得干干净净，身上只有淡淡的清冽香气，找不到半点和女生约会过的痕迹。他真谨慎啊，滴水不漏。

我偏着头笑了一下，捧着他的脸亲了上去："宝贝，姐姐是想把话留到这时候再说啊。"

卫泽连澡都没来得及洗，就被我拐到了卧室。欲望的浪潮退去后，我懒懒地倚在卫泽怀里，点了根烟。

卫泽修长的手指擦过我耳畔，把凌乱的碎发拨到耳后去，开口道："姐姐，我想跟你谈谈。"

我垂下眼，把烟按灭在床头的烟灰缸里："我困了。"

说这话的时候，我的手正放在他胸肌上。

卫泽的手忽然停在我耳侧，声音里多了几分苦涩："姐姐，有的时候，我觉得你喜欢的只是我的身体，而不是我这个人。"

我动作没停，敷衍道："宝贝，你怎么会这么想呢？"

他忽然抬手，扣住了我的手腕，强行制止了我作乱的手："那姐姐对我，是真心的吗？"

卫泽的语气很认真，认真到我忽然觉得荒谬不已。

扑火

我用力从他手里抽出手腕，睁开眼睛，淡淡道："卫泽，你非要追究这个，难道是真忘了我们是怎么开始的了吗？"

亮白的灯光从天花板照下来，小孩好看的脸被照得格外清晰，光芒落进他水波般清澈的瞳孔里，像是碎裂的星光。挑高的眉骨下是高挺的鼻梁，嘴唇带着情欲未消的红，看上去格外好亲。我曾经无数次这样肆无忌惮地打量他，必须承认，一开始我跟卫泽在一起，单纯只是馋他身子而已。

可是。可是……

我收回目光，淡淡地问："算了……你现在问这种话，是想干什么？"

回答我的是卫泽干脆利落跳下床的动作。

我没有动，沉默地看着他套上 T 恤，穿上工装裤，从床上抱起被子，站在床边望着我："今晚我睡沙发，明天就搬出去。"

一股强烈的羞耻感席卷了全身，我把发抖的指尖藏在身后，让自己看起来没那么狼狈："好。"

出租屋的沙发并不大，一米九的卫泽睡在上面，大概得蜷缩成一团，一点也不舒服。但他已经迫不及待地想和我划清界限。

我躺在床上，又点了支烟，盯着灯光下朦胧的烟雾思考了片刻，然后得出结论：大概是那个叫蒋曼曼的学姐持之以恒的追求终于打动了他，所以卫泽也不想再跟我继续耽误下去了。我们之间的关系，本来就是这么脆弱。没关系，我可以理解，也早就做了准备。

第二天早上，我起床的时候，卫泽已经收拾好了行李。人站在玄关，行李箱放在脚边，我之前给他的钥匙放在鞋柜上。

我靠在墙边，歪着头看着他，挑着唇角笑道："需不需要我帮你把东西拿下去？"

不知道为什么，卫泽看上去好像很不开心。他气鼓鼓地瞪了我一眼，闷声道："……不用了。"

"好。"我冲他挥了挥手，"那，弟弟，再见。"

出门的时候，我才发现卫泽带来的那面照片墙还挂在客厅。他走得很利落，连这玩意儿也不想带走。原本我想把东西拆下来，下楼的时候顺手扔了，结果不知道是不是卫泽钉得太死的缘故，一时半会儿没拆下来。又害怕上班迟到，只能暂时作罢。成年人的世界里，工作占据了白天的大部分精力，我连伤春悲秋的空闲都没有，就很快被要修改的方案和申请填满了全部空闲时间。一直到临下班前，才有空看微信。

结果一眼就看到了卫泽发来的消息："姐姐，我在你们公司楼下。"

干什么？来找我要分手费？难得不加班，打完卡，我拎着包走到楼下，一眼就看到了长椅上坐着的卫泽。已经是深秋，穿着卫衣的小男孩拉起帽子，仰头看着我，面容被微暗的天色模糊，只有一双眼睛格外明亮。

疲惫的人群在我身后来来往往，我看了卫泽片刻，然后说："我没钱。"

他的眼神里多了点疑惑，但又很快不在意地一笑："没关系，那今晚我请姐姐吃饭。"

我茫然地看着他，张了张嘴："……你是来找我吃饭的？"

"嗯。"小男孩点了点头，然后站起身，走过来牵我的手，"更准确地说，是来找你约会。"

一直到卫泽牵着我的手穿过人群，找到一家川菜馆坐下，点完菜，我才反应过来。他其实，并没有打算和我分手。那为什么要从我家搬出去呢？

卫泽夹起一块蓝莓山药，放进我盘子里，一脸郑重其事地看着

扑火

我："我觉得，可能是之前我们之间的相处模式出了问题。所以我准备换一种相处方式，让你感受到我的人格魅力，喜欢上我这个人。"

……幼稚。我对此嗤之以鼻，并在吃过晚饭，和卫泽牵着手散步的时候试图勾引他。

在我家楼下的小花园里，小男孩很明显被我亲得情动不已，却喘着气退开一点，然后拼命摇头："不行……姐姐，我要回学校了，明天再来找你！"说完，他转头就跑了。

冰凉的夜风吹过来，让我脸颊的热度一点点散去。我站在原地，发了好一会儿呆，才踩着高跟鞋慢悠悠地上了楼。那面照片墙，最终还是没有被我拆下来，上面反而多了张照片——是吃完饭出来，在外面扫码打印的地方免费打印出来的。我正站在那里欣赏照片，忽然接到了我妈的电话。

电话接通，传入耳中的声音带着一贯的严厉："陈黎，怎么回事，你和何子轩分手了？"

"是。"

"为什么不告诉家里人？"她的语气听上去更不满了，"你们处了八年，早就该定下来了，怎么会分手呢？是不是你又闹脾气了？"

她的话，猝不及防地把我从卫泽营造的梦境中猛然拽回了现实。我疲惫地揉了揉眉心，声音也跟着冷下来："是何子轩出轨，被我抓到，所以我才提了分手。"

我妈在电话那头沉默了很久，然后我爸接过电话，用不容置疑的语气道："那你也不该这么草率地分手。男人犯了个小错误，就值得你这么大动干戈吗？陈黎，你已经二十六岁了，年纪不小了，大家都知道你跟何子轩同居了那么久，除了他，你还能嫁给谁？谁还会要你？"

我忽然说不出话来。他们对我的教育，好像从来都是这样，用不容置疑的家长强权和离谱的歧视，牢牢把控住我的人生，甚至不允许我自己插手。

果然，不等我回答，我爸就自作主张地下了命令："你明天就去跟何子轩道歉，跟他说你还是想结婚的。否则你以后嫁不出去，我和你妈可丢不起这个人。"

我毫不犹豫地挂掉了电话。

我爸恼羞成怒地发来微信："你要是不照我说的做，过年就别回家了！我就当没你这个女儿！"

手指在键盘上骤然缩紧，我用舌尖顶了顶口腔上颚，近乎报复地打字："你是因为自己以前也出过轨，所以才跟何子轩共情了吗？"

"陈黎，你是个什么东西？我是你爸！"

我嗤笑一声，关掉了微信对话框。我十四岁那年，我爸出轨了。我亲眼看到他揽着一个长卷发的女人进了宾馆，回家告诉了我妈。她听了，只淡淡应了一声，神情毫无变化，也没有后续反应。

一直到一星期后，我忍不住问她："你不和我爸离婚吗？"

当时，她用一种看怪物的奇怪眼神看着我："为了这么点小事就离婚？那日子还过不过了？"

我无法理解。我妈的收入并不比我爸低，甚至对家庭的贡献远大于他。可他们生活在落后的小城市里，连思想也一同闭塞，停滞在二十年前。哪怕城市已经在飞速发展，但他们的想法一直没变过，甚至试图把我也同化成这样。

高考完，我报了离家很远的大学，好不容易让自己从窒息的泥淖中挣脱出来。工作后，我给自己制定了清晰的规划和目标，努力让自己不要变成他们的样子。但他们，还是无时无刻不想着把我拽回去。

过了几天，上班时，我正在加班加点赶方案，忽然接到一个陌生号码的来电。

"陈黎，我们谈谈。"

我皱了皱眉："何子轩？"

"阿黎，叔叔阿姨昨晚联系我了，他们也不赞成你和我分手。"何子轩在电话那头刻意放柔了声音，只是语气里有种挥之不去的高傲，"我只是一时糊涂，也已经和婷婷说清楚，以后不会再联系了。我们明年就结婚，好不好？"

我的手蓦然握紧了手机。不用想，我也知道我爸妈昨晚给何子轩打电话，是如何在他面前贬低我，甚至低声下气地恳求他原谅我的。在他们的观点里，世界就该是这样，哪怕是何子轩出轨背叛，但就因为我和他同居了四年，所以我只能嫁给他。

"我爸妈的观点不代表我的观点，我们已经分手了。"我冷冷地说，"还有工作，没什么事我就挂了。"

何子轩终于绷不住了："陈黎，你不过是个破鞋，在高傲什么？之前那个小弟弟，他知道你已经被我玩了八年吗？"

我霍然站起身，大步走出办公室，一直到没人的楼梯间，才开口："那我也告诉你，这八年，每一次我都演得很辛苦——你是真的不行，知道吗？"

然后我在何子轩的破口大骂里挂掉了电话。楼梯间里冷冷清清，我愣神了好一会儿，直到手机重新振动。是卫泽发来的消息。他发了个可爱的猫猫头表情包，然后问我："黎黎，今晚吃米粉怎么样？"

我回了个"好"，等泪水一滴滴落在手机屏幕上，把视线染得一片模糊，才意识到自己哭了。

下午卫泽又来接我，看到我微微发红的眼眶，小男孩一下就急了："姐姐怎么了？"

我摇头："没事，工作上出了点小问题。"

见他还是不放心地看着我，我只好扯着唇角笑道："放心，已经解决了，吃饭去吧。"

吃饭的时候，卫泽告诉我，之前选拔赛的结果出来了，他已经成功进入省队，下个月就会过去正式开始训练。

我的筷子在空中顿了顿："这种大喜事，应该吃顿好的庆祝一下才对。"

小男孩抬起眼，小心翼翼地看了我一眼，然后说："姐姐亲我一下，就当是庆祝了吧？"

我柔软的心脏被这一眼击中了。分别前，我把卫泽拽到黑暗的花园角落，用力吻了上去。他的手扣着我的腰，隔着两层衣服，我还是能清晰感受到他贴着我掌心的身体渐渐升温。

良久，我缓缓退开一点，小孩把脸埋在我肩头闷闷地说："好想姐姐啊。"

我觉得好笑："那你搬回来住啊。"

"不行，我要证明，除了身体之外，我还是有别的吸引你的地方的。"

他恋恋不舍地抱了我好一会儿才松开，临走前，从卫衣大大的口袋里抽出一封信递到我手里："我走了！姐姐你拿回去再看。"

回家后拆开信封，我发现那居然是一封手写的情书。小孩写得很认真，还特意在文末标注，为了不出现笔误的修改痕迹，这已经是他誊抄的第六遍，写得不好要嫌弃。

"姐姐，希望我的努力，能让你真的感受到谈恋爱的感觉。"

我盯着那行字看了很久，然后把信纸收进信封里，放在衣柜中带锁的抽屉里。

第二天是周五。卫泽一天没联系我，我还以为他有事。结果下班回去后，才发现他就蹲在我家门口，听到动静就可怜巴巴地仰起头看

扑火

向我。

我与他对视片刻，挑了挑眉，掏出钥匙开门："进来吧。"

卫泽跟在我身后进了门，还很自觉地换了拖鞋。

我坐在沙发上，抱胸看着他："你想搬回来了？"

"嗯。"他用力点了点头，小狗似的眼睛看着我，"姐姐，我好想你。"我喝了口杯子里的冰牛奶，笑容淡下去："行，但你得先给我解释一下——你要搬回来，是因为你和蒋曼曼没成吗？"

"怎么可能！"

卫泽几乎要从沙发上跳起来，漂亮的眼睛里多了点受伤的神色："姐姐，你怎么可以这么想我？我跟她一点关系都没有。"

我长舒了一口气，还是把那天晚上看到微信消息的事情告诉了他。

卫泽没等我说完，就一把攥住了我的手，急急澄清："因为她是学生会的，负责特殊奖学金申报资料的申请，而我那两天不在学校，资料一直没交上去，所以跟她约好那天早上在食堂门口见面，把东西给她。她之前的确追过我，但咱俩在一起之后，我就和她把话说清楚了。"

他微微停顿了一下："姐姐，除了你，我谁都不要。"

我抬起手，轻轻贴在胸口，发现心脏正在里面剧烈地跳动着。

"等等。"卫泽忽然反应过来，"所以那天晚上，你是以为我要回去见蒋曼曼，所以才说那种话气我的是不是？"

我移开目光，试图顾左右而言他："那个，过去的事都已经过去了……"

话还没说完就被小男孩一把扑倒在沙发上，灼热的吻也跟着贴了上来："姐姐，你要补偿我。"

我和卫泽在一起了。这一次，不是作为身体关系的遮掩，而是真正的恋爱。只是……我始终不知道该怎么告诉他，我有一个在一起八年，差一点就结婚的前男友。也是这个时候，我才意识到——虽然我竭尽全力想逃出那个被父母限制了一切的世界，但人生前十八年的耳濡目染，让我仍然不可避免地受到他们观念的影响。

我的确在跟卫泽谈恋爱，可这段恋爱关系依旧脆弱无比。比如，我至今仍然不知道，卫泽是什么时候喜欢上我的。如此平庸的我，只是芸芸众生里再普通不过的一员。因为那天晚上的主动，人生的轨迹才和他有了交集。这种一开始源于欲望的喜欢，本就摇摇欲坠，又能持续多久呢？一切都是未知的。

在去省队封闭训练前，卫泽挑了个周末，带我在他们学校的图书馆待了一上午。中午吃完饭，又一起去了趟游泳馆。不知道是不是周末的缘故，游泳馆里，只有稀稀落落几个人。

小男孩换上泳裤，露出线条流畅的胸肌和腹肌，然后像棵小白杨似的挺拔地站在我面前，问我："眼熟吗，黎黎？"

眼熟，怎么可能不眼熟。第一次见面，我就是被卫泽的这副样子迷惑，对他起了色心。我拿着他的浴巾坐在长椅上，看着他跳进水里，灵活又流畅地游了好几个来回，然后湿淋淋地爬上来，走到我面前，向我张开双臂。

"擦干再抱。"

卫泽胡乱擦了两把身上的水，抱了抱我，然后回更衣室洗了澡换了衣服，顶着一头毛茸茸的头发出来，牵住了我的手："好了，姐姐，我们走吧。"

"去哪儿？"

"约会。"卫泽说着，在游泳馆的大门前侧过头，在我脸颊上亲了一下，"应该是今年的最后一次了。因为年底有个重要比赛，接下来要封闭训练一个月。"

他说着，叹了口气，神情很是遗憾："好可惜，不能和姐姐一起跨年了。"

我抿了抿嘴唇，没有说话，只是更用力地回握住他的手。

今年的最后一次约会，我和卫泽是在家度过的。晚上，外面飘起细细密密的雪，我趴在窗户前静静地往下看，身后忽然被温热覆盖。

卫泽吻着我的耳垂，小声说："真好，还能和姐姐一起看一次雪。"

生活被忙碌的工作填满，以至于在短暂的间隙里，我以为自己已经没有余力再谈及喜欢。可卫泽，实在是个令人心动的小孩。他把我从麻木又谨慎的状态中拽了出来，让我忍不住又一次付出了久违的真心。但我其实很清楚，我与他之间，大概率是没有结果的。

卫泽走后，我又恢复到从前的生活状态，但到底还是有些不一样的——比如小男孩一直很黏人，虽然人去了省队，训练忙碌，但他还是会在休息的空隙里，抓紧时间多给我发两条消息。

"姐姐，省队的营养师专门给我们制定了食谱，但我好想吃火锅。"

"要多吃水果。你没时间买的话，我帮你买了一箱橙子，你下班回去记得拿一下快递。"

那天晚上，我刚切开一个橙子，忽然接到了我妈的电话。她说，我爸突然病重，让我有空回家看看他。我连夜跟公司请了假，买了第二天最早的一趟高铁票回去。然而等我好不容易赶到家，才发现他们俩好端端地坐在桌前，正在吃饭。愣怔片刻后，我冷下脸，转头就走。

我爸在身后呵斥："站住！"

他不惜装病喊我回家，目的竟然是让我去相亲。据说，我妈有个高中同学的儿子，刚读完研回来，已经考上了我们当地的公务员，前途无量。他们看我与何子轩已经没有可能，所以"好不容易"才说动对方，让他答应和我见一面，吃个饭了解一下。

我靠在墙边，冷冷地看着他们："我有男朋友了。"

我爸"啪"一声把筷子拍在桌面上："我听何子轩说了，那还是个在读大学的男孩，比你小了好几岁——陈黎，你不要脸，我和你妈还要呢！"

心尖蓦然一阵刺痛，我转头要走，手都放在门把手上了，听到我妈冷冰冰的声音："你今天要是敢走，以后就永远都别回来，我和你爸就当没生过你这个女儿！"

我整个人僵在那里，半晌都没动。

见我不走，我妈的语气又缓和下来。她走过来，揽着我的肩膀，柔声细语："乖啊，黎黎，咱们就去见一面，吃个饭，也不一定非要在一起，行不行？"

我眼神茫然地看着她，忽然想到之前，从小到大无数次，她和我爸一直都是这样，先呵斥，再软下语气哄我，好像吃准了我没法拒绝这一套。我也的确没法拒绝。不管他们怎么与我三观相悖，我都没办法狠下心，真的和他们断绝关系。

晚上躺在卧室的床上，我给卫泽发消息，说我回了趟家，可能要过几天才能回去。小男孩什么也没说，只是问了我家的地址，说给我买了个跨年礼物，让我记得收。

"姐姐，你好不容易回趟家，和叔叔阿姨多聚聚。"

"好。"我还是什么都没说。

第二天一早，我妈就把我叫起来，让我化了个淡妆，又换了身看上去温婉贤良的衣服。相亲的地点约在我家附近的一家西餐厅。我坐在那个西装革履的男人面前，面无表情地接受着他苛刻的审视。

半晌后，他终于开口："听我妈说，你今年已经二十六了？"

"对。"我扯了扯唇角，"明年六月就二十七了。"

"年纪这么大，还一个人在外地打拼？"他皱起眉头，眼神里多

扑火

了些轻蔑，"月薪多少？你打算什么时候回老家呢？"

"短期内不会回来。"我淡淡地说，"我在南京供了一套房子，没还清贷款之前，不会换工作的。"

"你有贷款？那你这不是找人替你还债吗？"他放下杯子，以一种不容置疑的语气说，"房子卖了，回老家，我才会考虑我们的关系。"

那张油头粉面的脸上，显出一种无知的傲慢。来之前我妈跟我说过，他在老家有套房子，年薪六位数，这大概就是他的底气吧。我本来以为自己会生气，但此刻，竟然很平静。因为和这些人接触得多了，我才越发深刻地明白，卫泽有多可贵。

"好，那你不用考虑了。"我霍然站起身，在他惊愕的目光中笑了一下，"回去告诉你妈，就说是我没看上你。"

出去的时候，外面又一次飘了雪。街上行人稀疏，我把手揣在大衣口袋里，漫无目的地走着，穿过商业街，来到一条老巷子的外面。兜里的手机振动起来，我看了看，是我妈的电话。想也知道她会说什么，于是我顺手挂了。

没一会儿，它又振起来，我看也没看地接起来："我明天就回南京。"

"欸？"电话那头传来熟悉的清冽嗓音，"这么快吗？"

是卫泽。我愣了愣，呼出一口白气，原本坚硬的心脏一瞬间变得柔软起来。

"你们比赛结束了吗？"

"嗯。"卫泽应了一声，很快又说，"姐姐，你还在老家吗？给我发个定位吧。"

我发了。然后，半小时后，穿着厚厚大衣的小男孩，就站在我面前，向我张开了双臂："黎黎，抱。"

"你怎么在这里？"

"早上比赛结束,我收拾好东西,就买最早的一班飞机票过来了。"

北方雾蒙蒙的冬日傍晚,他身后光芒黯淡,只有一盏昏黄的路灯亮起。一个月没见,小男孩瘦了点,显得人更高了,五官的轮廓也更鲜明。冷白的皮肤上,一双眼睛亮亮的,像是落入人间的星星。

我仰起头看他,吸了吸鼻子,没有抱住他,只是很认真地说:"卫泽,我刚才去相亲了。"

他停在半空的手忽然轻轻一颤。

"虽然没成,但是我还有别的事情要告诉你。"我想了想,在心里飞快地组织了一遍语言,"我之前有个交往了八年的前男友,在遇见你的前几天,我才和他分手。"

卫泽紧张地看着我:"所以,你要和他复合?"

这下换我愣住了。

片刻后,我失笑道:"怎么可能?我只是要告诉你一声,卫泽,我的很喜欢你,但我比你大八岁,有很复杂的过去,我们可能不是那么……"

我想了很久,还是决定把我的世界明明白白地摊开给他看。否则,这对卫泽来说并不公平。

可话还没说完,小男孩已经打断了我:"姐姐,你能不能再说一次?"

"……卫泽,我的确很喜欢你,但——"

"好了,就是这一句。"小男孩猛地扑过来抱住我,把脸贴在我肩上,用一种心满意足的语气说,"姐姐,你不知道,我等你这句话等了多久。"

我的手在空中僵了好一会儿,才小心翼翼地环过去,轻轻贴在他后背上。

"卫泽,我要说的重点不是这个。"

扑火

"但我要听的就是这个。"他结束了这个拥抱，却又握着我的肩膀，低下头，在很近的距离凝视我的眼睛，"黎黎，你要说什么，因为你有一个在一起很久的前男友，所以我不该和你在一起吗？还是你觉得我会因为这件事不喜欢你？"

我第一次发现，那个在我面前撒娇卖乖的小男孩，原来有着这么强的气势。在他明亮又认真的眼神里，我忽然喉咙发紧，一个字都说不出来。

"可我不会那样。"他低下头，在我嘴唇上亲了一下，"黎黎，我不是那样的人。"

我闭上眼睛，片刻后又睁开。

"卫泽，你不懂……我年纪已经不小了，工作已经填满了我大部分的生活，脸上的胶原蛋白正在流失，法令纹是怎么化妆都盖不住的，人也变得麻木又警惕。四年后你大学毕业，那时候我已经三十岁了。"狠了狠心，还是把最后一句话说出了口，"而且，我们从一开始就是那样的关系，你对我的喜欢，又能持续多久呢？"

卫泽惊愕又受伤地看着我，张了张嘴，正要说话，身边不远处忽然传来一声刺耳的尖叫。

"放开我！"

我猛地回过头，看到一个瘦瘦小小的女孩正被一个男人拼命往怀里拽。这条老巷子里有不少酒吧，那女孩大概是喝醉了，走路有些不稳，手上更是软绵绵的没有力气。

男人一边把她往怀里圈，一边敷衍地哄道："好了好了，我们有话回家再说，不闹了。"

"我不认识你！"女孩向路过的人求救。

男人一把将她捞回去，讪笑道："我女朋友，跟我吵架，喝醉了。"

我拉着卫泽的手走过去，男人一边压着女孩乱挥的手，一边抬起头来，用一样的话术跟我们解释："这是我女朋友……"

"她是你女朋友？"我厉声道，"你不管好自己的女朋友，让她出来勾搭我男朋友，还偷我的首饰？"

卫泽握着我的那只手猛然加大了力气。

我又转头问他："你看看，这是不是你那个叫玲玲的劈腿对象？"

卫泽看了一眼，很配合地懦弱点头："是。"

"好。"我点了点头，冲男人扬起下巴，"你女朋友拿了我一条蒂芙尼的项链，还有一个卡地亚的手镯，人跑了，还直接拉黑了我男朋友电话。你先让她把东西还了，或者你替她把钱还了，否则这事没完。"

男人皱起眉头，上下打量着我。

凶狠的眼神刚露出一点，就被我一挥手止住："不还钱是吧？报警，叫警察来处理。"

大概是我提到了报警，再加上身边高大挺拔的卫泽，男人脸色几度变换，最后还是恶狠狠地甩下女孩，走了。

我扶住她摇摇欲坠的身体，问她："你有事吗？"

"没、没事。"她拼命摇头，用喊得沙哑的嗓音跟我道谢，"那不是我男朋友，他看我喝醉了就想带我走，姐姐，谢谢你……"

小姑娘今年还在上大学，是因为失恋了，一时想不开，才跑到酒吧来买醉。我听她断断续续解释完，叹了口气，拿手机帮她联系了大学室友，然后打车把她送到了学校门口。两个小姑娘拼命道谢，我摆摆手，目送她们进了学校，这才放下心来。

有了这么个突发事件，我身心俱疲，也没了和卫泽继续往下说的念头。我们在附近找了家酒店，打算好好休息一晚上。

结果等我洗完澡出来，发现卫泽正襟危坐，一脸严肃地看着我：

扑火

"姐姐，我要和你谈谈。"

谈分手？我走过去，在他对面坐下，静静等着他的下一句话。

结果卫泽张口就说第一次见面的事："姐姐，那次我随身带着身份证，是因为早上做了信息登记，不是因为我经验丰富。"

我愣了愣，反应过来："庄小鱼竟然出卖我？"

他耳尖微红，有些不自然地低咳一声，偏过头去："我只是想把误会都解释清楚——姐姐，从一开始，我就是认真的。"

"卫泽，那可是我们第一次见面。"

"不是。"他却摇了摇头，"我们第一次见面，是在地铁上。那一次，你也和今天一样，救下了一个女孩。"

我蓦然怔住。记忆忽然倒转。大概三年前，那时候我刚工作，坐地铁去公司的路上，看到一个低着头、咬着嘴唇、满眼是泪的女孩。而她身后，是一个借着人群拥挤，上下其手，在小姑娘腰臀处蹭来蹭去的男人。然后……然后那时候年轻气盛的我直接站出来，指出他性骚扰的行为事实，一把将姑娘拽到了我身边。

地铁上瞬间炸了锅，好几个好心路人一拥而上，把试图狡辩的男人按在地上，下一站就送到了地铁警务室。我没有跟着下去，因为我还没到站，而我上班快要迟到了。此刻回忆，我想起那几个好心路人里，似乎就有个年轻的男生，人很高，但身上穿着某中学的校服，看上去还没有成年。

"黎黎，我从来没觉得你年纪大。当初第一次遇见你，我就觉得你是个勇敢又善良的女孩子。后来在我们学校的游泳馆碰见，我觉得，这大概是命中注定的缘分。"卫泽顿了顿，接着说，"所以你暗示我的时候，虽然我觉得事情的开始和我想象中有点不太一样，但我还是不想再错过你了。"

我长舒了一口气，摇摇头："卫泽，我可以理解，但这个理由不成立。如果你只是因为三年前我做了一件微不足道的好事就喜欢上我的话，那这样的感情同样很脆弱。"

话音刚落，我的手就被小男孩一把握住："不是这样。黎黎，我承认一开始和你在一起，是因为三年前那件事对你有好感，而且你坐在游泳馆里往我这边看的时候，真的很可爱。后来在一起的时间越长，我就越喜欢你。"

"可能你自己察觉不到，但我知道，你有多可贵。"

卫泽又跟我说了好多话，比如那次他骗我选拔赛还没结束，其实是因为他回了趟家，告诉他爸妈，自己恋爱了。从一开始，他对我就是认真的。比如他一点也不觉得我很麻木或者平凡，在他眼里，我的灵魂一直熠熠生辉。他每次来公司接我的时候，都能从人群中一眼看到我。比如，他不在意我跟何子轩在一起那八年，因为他更看重我们俩的未来，他想和我拥有好多好多个八年。

"黎黎，你是我长这么大，唯一喜欢过的女孩子。为什么你觉得年龄差距就可以轻易改变这一点呢？我可能会变，但我的真心、我的喜欢，统统不会变。"

这些话，把我原本不确定的、退缩的心，又一点一点地鼓舞了。我的脑中，反反复复回荡着那四个字——你很可贵。在我人生的前二十六年里，从来没有人这么对我说过。我一直觉得自己是芸芸众生里最平凡的一员，没有大成就，人生一眼就能望到头。哪怕是当初跟何子轩在一起，也不过是普普通通一段恋爱，处久了就习惯了。要结束，好像也没有多意外。

可现在，我喜欢的小男孩握着我的手，认认真真地告诉我："你很可贵，也很特别。"

也许在我漫长而无趣的生命里，一直在等的，就是这样一个人，这样一句话。

扑火

　　我忽然扑过去，用力抱住他，贴在他耳边，小声说："我反悔了。我现在觉得，我们是天造地设的一对。"

　　第二天，卫泽跟着我回了趟家。他把自己和我爸妈关在书房里，也不知道他说了什么，总之两个小时后，他们从书房出来。

　　虽然我爸妈神色依旧不太好看，但还是跟我说："算了，随你们年轻人去吧，我们不管了。"

　　趁着年假还没用完，我又和卫泽出去玩了一圈，这才回到南京。我还跟着卫泽去见了他父母。大概是卫泽已经提前跟他们说过的缘故，他爸妈对我异常温和，卫泽的父亲甚至嘱咐我，卫泽在省队训练的时候，如果我觉得一个人在家无聊，就多来看看他们，他给我做好吃的。过完年的春天，庄小鱼告诉我，她和陶严在一起了。

　　我在电话里跟她冷笑："你不是看不起姐弟恋吗？"

　　"我错了，弟弟好香，腹肌更香。"

　　周末那会儿，我约庄小鱼出来吃饭。结果火锅刚吃到一半，训练完的卫泽和陶严分别打来了电话，于是这顿饭就变成了四人行。原本我和庄小鱼还打算逛逛街再回去，结果吃完饭，心照不宣地各自回家。再后来，在我二十七岁生日那天，卫泽跟我求婚了。

　　他把戒指套在我的手上，一脸认真地看着我："姐姐，我已经十九岁了，还有三年，我们就可以结婚了。"

　　如果放在从前，我对这句话大概是没什么信心的。但这一刻，我低头看着面前的小男孩，对上他满是真诚的目光，终于用力点了点头。小男孩欢呼一声，站起身来，给了我一个大大的拥抱。我牢牢地回抱住他。就像抱住与我嵌合的另一半世界。

脆弱关系番外：婚后烟火

　　和卫泽结婚的第三年，我终于从公司辞职，自己出来开了家小工作室。一开始是凭借之前积累的人脉，接一些大公司漏下来的单子，慢慢做出口碑后，就开始承接大一些的方案。

　　年底的时候，我谈成一笔很大的合同，金额数百万，但工程周期也很长。到某个关键节点的时候卡住了，只能想尽办法解决。

　　晚上回家，卫泽一个人坐在沙发上，低头打了两把游戏，又切了水果端过来给我。我忙着处理事情，随口敷衍了两句，他忽然站在旁边一声不吭。等待对方回消息的过程里，我回过头，看了一眼卫泽沮丧的表情，可怜兮兮的，像只小狗。

　　我揉了揉紧绷的眉心，伸手拍了拍小孩的手背："乖，姐姐处理完公司的事再陪你玩。"

　　结果卫泽反手抓住我的手腕，问我："姐姐，你碰上了困难，为什么不找我帮忙呢？"

　　起先我没把这句话当回事，直到第二天，这个卡了很久的关节竟然被轻松解决，项目进程继续推进，而卫泽一进门就围着我索要奖励吻的时候，我才意识到，他早就不是我潜意识里那个撒娇黏人的小男

扑火

孩了。这一年，卫泽二十五岁，而我已经三十三岁了。他已经拿到过三个冠军，为人处世也比十八岁时成熟不少。更重要的是，斐然的成绩给他带来了一系列连锁反应，包括人脉和能力。

卫泽看着我微微愣怔的目光，凑过来亲了亲我，语气里带着一种孩子气的得意："黎黎，我已经长大了，你可以试着依靠一下我。"

当初求婚，他单膝跪在我面前，认真地说："姐姐，我会永远和你热恋。"

那时候我并没有完全相信，理所当然觉得，结婚后爱情就会慢慢变成亲情。直到他二十一岁那年拿到第一个冠军，站在颁奖台前举着金牌挥手，发言十分得体。

等镜头移开，他便笑容灿烂地扑向观众席的我："姐姐，还有八个月，我们就可以结婚了。"

我早就知道他正在飞速成长，但很奇怪地，哪怕是成熟的卫泽，看起来也一点都不世故。那种沉稳，反而让他身上特有的少年意气更加突出，也显得格外神采飞扬。于是我开始真正相信，他求婚时那句永远热恋的承诺。

这个大项目的款项下来后，我盘算了一下账户上的钱，计划着把我们现在住的房子换掉。当初我们用了三个月时间，把我之前买的那套一室一厅的房子，仔仔细细地装修了一遍。但房子毕竟不大，住了五年，已经有些不够用了。

晚上回家后，我跟卫泽说起换房子的事情："我已经看好了几个小区，面积和位置都很好，但我最喜欢的那一套可能需要贷一部分款……"

话没说完，就被卫泽严肃的目光看得一愣。

"怎么了？"

"黎黎，你不会觉得我很穷吧？"他深吸了一口气，神情看起来好像有点伤心，"这不是第一次了。我们结婚已经三年了，但每次你算这种大事的时候，总是下意识把我排除在外。"

"我不是……"

我下意识想辩解，被他抬手打断："黎黎，我知道你很警惕，也很独立，但这跟我很想自己也能对你有点用处不冲突。"

然后他站起身，去卧室里取了张银行卡过来。

"我这几年在队里的工资、比赛的奖金……都在里面了。本来想早点给你的，可是总想攒个整数再说。也可能是这样，让你误会了吧？"卫泽忽然抱住了我，"但是黎黎，我想让你知道，我还是很厉害的。"

其实我知道。差不多是在我和卫泽结婚的第二年，我知道了当初他究竟在书房里和我父母说了些什么。

小男孩不但写了保证书承诺婚后会上交收入，还把自己从小到大训练的成绩摆出来，告诉他们："我会让黎黎成为冠军的妻子。"

而他也确实做到了。

结婚后我和卫泽定居在南京，平时很少回老家，但听从前的同学邻居说，卫泽第一次拿冠军那天傍晚，我爸妈出门散步，逢人就炫耀："我女婿拿了金牌！而且可听话了！钱都是交给我闺女管的！"

我其实没想过真的去管卫泽的收入。哪怕我这样喜欢他，哪怕我们结了婚，在我心里，也并没有完全放下防备。我始终没有办法把自己的未来，完全依托在另一个人身上。相反，我在时时刻刻确保，自己哪怕有一天因为某些不可抗力和卫泽分开，也不会就此断了生活来源。他一直对我付出着少年般赤诚毫无保留的爱，可在我心里，喜欢他和自己独立是两件不冲突的事情。但这些想法，我从来没有跟他说过。现在想想，对卫泽不公平。我犹豫片刻，还是斟酌词句，把这个想法说给卫泽听。他停在我后背的手微微一顿，随后抱我抱得更紧了。

"我知道因为过去的事情，你很没有安全感。但……"他语气微微

扑火

停顿了一下，"黎黎，你可以尝试着慢慢信任我，哪怕从这件事开始。"

我说好。

第二天，我在工作的间隙里查了一下那张卡上的余额，然后陷入沉默。因为实在是……太多了。有了这笔钱，别说我看好的那套三居室，我们甚至可以全款买套四室两厅，精装修后还能剩下不少。于是接下来的几个月，我就带着卫泽一起看房子，走合同流程，等拿到钥匙后，又敲了原来的装修，开始自己一点点做硬装和软装。也是这个时候，我才发现，其实我分给卫泽的任何一件事，他都能做得很好，甚至比我自己去做的时候，处理得更加出色。在这个过程里，我开始顺其自然地越来越信任卫泽。

等我们搬进新家，已经是半年后的事情了。那天晚上我特意去厨房做了几个菜，还开了一瓶香槟，斟了两杯酒。大概是喝得有点多了，最后我醉醺醺地靠在椅子上，隔着一层朦胧的雾气，看着卫泽动作利落地收拾好桌子，把碗筷放进洗碗机。等他收拾好一切出来，我还坐在桌前，目不转睛地望着他，脸颊发热。

卫泽走到我面前，弯下腰，小心翼翼地探了探我的额头："黎黎，你喝醉了吗？"

结婚后他已经很少叫我姐姐，我竟然也慢慢习惯了这样的称呼。大概是因为，在我潜意识里，小男孩的的确确长大了吧。

"没有。"我摇了摇头，"宝贝，我只是在看你，你真好看啊。"

然后直接贴过去，看着他骤然变红的脸色，吻住了他柔软的嘴唇。折腾了很久，我在睡前借着醉意，跟他讲了很多过去的事情，包括我的童年，还有我爸妈是如何诡异地维持着一段完全没有必要的婚姻的。讲到最后，小男孩一脸心疼地搂着我，在我脸颊落下细细密密的吻。

"但是姐姐，你相信我，以后不会再出现这些事情了。"

我靠在他怀里，安心地阖上了眼睛："嗯，我相信你。"

回　春

"怎么，这就哭了？"他手里的针筒寒光凛凛，看着我的眼神冷酷无情。

我的眼泪顿时流得更凶了："我不做了，不做了。"

他略略靠近了一些，在惨白的灯光下注视着我的眼睛。灯光把他的瞳色照得好浅，里面无波无澜，毫无感情。

这双眼皮手术太吓人了，我不做了还不行吗！

"我，我其实对我的内双挺满意的……"

他嗤笑一声，把针筒放回到一旁的手术推车上，又顺手关了无影灯。

"唐绵绵，我当你胆子有多大呢？追着我要整容，上了手术台，麻药都不敢打？"

我抽抽噎噎，没敢反驳。我追着你，哪里是为了整容，是为了睡你好吗！

二十分钟后，我捏着医疗卡坐在手术室门外。眼皮上画的线已经擦掉了，脸上医用酒精的味道一时还没散。

路过俩肤白貌美的姑娘，冲我指指点点："就是她，排到了江医

扑火

生的手术居然不做！"

"不做倒是把机会让给我啊！我排了一个月！"

"暴殄天物。"

在她们的窃窃私语声中，我仰起头，看着面前的江易："手术费能退吗？"

江易唇角抽了抽，深吸一口气："能退一部分。"

男人没追到，还搭进去几千元钱！我垂头丧气，埋着脑袋跟在江易身后，去缴费处退钱。目光从医院光洁的地面往上移，落在江易垂在身侧那只白皙修长的手上。骨节分明，指腹有薄茧。就是这只手，在本市网红圈里，有"天神之手""女娲再世"的称号。传说，只要是江易手底下出来的姑娘，就没有对自己的脸不满意的。在缴费处折腾许久，终于把钱退了。原本交了一万元，退了八千六百元，剩下的是一些医疗用品损耗。

我握着手机给自己壮胆，在他面前站了好久，才小声道："给你添麻烦了，江医生，今晚我请你吃饭吧。"

说出这句话的时候，我并没抱多大希望。

江易却立刻答应下来："好啊。"

我忍不住抬起头，惊讶地看着他，试图从他一贯清冷且不苟言笑的脸上，辨认出他的情绪。可惜一无所获。

江易是个医生，整形外科的。我是他的病人……假的。借面诊的名义接近他才是真的。

我第一次见到江易，是陪闺密宁琼来医院做修复手术。她两个月前刚做的鼻子，被淋浴花洒巨大的水压给冲歪了。

宁琼尖叫着给我打电话，我丢下改到一半的 Bug（程序漏洞），跟老板请了假，火速赶往医院。

诊室门口，宁琼戴着口罩，看到我就冲我挥手。我往她身边一坐，环顾四周，小声问道："这到底是医院还是秀场啊？怎么这么多大美女？"

宁琼捂着鼻子，含糊不清地说："都是人造的。"

刚说完，LED（发光二极管）屏上打出她的名字，宁琼一把就给我拽进去了。我踉跄两步，等站稳了，往前看去，正对上一双清冷无波的眼。睫毛长而翘，眉骨微高，眼窝深邃。好帅一男的。但自打新冠肺炎疫情全民戴口罩以来，这种半张脸帅哥太多了，我并没有往心里去。直到他问完宁琼的情况，透气般将口罩下拉了几秒，露出高挺的鼻梁和线条利落的下颌骨。看上去还有点混血的感觉，帅得我直接迷失。

宁琼整个问诊过程中，我的眼珠子就跟黏在他身上了似的，半点没舍得移开。

"你这种情况，最好是取出假体，重新植入。修复期间，鼻子也不能受到任何冲击。"

"江医生，我好不容易才挂到你的号，要不你再顺带帮我看看，我能不能做个鼻翼缩小？"

然后两个人就进内间诊室去了。我坐在外面，远程指挥同事改了两个 Bug，正在看第三个。

"绵绵，我们走了。"

"绵绵，绵绵？"

我抬起头，目光越过宁琼，直接落在她身后的江医生身上。

此刻，江医生挑了挑眉，竟然重复了一遍："绵绵？"

也许是我的错觉，我总觉得他的眼神看起来有些意味深长。

"是的，我叫唐绵绵，绵绵思远道的绵绵，不是软绵绵的——"

话还没说完，宁琼又给我拽走了。站在走廊里，我问她干什么。

她说："唐绵绵，人家江医生每天过手的都是绝世大美女，你觉

扑火

得你有什么胜算？"

她说得对。我内双，小圆脸，脸颊上有几颗雀斑，还因为常年996（一种加班制度）坐着写代码，没有纤细漂亮的腰肢。就连今天陪宁琼过来看病，都是穿着格子衬衫，踩着人字拖过来的。跟诊室外面那些光艳四射的大美女，完全没有可比性。

但我还是虚张声势："你说什么呢？我又不喜欢他。"

结果一转头，江医生竟然就站在我身后。

他面无表情地把我的包递过来："你落东西了。"

然后没等我说谢谢，转头就走了。

我怀着美好的愿望问宁琼：

"你说他会不会因为我刚才那句话，觉得我好清纯、好不做作、好与众不同，进而对我产生非同一般的好感？"

宁琼无情地戳破了我的幻想："你做梦。"

宁琼的修复手术和缩鼻翼手术定在两周后。这两周里，她每次来医院面诊，都带着我。我也见了江医生好几次，还知道了他的名字和背景。江易，本市赫赫有名的整容医生。因为审美好，下手稳，成品好看，在网红圈子里有着"女娲再世"的称号。原本我对我的脸挺满意的，结果来整形科次数多了，看着那些风格各异的大美女，心里难免生出一点蠢蠢欲动的念头。

趁着宁琼跟护士去里面做检查的时候，我问江易："江医生，你看我的脸，有没有整容的必要啊？"

他抬起头，目光从我脸上一扫而过："没有。"

难道我在他眼里这么完美？

江易下一句就戳破了我的幻想："你整的话，要动的地方不少。"

……好伤人。

我不死心地说："其实我想先割个双眼皮。"

"哦，那你坐过来，我看看。"

江易那张清冷好看的脸，在我面前骤然放大。眼睛对着我的眼睛，柔软的嘴唇几乎要擦过我脸颊。我傻了。他好像……忘了戴口罩。

"江医生，疫情防控，从我做起。"

"……"

江易坐回去，拉起口罩，拿出一张纸递给我："可以做，你先填个面诊单。"

我刷刷几笔填完，把单子递回到江易手里。

他扫了一眼，竟然望着我笑了起来："唐绵绵。"

不知道为什么，他念我的名字时，嗓音压低，微微暗哑，显得特别暧昧。

江易冲我扬了扬手："单子我留下了。你什么时候有空，单独过来挂个号面诊吧。"

不。我没空。割双眼皮就是我随口一说。事实上，我从小就怕极了进医院，还特别怕痛。别说在眼皮上拉一刀了，就是长个痘被我抠破了，都能把我给痛哭。

所以，我并没有把江易的话当回事。只是按时陪着宁琼过来就诊、做手术……等她从手术室推出来，麻药过了之后，我也接到老板的电话，让我赶回公司加班。结果刚走到医院门口，就撞见了江易。

"唐绵绵。"他主动叫住了行色匆匆的我，"你不是陪宁琼来做手术吗？"

我说我现在得回公司加班，晚上再回来陪她。

话音未落，江易就拉开了身边的车门："上车吧，我送你过去。"顿了顿，又补充了一句，"下雨，不好打车。"

我坐进车里的时候其实很忐忑。因为我晕车，而且很严重。我怕

扑火

吐在江易车里，那我就凉了。但他车里没有常见的刺鼻汽油味，反而弥漫着淡淡的消毒水味道。很清爽。江易开车极稳，从医院到我们公司楼下，没有一次急刹。

"到了。"

我把肩上的帆布包往里挂了挂，小声说："江医生，谢谢你，坐你的车和坐地铁一样稳。"

他扭过头，唇角微勾："你这是夸我呢？"

"是啊，是啊。"

地铁是我唯一不会晕的交通工具，夸一个人开车稳如地铁，是我的最高赞誉。但看着钉钉上弹出的消息，我已经没空跟江易解释了。又道了声谢，我打开车门，冲进园区大楼。最近项目进入收尾阶段，二轮测试每天都能发现大量 Bug。

Debug（调试程序）到昏天黑地的时候，我接到了宁琼的电话："绵绵，你什么时候下班？"

我看了一眼屏幕上密密麻麻的代码："大概四十分钟吧。"

结果出了点意外，我差不多调试了两小时才走人。夜已经深了，我低头正要打开打车软件，忽然听见一道冷冷清清的声音在喊我的名字。

"唐绵绵。"

竟然是江易！他的车停在门口，园区路灯的光照下来，把他的脸衬得特别好看。

直到坐上车，我才反应过来："江医生，你这是……"

"宁琼说你要回去陪床，又怕天太晚你一个人不安全，就拜托我来接你一下。"

……噢，打扰了。

江易一路把我送进了宁琼的病房，又顺带着看了看她鼻子的情况："伤口愈合不错，没问题的话，明后天就能出院了。"

说完他麻溜地走了，眼神都没给我一个。我那点暧昧的小心思，一下子就给抹干净了。再加上第二天宁琼就出院，我彻底没了和江易接触的机会，只好老老实实滚回去上班。男人，只会影响我赚钱的速度。

就这么过了好久，那天晚上我终于做了项目一期交付，身心俱疲地回到家里。原本打算去王者峡谷里遨游几把，结果手机刚拿出来，就收到了一条新的微信好友申请。对方的备注很简洁，就俩字：江易。江易是谁……江易！我直接从床上弹了起来，好半天才平复心情，哆哆嗦嗦地通过了申请。

我问江易："你怎么知道我的微信？"

"那天你填了面诊单，上面有手机号。"

等了几秒，他又发过来一条："你什么时候有空？"

我愣了愣，忽然反应过来。那天我说有空就去挂个号，专门找他面诊。大概是我一直没去的缘故，这就来问了。好家伙，听宁琼说，现在他的手术已经很难排了，就这样还不忘亲自出来拉生意，也太努力了吧？看来这年头，为了生计，大家都不容易。我心中的冷清帅哥，忽然就变得接地气起来。不过我也确实胆小，不敢没事就给自己眼皮拉一刀。

我正要颇具气势地回他一句"我没空"，突然接到了我妈的电话。接通后，那边又是老生常谈，催我速速找个对象，一定得在三十岁之前把婚结了。

我不得不提醒她："妈，我之前就跟你说过，倒不是我不想找，主要我身边真的一个合适的人都没有……"

她斩钉截铁地打断了我："那就相亲！"

我瞬间想到过年那会儿她给我介绍的那个相亲对象，当着我的面吐了个烟圈，不屑地说："女人家在外面抛头露面不合适，结婚后你就辞职回家相夫教子吧，我养你。"

想到他连个税起征点都不到的月薪，我沉默了。

扑火

我打了个寒战，在我妈再次开口前截住了她的话："不过最近我遇到了一个合适的对象，已经在追了！"

好不容易把我妈哄好，我挂了电话，对着江易发来的消息发了会儿呆，然后拿起手机回复。"明天吧，早上我就过去找你。"

坐在诊室里，我和江易对视了整整一分钟，他终于缓缓开口："唐绵绵，你这是？"

我挥了挥手里的挂号单："来找你面诊啊。"

江易沉默片刻，长长地叹了口气，站起身来："好，你跟我来吧。"

他把我带到内间，先问我想做成什么样的，又拿了本图册让我选，最后问我知不知道手术可能有风险。

我仰头看着他，眨了眨眼睛："还有风险？你不是号称'女娲再世'吗？"

"就算真女娲下凡，手术也有风险。"

接着江易给我科普了一下风险症状，什么两侧重睑不对称、留下瘢痕……

我越听越害怕，到最后脸色煞白，思维都恍惚了。

江易站起身来，声音在我头顶响起，有些模糊不清："你想好了，还要做吗？"

"我……再考虑考虑。"说完，我溜了。

宁琼听说我竟然去江易那里面诊，还准备整容，异常震惊。

我随口胡说："整个容，变漂亮点才好谈恋爱啊。"

这句胡说八道的话，不知道怎么传进了江易耳朵里。

以至于他专门打电话来跟我说："唐绵绵，只割双眼皮，你的脸是没太大变化的。"

"那我再垫个鼻子，整个下巴，做个微笑唇。"

"……"他声音有些发冷，"唐绵绵，你到底想干什么？"

难道我追求他的意图还不够明显吗？我忧郁地挂掉了电话。作为整形外科的中流砥柱，江易实在太忙了，我工作也不闲，平时实在没空聊。就算要聊，我也只会尬聊。这时候约电影和吃饭，又有点过于突兀。思来想去，唯有借着面诊的机会向他展示一下我的可爱，博取他的好感。

于是等到周末，我又跑医院挂江易的号去了。这一次，他看着我，眉头紧锁，似乎很不耐烦。一定是上次我临阵脱逃，他觉得我耽误他时间了。

我赶紧说："江医生，我考虑好了，这次肯定做，绝对不会再耽误你时间。"

江易的眼神更冷了，感觉像要把我当场冻住似的。

半晌后，他唇边忽然勾出个冷冷的笑来："你不是还要垫鼻子，整下巴，做微笑唇吗？"

我僵在原地："……不着急，一样一样来。"

最后图选好了，手术时间定下了，钱交了，手术室都进了，我却临阵脱逃了。但是江易竟然答应了和我吃饭，也算不虚此行。

下午六点，我和江易坐在一家粤菜馆里。本来打算吃火锅的，但第一次和江易吃饭，我想优雅一点。我身上还穿着从宁琼那里借来的战袍——一条暗酒红色的紧身裙。好看是好看，但也属实紧了点。以至于吃完饭后，我必须得拼命吸着气，才能勉强保持小腹平坦。

夜风微凉。江易与我并肩走在路上，我绞尽脑汁，勉强找了个话题："江医生，你觉得这家店的味道怎么样？"

"挺好的。"三个字。

"那下次我们有空再来吃？"

"可以。"两个字。

扑火

我一边吸气一边说话，憋得气若游丝，还不得不艰难地问："……你，你不生气了吧？"

"嗯。"一个字。

终于，我吸气吸得缺氧头晕，脚下一个趔趄，倒在了江易怀里。吓得我下意识伸手，勾住他的脖子。从他身上传来淡淡的草木香气，仿佛是哪个牌子的香水，竟然不是我白日里闻过的消毒水味道。原本这种言情小说里才有的意外，应该无比浪漫。可坏就坏在，江易的手正碰着我因为卸了力而微微凸起、软绵绵的小腹软肉。确切来说，是脂肪。

我尴尬得头发丝都要飞起来了，结果江易竟然很淡定，还慢条斯理地叫了一声："唐——绵绵。"

后两个字被他念得尤其缠绵悱恻，险些令我怀疑眼前这人是否临时换了魂。说好的不苟言笑、性格冷淡呢？

我连忙收回了手，试图站直身子，但我忽略了后腰的一小块裙子还被江易攥在指间。总之，由于用力过猛，我把宁琼的裙子给扯了。

"刺啦"一声响后，我捂着后腰裂开的那一小块布料，含泪狂奔而去。

回去后我给宁琼打电话，她完全不关心自己被撕破的裙子，只问我："你当着江医生的面，把裙子扯破了？"

"不光这样，我还不小心向他展示了我并不纤细的腰肢……"

"算了，唐绵绵，我救不了你了。"她说，"你放弃吧，下回有帅哥我再联系你。"

我放弃了。

打开微信，江易发来了无比客套的一句："唐绵绵，你今天很可爱。"

光是脑补，我都能想到他打出这句话时的神情。一定冷淡又敷衍。

于是我回了句谢谢，然后火速把他的消息免打扰。事实证明我在自作多情。因为从那天过后，江易根本没有再给我发过消息。

情场失意，唯有工作使我快乐。

公司又接了一个大项目，而我作为资深前端工程师，成了负责人之一。第一次做项目管理，我没经验，只能跟着前辈学。要做架构，要写方案，又要 Debug，还要根据人员安排，做部署计划。我的头发开始大把大把地掉，发际线也一退再退。断断续续熬了好几个通宵之后，我惊恐地发现，我的头顶和后脑，有两小块地方的头发已经很稀疏了。

"小唐啊，你这情况恐怕是斑秃的预兆。"带我做项目的前辈杜哥说。

我如遭晴天霹雳。

"得赶紧去医院看看，拖久了会秃的。"

杜哥让我莫慌，说他也有这样的经历，可以介绍靠谱的医生给我。正好他有个朋友在那家医院就职，他周末带我过去。但我万万没想到，杜哥说的朋友，竟然是江易。

周末一大早，我就跟杜哥在医院门口碰面了。他一边领着我往里面走，一边热情洋溢地介绍："小唐啊，我今天带你见的这个，那可是青年才俊，年纪也和你差不多，说不定你们……"

我一边礼貌地点头，一边腹诽青年才俊哪里会看上我，结果不经意一个抬头，就看到了门诊大厅门外站着的熟悉身影，修长挺拔，眼神冷冷。

也许是阳光过盛，照得人头脑发晕的缘故，我错觉他的目光好像穿过人群，牢牢定格在我身上。

江易！我心头一跳，默默拉起卫衣的帽子。

扑火

原本以为他只是偶然站在那里，没想到杜哥竟然直接把我带到了江易面前，还介绍道："小江，这就是我跟你说的，我们公司那个秃头的小姑娘。说起来真是凑巧，她也是 F 市的，和你还是老乡呢……"

我已经不在意他后面又说了什么。脑子里只回荡着六个大字：秃头的，小姑娘。余音绕梁，不绝于耳。

江易眼中闪过一丝笑意，接着他冲我道："唐绵绵。"

杜哥惊讶道："你们认识？"

江易点头："她是我的病人。"

杜哥立刻扭过头，对着我的脸端详了片刻，神情迟疑："这……不太像啊。"

"什么不太像？"我麻木地问。

"小唐这脸看起来很天然啊，不像整过的。"

我呵呵地笑："杜哥，你想说我长得丑就直说。"

杜哥讪笑两声："我的意思是质朴，质朴的美。"

杜哥说他还要送孩子去补习班，把我交到江易手上就走了。我低头跟在江易身后，直到走进电梯，才发现里面只有我们两个人。江易没有穿白大褂，身上是一件薄荷绿的休闲衬衫。这么显黑的颜色，穿在他身上竟然一点不难看，反而衬得皮肤冷白，格外清新。

电梯安静上行，我忽然听到江易的声音："唐绵绵。"

"最近一直没有见过你。"

我心里忽然冒出零星的委屈。

"工作太忙了，没空过来。"我说，"而且我已经放弃整容，就不打扰江医生了。"

话音未落，面前的光忽然一暗。我下意识抬起头，发现江易竟然站在我面前，近在咫尺的距离。他微微低着头，看向我的眼神里有着我读不懂的复杂情绪。

然后江易伸手，隔着卫衣帽子拍了拍我的脑袋："忙到头秃？"

我捂着脑袋后退一步："公主的事儿你少管！"

正好这时候电梯门开了，江易率先走了出去，又停在门口，回头看我："走吧，公主殿下。"

我觉得，这话应该是他专门说来嘲讽我的。可不知道为什么，从他的语气里，竟然听不出一点嘲讽，只有温柔和无奈。我吸了吸鼻子，默默跟了上去。原本被一点点藏好的旖旎心思，又在这一刻不可避免地破土而出。

江易把我带进了一间诊室，里面的医生看到他就问："江易？你今天不是休息吗？"

他冲我扬了扬下巴："带个朋友来找你看病。"

"噢——朋友——"那位姓林的医生意味深长地看着我，"来，坐吧，看什么病？"

我憋了半天，委婉地说："……有些掉头发。"

林医生"哦"了一声："帽子摘下来，我看看。"

我差点哭了。

"唐绵绵。"江易的声音从我身后传来，"你摘吧，我不看。"

林医生笑了："哎呀，小姑娘害羞了，真可爱。"

说着就站起来，对着我摘下帽子的脑壳研究了半天。

"有点轻微斑秃，没事，我给你开点药，回去按时涂药吃药，要早睡早起，心态放松。"

林医生很快开好了单子，又想起什么似的提醒我："对了，这个药吃了可能会先加重脱发，然后再慢慢长出新的来。"

我的手开始颤抖："这……这是什么意思？"

"意思就是，接下来几周，你会越来越秃。"

我去缴费拿药的路上，在手机上下单了九顶颜色各异的帽子。差

扑火

不多半小时后，我拎着一包药，和江易面对面站在医院的门诊大厅外。正要说点什么，忽然一阵风吹过，掀掉了我宽大的卫衣帽子。江易比我高出一个头。意识到这一点之后，我差点捂着脑袋再次狂奔。

可是一道温柔悦耳的女声，硬生生让我定在了原地。那道声音在喊："江易。"

下一秒，一阵清甜的风就吹到了我面前。面前的女人化着浓淡刚好的妆，身上剪裁合适的碎花裙子，恰到好处地衬托出纤纤细腰。我相信那一定不是努力吸气吸出来的。最重要的是，她有一头浓密柔顺的、海藻般的玫瑰棕长卷发。这是什么从头到脚都闪闪发光的绝世美女。

绝世美女看都没看我一眼，只是盯着江易，浅浅地笑："好久不见了。"

江易侧了侧头，面无表情："上个月才见过。"

美女也没生气，依旧笑着说："自从分手之后，每次见你，我都觉得我们好久没见了。"

分手？他俩以前是一对？看起来美女还有复合的意图？那我还有什么胜算？完美无瑕且旧情未了的美女前任、又不漂亮又秃头的普通女孩。我要是江易，我也选前面那个。我握紧手里的袋子，转身离开。

虽然不甚清晰，可美女的声音还是被风送进我耳朵里："我特地查过了，你今天不坐班，有空的话，去喝杯咖啡吧？"

我越走越快，到最后差点飞奔起来。等上了地铁，拿出手机一看，一条新消息提醒：您购买的优雅可爱淑女风贝雷帽（抹茶绿）已发货。我气得差点把手机捏碎，可心里又委屈得要死。

林医生没有骗我，那药吃了以后，我的头发的确脱得更厉害了。所以即便天气越来越热，我还是坚持戴着帽子。但与此同时，最开始稀疏的那一块头皮也开始冒小绒毛了。杜哥说，根据他的经验，我最好去剪个短发，这样头发会长得快一点。而且我情况不严重，大半个月就能长好。

"多短？"

杜哥比画了一下："最好剃个寸头。"

"……"

晚上，我找到方圆五公里最贵的一家理发店，对 Tony（托尼）老师说："麻烦帮我剪一个温柔美艳又妩媚的寸头。"

Tony 老师说他不接我这一单。

我只好妥协："算了，剪个齐耳短发吧。"

剪头发的过程里，我接到了一个电话。原本以为是宁琼打来的，可接起来才发现竟然是江易。

他问我："唐绵绵，林皓让我跟你说一声，最近去他那里复诊。你什么时候有时间？我跟你一块儿过去。"

我抬头看了一眼镜子。

Tony 老师已经快剪完了。不能说温柔妩媚，只能说像个人样。

"好啊，我有时间就跟你说。"

然后我第二天就一个人偷偷去了医院。林医生看到我，很诧异："江易没陪你一起来吗？"

"不方便打扰他。"

林医生若有所思地点了点头，然后又检查了一遍我的头皮。

"恢复得挺好的。"他说，"我给你换种药，你继续吃，别忘了还是涂原来的软膏——最多两个月，头发就长好了。"

我又拎着一袋药离开了医院。

晚上就收到了江易的微信："为什么不找我跟你一起去？"

"怕打扰你和美女约会"被我打在对话框里，又一个字一个字地

扑火

删掉。

我说："听说最近是整容高峰期，你手术排得很满，我怕打扰你。"

"不打扰，我既然答应了杜哥，肯定会负责到底。"

哦，原来是因为答应了杜哥啊。

"谢谢江医生，那我再去复诊时会联系你的。"

这当然是一句客套话。成年人的世界里，有空就是没空，下次就是下辈子。

也许是我的秃头，让老板有了恻隐之心。他把我叫到办公室，先夸我为公司做出了莫大贡献，等项目交付后就给我涨薪升职。然后安排了个助理给我，帮忙整理方案，跟进项目，调试一些简单的 Bug。

我的压力顿时减轻了不少。也是在这个时候，宁琼研究生毕业了。

她给我打电话："唐绵绵，你那房子不是七月就三年合同满了吗？你正好搬出来，咱俩找个两室一厅一起住。"

就因为她这句话，房东来问我要不要续租的时候，我给拒绝了。房东"哦"了一声，第二天就跟我说，她找了新租客，让我一周内搬走。我给宁琼打电话，让她有空一起去找房子。

结果宁琼支支吾吾了半天，才跟我说："不好意思啊绵绵，我刚已经答应和我男朋友同居了。"

"你不是一周前还单身吗？"

"是啊，我们三天前刚在一起的。"

我想把她给烤了。宁琼赶紧说："我怎么会坑自己的姐妹呢？我已经让靠谱的中介帮你找了间房子，主卧带独卫，月租一千五百元。"然后她给了我一个微信，让我明天跟着去看房子。

两室一厅的房子，中介说另一间已经租出去了。我看了一下客厅和房间，确实很不错，签合同定了下来。当天下午，我就找了搬家公司，把东西搬了过来。我打电话让中介过来送钥匙，结果刚一进门，另一间卧室的门就开了。

江易站在门口，看到我时，眼中闪过一丝意外："唐绵绵？"

直到很久以后，知道真相的我想到他那个瞬间的演技，还是不得不感慨一句："炉火纯青，浑然天成。"

我上下打量他，目光落在江易的拖鞋上："等等，你不会……"

中介热情地介绍："对！这位江先生就是你的合租室友。"

我傻了。

江易靠在门框上，唇边勾着一丝笑，问我："唐绵绵，这么巧啊？需要我帮忙吗？"

我也冲他温和地笑："稍等。"然后冲出门去，躲在楼梯间给宁琼打电话。

"宁琼！"我在电话里咆哮，"你知不知道你给我找的这个房子另一间住的是谁？是江易啊！"

"废话，我当然……不知道啊。"

宁琼顿了顿，语气忽然变得很诡异："这不正好，近水楼台先得月，有多少绝美爱情故事都发生在合租室友之间。"

"上次你不是让我放弃吗？"

"……那是我以为你们缘分已尽，但现在看来，可以再续前缘了。"

说完她就把电话挂了。我握着手机在楼梯间站了一会儿，刚转过身，就发现江易不知道什么时候，又跟个背后灵似的站在了我身后。

他微微低下头，凝视着我的眼睛："唐绵绵。"

楼梯间灯光昏暗，他的脸有大半埋在阴影里，瞳孔深邃，令我看不清他的眼神。不知道为什么，我莫名有种猎物被猛兽盯上的紧张。

咽了咽口水，我问他："你怎么……要找人合租啊？"

"房子是我跟一个朋友一起租的，上个月他出国，他住的房间就空下来了。"江易说，"租期还很长，空着有点可惜，我就找了中介，没想到这么巧，他找来的租客正好就是你。"

听上去逻辑完美，没有破绽。但这也太巧了吧？我忽然很庆幸自己今天戴了假发，还是超自然款，完美地掩盖了我的头秃。

把手机揣进兜里，我往楼梯间外走，江易跟在我后面："你的行李还在楼下吧？我帮你搬上来。"

我的行李不算少。除了日常用品外，还有满满一箱纸质书，起码几十公斤重。我正要弯腰搬书，江易已经先我一步抱了起来。

"你拿轻的。"

我抱着一篮锅碗瓢盆跟在他后面，结果刚进门，我的假发就钩在了门把手上。还没等我反应过来，身体往前的惯性已经给它一把扯了下来。

"……"

我傻站在原地。如果可以，我愿意用一年不吃火锅，换时间倒流回三分钟以前。从玄关玻璃柜的倒影里，我隐约看到了自己现在的样子。齐耳短发乱七八糟地翘着，隐约可见发顶稀疏。

江易把一整箱书放在客厅，转头看到我这样，微微一怔，旋即道："这样比你戴假发可爱多了。"

我终于回过神，一把捞起假发，转头问江易："你是什么时候瞎的？"

其实我的内心很绝望。感觉我这辈子最尴尬的事情，都发生在江易面前。想到刚才宁琼让我近水楼台先得月，我绝望地想，要是在这种情况下他还能喜欢我，那他不光眼神不好，可能脑子也有点毛病。

就这样，我和江易开始了同居——不，合租生活。一开始，我小心翼翼地遵循着合租原则，不侵犯对方的隐私空间，不带人回家（我也没人可带），使用公共区域后按时打扫，保持客厅与厨房的一尘不染。但这种界限，很快就被江易主动打破了。

那天晚上，外面下大雨，我带了一堆工作回家，打算在家里熬夜修 Bug。结果半夜出去倒水的时候，忽然听到厨房里传来动静。没一会儿，一阵香气就飘了出来。

江易端着一盘炒饭走出来，看到我站在门口，挑了挑眉："唐绵绵，你还没睡？"

我发誓，其实我本来想说"我在加班"的。可是闻到厨房里飘出来的、越来越浓郁的香气。话到嘴边，不知道为什么就变成了"我饿了"。

江易的神情里没有一点意外，只是指了指厨房："锅里还有，自己盛。"

我立刻撒着欢跑到了厨房。锅里盛着亮晶晶、还冒热气的清炒虾仁饭。

我端着满满一盘饭走出去，在江易对面坐下："江医生，你也喜欢吃这个啊？"

他动作轻轻一顿，唇边勾出一丝意味深长的笑："是啊，我从小吃到大。"

我对比了一下我和江易盘子里的饭，忽然有些心虚。

"江医生，你吃得饱吗？"我问他，"我还没碰呢，要不我再给你拨点？"

他摇头："不用了，我本来就不是特别饿。"

"不是很饿还专门半夜出来做炒饭，这生活也太精致了吧？还好我及时发现，不然这一锅绝美的清炒虾仁饭就要剩下了。"我完全没有觉得这话有什么不妥，只是快乐地吃完了消夜。准备收拾碗筷去洗碗时，江易把我给推开了。

"我来收拾，你去加你的班吧。"他在我开口之前，又及时补充

扑火

了一句，"干完活儿早点睡，林皓说，你这症状不能熬夜。"

我整个人都麻了。真的，大可不必在一个花季少女面前，反复提及她秃头的事实。我在客厅站了好一会儿，转身默默回到了卧室。

这天晚上我睡得特别安稳。即便已经刷过牙，那盘清炒虾仁饭的味道仿佛还残留在舌尖，在我脑海中酝酿出一个云蒸霞蔚的梦境。梦里的我，好像和谁坐在草坪上，共享了一盒清炒虾仁饭。我吃撑了，打算站起来遛弯消消食，还非拖着那个人和我一起。接着……他就和我一起掉进了水里。

我猛地睁开眼睛，发现手机已经在枕边振动了许久。关掉闹钟，我睡眼惺忪地瞅了一眼屏幕上的时间。吓得一个猛子从床上弹了起来。晕！还有二十分钟打卡上班！我分外慌张，用五分钟时间洗漱完毕，换下睡衣，冲出卧室才发现，江易正在玄关穿鞋。

"唐绵绵？"他诧异地问了一句，"你还没去上班吗？"

"睡过了，我要迟到了！"

然后我就顺理成章坐上了江易的顺风车。他一路平稳又迅速地把我送到了公司楼下，还很有闲情地跟我告别："晚上见。"

我胡乱挥了挥手，叼着一片吐司冲进公司大楼电梯，终于赶在九点前打上了卡。

而老板路过我工位时还提醒了一句："唐绵绵，上班时间不要吃早餐，容易造成不好的影响。"

项目已经结束了，他却绝口不提给我升职加薪的事情，反而天天找我麻烦。我气得牙疼，感觉头发又多掉了两根。

中午的时候，江易给我打来了电话："早上没迟到吧？"

我愣了愣："……没有。"

"那就好，以后你早上都多睡会儿吧，正好顺路，我送你。"

他顿了顿："还有，我们医院食堂的饭不太好吃，我打算以后自己做便当带过去了，也帮你做一份吧？"

"……好。"

就这样，我莫名其妙地，开始蹭江易的饭，又开始蹭江易的车。心里不安，我一开始想把油钱和菜钱转给江易，可他根本不收。我只好拼命往家里买菜、买肉、买水果，每天都把冰箱塞得满满的。再然后，生活模式就进化成，我提前买好菜，江易回来就做饭。一开始只是便当，后来连早晚饭都承包了。

其实我并不是不会做饭，起码煮个挂面、炒个番茄炒蛋还是不成问题的。而且，也跟着学了不少网红菜谱。那天晚上，我难得不加班，比江易回家早，就想尝试一下刚学到的，什么芝士奶油鸡肉蘑菇饭。结果在厨房捣鼓了一个小时，端出了一锅黏糊糊、甜腻腻的食物。江易只尝了一口，就默默放下筷子，卷起袖子进了厨房。

没一会儿他端出两盘清炒虾仁饭："吃这个吧，我怕你被那玩意儿毒死。"

我觉得江易这是看不起我的厨艺，不服气地抄起筷子，尝了一口我的杰作。

……打扰了。

我吃着清炒虾仁饭，那天晚上的梦境又一次浮上心头。于是我十分委婉地暗示江易："其实，你的手艺不但很好，更重要的是我总觉得以前吃过类似的口味。"

江易动作一顿，抬起头看着我，淡淡道："是啊，说不定你以前真的吃过呢。"

那一瞬间，我辨不出他眼中的情绪，还以为他觉得我是在故意套近乎，连忙道："当然，肯定不可能真吃过，我只是觉得很熟悉——可能这就是上天注定的缘分吧。"

这话一出，江易脸上的笑容更淡了。

扑火

我哭了。知乎的教学帖不是说，撩男人的时候，只要不经意地提及命中注定、天生一对，就能增加对方的好感吗？

总之，在沉闷得有些诡异的气氛中，我与江易面对面各自吃完了一盘炒饭。

"我……我去洗碗？"

江易的手覆上我手背，触感温热。

"你去休息吧，我来洗。"

我手一抖，差点把盘子给摔了。回去后对着镜子看，才发现脸红得快把自己点着了。晚上我做梦，梦见我和江易坐在一处波光潋滟的湖边。我的头发重新长好了，还染成了玫瑰棕色。

他伸出手，覆在我的手背上，凑过来耳语："绵绵。"

春梦了无痕。第二天醒来后，我就见到了玫瑰棕的正主。

小区停车场门口，长发前女友冲着江易浅浅微笑："江易，我刚搬来这里，没有车位，车还停在公司那边，可以拜托你送一下我吗？你知道的，我们正好顺路。"

从她身上飘来一股淡淡的清冽香气。我认得这香味，宁琼送过我一瓶，叫尼罗河花园。

江易皱着眉道："我要先送唐绵绵去公司。"

"没关系，我的时间不是那么急迫，你可以先送完她再捎我一程。"

美女的语气还是很温柔，话里的内容听起来也很善解人意。

"……好吧，上车。"

我扯了扯双肩包带子，默默拉开了车后门。结果，美女也没坐副驾，反而和我一起坐在了后座。一瞬间，江易仿佛变成了我俩的滴滴拼车司机。而密闭空间里，从她身上传来的香水味越来越浓，和车里原本很淡的消毒水味道一混合，变成了一种令我想吐的气味。我强忍着，脸色越来越白，思维都有点恍惚了。

"唐绵绵,你晕车了?"江易的声音传进耳朵。

我勉强点点头,甚至不敢发出声音,怕自己一张口就吐出来。

"罗清月,你把你那边的窗户开一下吧,绵绵容易晕车。"

原来美女叫罗清月。我恍恍惚惚地想着,感觉到一阵凉风灌进车里,味道顿时散去不少。

而罗清月正侧着头,一脸抱歉地道:"对不起啊,唐小姐,我不知道你晕车这么严重,习惯了化全妆、喷好香水再出门,明天我不会喷啦……"

明天?明天她还要搭车吗?

晚上回去,我在卧室里跟宁琼高歌一曲《香水有毒》,激昂唱到"你身上有她的香水味,是我鼻子犯的罪"时,江易忽然来敲门。我本来以为他是来叫我吃饭的,没想到开门后,他往我手里放了一顶头盔。

"拿好,明早出门记得带上。"

我心头的疑惑持续到第二天早上,看到楼下停着的摩托车时,一切都有了完美的解释。

罗清月站在一旁,脸色微微发白。

江易则一脸淡定:"不好意思,摩托车只能载一个人,你还是打车吧。"

罗清月咬了咬嘴唇,眼神锐利地往我这边瞟了一眼。我冲她露出无辜且淳朴的微笑,顿时感觉自己浑身上下散发着茶香。

罗清月不再看我,只是望着江易,低声道:"如果你想拒绝我,把话跟我说明白就好,大可不必用这种方式……"

"我的话,上次已经说得很明白了,是你不肯听。"江易语气淡淡地截住了她,"罗清月,我们已经分手了,我感念罗老师对我的恩情,不代表这种恩情能转化成对你的喜欢。我们试过,也在一起过,

扑火

不行就是不行。"

那一瞬间，我脑中很无厘头地闪过一个表情包。以至于我克制不住地对江易说："男人，不可以说不行。"

……完了。我好想给自己一耳光。

罗清月脸色铁青地离去，临走前还扫了我一眼，对江易说："你现在的品位倒是很独特。"

我看着江易。江易也看着我。

半晌，他先一步跨上摩托车，并回头对我道："上车。"

江易骑摩托车送了我半个月，中途还被交警拦下过一次，看到他有证有牌才放我们通行。

我搂着江易的腰，小心翼翼压下心头的悸动，问他："你是为了拒绝你前女友，特意搞了辆摩托车回来？"

"不。"江易的声音顿了顿，"是因为我们路过的那段高架最近在修路，堵车严重。要是开车的话，你早上得起得更早。"

莫非，他是想让我多睡一会儿，才专门弄了辆摩托车回来？我一边想入非非，一边在心里呵斥自己清醒一点，停止幻想。

"其实我可以坐地铁的……"

我话还没说完，江易忽然一个加速，吓得我身体惯性后仰，立刻下意识往前，整个人都扑在他后背上，手臂也扣得更紧了。

一直到红绿灯路口，他才停下车，慢条斯理地对我说："还是不要了吧，最近天气越来越热，很多人都不爱戴口罩了。疫情防控，小心为妙，我们毕竟是合租室友。"

"合租室友"四个字，他咬得特别重。原来是这样。原来他是怕我传染给他。我立刻变得蔫巴巴，手也缩回来一点，有气无力地"哦"了一声。

摩托车在我们公司门口停下。江易问了一句我晚上想吃什么，就骑着摩托车绝尘而去。我望着他的背影，那种熟悉的感觉又一次浮上心头。我在公司里找到了杜哥，借着请他吃午饭的名义，鬼鬼祟祟地跟他打听江易和罗清月的事。

公司食堂里，杜哥咬了一口糖醋排骨，露出知情人士的表情："小江和清月啊，以前的确在一起过，不过时间不长，满打满算也就三个月吧。清月的父亲，就是小江的研究生导师，算是对他有知遇之恩。清月也暗恋小江好几年了，逮着圣诞节那天表的白。小江一开始没同意，是清月千方百计地劝说，他才答应试试。可惜两人在一起一个多月，最多也就牵过手。小江说他还是没有心动的感觉，就提了分手。"杜哥说着，忽然露出意味深长的笑，"小唐，看上咱小江啦？"

我苍白无力地辩驳："没……我就问问，就问问。"

回去后我把战况汇报给宁琼。她正与小奶狗男友难舍难分，好不容易才抽出时间回我："我看，江医生说不定是对你有点意思。"

"真的吗？"

"猜测嘛，你大可以去试探他一下。"

我正要再发消息，肩膀忽然被人拍了一下，一回头，老板微笑地看着我："小唐，这会儿有空吗？咱们聊聊？"

然后我就被老板请进了办公室。他明褒暗贬地跟我讲了一通话，大意是说，虽然我之前工作很认真，但最近略有松懈，他为了激励我升职加薪，打算先扣我半个月绩效。

我压下破口大骂的冲动，笑道："老板，我最近工作还是和以前一样呀。"

"哈哈，小唐，这你就别想蒙我了。"老板露出资本家的微笑，"刚才我过去的时候，你在干什么呢？嗯？工作和生活，还是不能混淆在一起的嘛。"

去你大爷的。你让我把代码带回家调试到凌晨三点的时候怎么不说这话呢。我忍着怒火回到工位前，把键盘和鼠标摔得噼啪作响，终于下定了跳槽的决心。晚上回去我就开始投简历，凭借丰富的项目经验和过硬的写代码能力，一天就收到了好几个面试通知，甚至还有猎头给我打电话，介绍了一家大厂的内推名额给我。

我跟 HR 约好了面试时间，这才去客厅吃饭。

江易盛了碗冬瓜排骨汤放在我面前，忽然撑着桌面，微微凑近了些："你在找工作？"

我愣住："……啊？对。"

一个没忍住，我跟他吐槽了几句老板的非人言行。包括每年涨薪幅度奇低，五险一金不按实际工资交，加班不给加班费，调休时间还要砍半。说到最后，我忽然警觉地想起，面前的人是江易，是我正在追求的对象。我怎么能跟他表现出这么多负能量！我慌张地抬起头，却看到他正目不转睛地望着我。餐桌上方吊灯的光芒投进他眼中，一瞬间好像落进了星星。我微微失神，迷失在他明亮璀璨的眼睛里。

然后听见他问我："唐绵绵，你需要我帮忙吗？"

我回过神，莫名有些慌张："不……不用，已经有猎头联系我了，大厂岗位，大热项目，很可靠。"

江易"哦"了一声，坐了回去，屈着手指敲敲桌面："那吃饭。"

接下来几天，家里的伙食忽然变得特别好。我问江易，他说我每天既要上班还要面试，用脑过度，得多补补。在他的喂养下，我的头发很快就长好了。虽然还是齐耳短发的长度，但已经不秃了，看上去蓬松柔软，还毛茸茸的。其实江易也挺忙。他手术一直排得很满，还有门诊、带实习生和别的工作。但即使这么忙，还是能找到时间回家做饭，且早睡早起，几乎没熬过夜。

我吃了一口鲫鱼汤面，抬头夸道："江医生，你才是真正的时间管理大师。"

"你这是夸我还是骂我呢？"江易撑着下巴坐在我对面，淡淡笑了一声，"唐绵绵，你还是直接叫我名字吧。每天在家，还要被你一口一个'江医生'地叫，我老觉得自己一直没下班。"

好家伙，这是社畜的呐喊。

我感同身受，当即试探地叫道："江易？"

他好整以暇地看着我："嗯？"

我把嘴里的面条咽下去："我签好新工作了，薪水翻倍，加班还有加班费，下个礼拜就入职。为了表示对你的感谢，我请你吃饭吧？"

这句话出口之前，我已经在心里打了十几遍草稿。

江易却很爽快地应了下来："好啊。"

这一次，我和他约在一家火锅店。朝夕相处这么长时间，我已然放弃了维持形象的想法。但不知道是不是凑巧，我换上一条薄荷绿的T恤裙出门，才发现江易身上穿的竟然也是薄荷绿的短袖T恤。乍一看还挺像情侣装的。结账的时候，服务生让我注册个会员，可以便宜三十块。

我正在填资料，江易忽然凑过来看了一眼。

"唐绵绵，你下个星期过生日？"

"……嗯。"

然后他就不说话了。干什么呀这是？凑巧一问，还是要送我礼物？理智告诉我不该胡思乱想，可幻想又让宁琼那句"江医生说不定是对你有点意思"在我脑中晃来晃去，横冲直撞。我是不是应该跟江易求证一下？还是直接表白？我们俩身上一股火锅味，这会儿表白是不是太没有意境，且太突兀了？

我一边思考，一边问江易："你看过《动画城》吗？"

他步履轻轻一顿，侧过头看着我，像是不明白这个问题从何而起。

我继续硬着头皮说："《动画城》有一首主题曲，叫《快点告诉你》，我可喜欢里面的歌词了。"

说完，我就拿出手机和耳机，把歌给他放了一遍。欢快的儿歌歌声，在结尾重复了两遍"我的心放在你那里"后结束。我与江易之间陷入一种诡异的沉默。我小心翼翼地侧过头，看着他凝重的神情，内心很是绝望。累了，真的。我费尽心思想出来的、别出心裁的暗示，看来对江易一点用都没有。

垂头丧气地回到家，我刚走到卧室门口，忽然被江易叫住。刚抬起头，他已经站在了我面前，接着在我发顶揉了一把。

……哦没事，我的头发已经长好了。

我心脏骤停，随即想到自己的病情痊愈，已经不秃了，这才放松下来。

江易勾了勾唇角："歌很好听，早点睡。"

一共七个字，我回去抄在本子上，分析了两个小时。但还是没搞懂江易到底是个什么想法，什么意图。最后我瘫在椅子上，咬着奶茶吸管，深深地叹了口气。好难啊，追男人怎么比写代码还难。

这段时间，我在小区里碰见过罗清月好几次。且每一次碰上的时候，我都背着电脑，一脑门挤完地铁留下的汗。而她妆容精致，裙摆飘飘，香味清甜。那天我终于下定决心，早起了半个小时，在镜子前捣鼓半天，化了个妆。结果下班后，我在小区里散步了五个来回，也没碰上罗清月，倒是碰见了同样下班回来的江易。

他拎着一兜食材，看了我一眼："天这么热，你不回去吹空调，站在楼下干什么？"

我张了张嘴："汗蒸。"

江易："……"

他勾着我的领子，把我带回了家。天太热，我的妆花了，粉底液蹭了一点在他漂亮的腕骨上。我十分不好意思地伸手去擦，结果莫名其妙地，手下一滑，扣住了江易的手。他再下意识往回一带，正好就把我扯进了他怀里，两个人一起跌坐在沙发上。我瞪大眼睛，在滚烫体温的传递间，后知后觉地意识到一件事——我好像，有点重。

于是我摸了摸江易的大腿："你没事吧？疼不疼？"

他闷哼一声，声音里添了一份欲色："唐绵绵，你往哪儿摸呢？"

我又被烫到似的收回了手，接着像受惊的兔子一样跳起来，一路窜回了我的卧室。连着洗了两把冷水脸，我才回去给宁琼打电话，说我不小心摸到了江易。

她一下子就来了兴趣："摸哪儿了？"

"大腿。"

"哦，才大腿啊。"

她顿时意兴阑珊。

我："……"

"行了唐绵绵，我不管你摸到哪儿，一般来说，一个男的如果对你有好感，和你亲密接触后总得有点反应。"宁琼给我远程指挥："要是江易还没反应，你就给他下一剂猛药。"

没过两天，到了我的生日。

当天凌晨，十二点刚过，我就发了条朋友圈："今天，是唐绵绵小朋友的三岁生日。幼儿园的宁老师说，小朋友过生日就应该开开心心的，否则一整年都会不快乐。嘤嘤嘤，好想得到生日惊喜啊。"

宁琼给我发私信："你的语气好恶心啊。"

我问她："不可爱吗？"

"可爱个锤子。"

"……"我发了个表情包，"那我删了，再发一条？"

"算了，不删了，万一江易就喜欢恶心的呢。"

扑火

结果我一直等到半夜，握着手机睡着了，也没等到江易的生日祝福。第二天他照旧送我上班。其实自从我跳槽之后，跟江易已经不顺路了。但江易竟然还是愿意天天送我，有时候我下班太晚，还会专程来接我。就是这些言行举动，令我内心那些不可言说的念头野草一般疯长，烧也烧不尽。我也不想烧。

车在公司楼下停住。开车门前，我还是决定委婉地暗示一下江易，故而问他："你帮我看一下，现在几点，我手机没电了。"

江易看了一眼："八点四十九，足够你上楼打卡，还绰绰有余。"

我不死心："那你再帮我看看，今天几号来着？"

"八月十六。"

没有后续。好了，我凉了。我拎着早餐，垂头丧气地进了办公室。结果正在专心致志写代码的时候，忽然接到了一个外卖电话。

外卖小哥把一大束粉白相间的玫瑰花递到我手里，笑呵呵地说："唐小姐，生日快乐。"

花束里还夹着一张卡片。卡片上写着："你要的惊喜。绵绵，生日快乐。"匿名，没有落款。这个……不会是江易送的吧？我要是去问他，万一不是他送的，他会不会觉得我好自作多情一女的？我捧着那束花往回走，在同事热切且八卦的询问声中，重新坐了下来。

这时候，钉钉忽然给我弹出了一条消息："唐绵绵，喜欢吗？"

我定睛一看，发消息的人叫赵禹哲，是跟我同一个部门的产品运营。

看了看面前的对话框，又看了看旁边的玫瑰花，我忽然福至心灵："那个……花是你送的啊？"

"是啊，绵绵，祝你生日快乐。"

我傻了。刚入职不到半个月，我跟这个人，最多也就点头之交。因为钉钉上就有资料，他知道我的生日，倒不稀奇。稀奇的是，他居然给我送花，难不成是看上我了？

果然，中午吃饭的时候，赵禹哲在食堂找到我，上来就夸："绵绵，你专心致志改 Bug 的样子，真可爱。"

我咽下一口水煮肉片，眼看着他调出购票平台的页面，在我面前晃了晃。

"最近新上映的片子，评价很不错，晚上我请你看吧？"

我本来没答应，结果回到工位上，看着江易发来一条微信，问我晚上想吃什么菜，忽然就特别委屈。公主都过生日了，你一点反应都没有，还在考虑晚上吃什么！所以下班前，赵禹哲又一次来问的时候，我就同意了。

发完今天的工作日志，我抬起头问赵禹哲："什么时候出发？"

他原本在低头回消息，迟了几秒才反应过来似的："噢噢，马上，稍等我一下，我接个电话。"说完他就去洗手间打电话了。

在等他的过程里，我收到了江易的消息："唐绵绵，你今天什么时候回来？"

我挑衅般地说："你先吃吧，我晚点回去，有人请我看电影。"

"在哪里？"

"就公司附近啊。看完他会送我回去的，你不用来接我了。"

公司附近不远处，就有一家巨大的商场。电影院在五楼。

下了电梯，进电影院之前，赵禹哲笑着问我："等会儿看完电影，你想吃点什么？"

我正要答话，身后忽然传来一声尖叫："赵禹哲！你不是说你在加班吗？这是在干什么？"

回过头，我眼前一花，一个漂亮的双马尾姑娘已经飞扑到我面前。她刀子般锐利的眼神只从我身上刮过一瞬，很快就落在赵禹哲身上。

而原本温和有礼的赵禹哲，脸色惨白，声音颤抖："媛媛，你听我解释……"

扑火

我懂了。这玩意儿都有女朋友了，居然还好意思来约我看电影，给我送花！

于是我和媛媛一起望着他，想听他怎么解释。结果这人话锋一转，指着我道："是她！是她勾引我的！"

我："什么？"

媛媛看了我一眼。我赶紧说："那是真没有，是他约的我，而且我刚入职两周，还不知道他已经有女朋——"

"唐绵绵。"江易的声音忽然在我身后响起，然后他走到我身边来，用一种不太正常的温柔语气问我，"不是说和同事去看电影吗？怎么还不回家？"

听得我很是恍惚。江易，不是人间高岭之花吗？什么时候会用这种语气说话了？

媛媛的目光落在我们俩身上，露出恍然大悟的神情。她对赵禹哲冷笑道："人家有这么大一个帅哥追求，会来勾引你？你在做梦？"

说完就揪着赵禹哲的后脖领，把人带走了。闹剧结束，无瓜可吃，路人也都散了。电影院门口，很快只剩下我和江易两个人。

我拿足尖勾着另一只脚踝，微微低着头，虚情假意地问："江易，你怎么会找到这里来？"

江易语气平静："你们公司附近的电影院，只有这一家。"

"……哦，这样啊。"

我当然知道。不然我怎么会特意跟他强调地点呢。来之前我就已经想好了，要是江易不来，看完电影我就请赵禹哲吃饭，把电影票的钱给他，再把话说清楚。要是江易来了……

这就是我用尽毕生情商，冥思苦想，给他下的一剂猛药。只是没想到这赵禹哲这么不靠谱，有女朋友了还出来撩妹。想想也是，他约我恐怕也不是看上我，而是我刚入职，还不清楚他的底细，好骗。

"唐绵绵，你想看什么电影？"

我回过神，抬头看向江易那双灯光下微微湿润的眼睛，好半天才反应过来："最近新上的一部片子，《雀尸》。"

江易拿出手机划拉了两下："我请你看。"

我一时摸不清他有什么意图，只是眼睁睁看着江易去买了两杯奶茶回来，又低声跟我说："我在家里做了菜，回去再吃饭吧。"

在实行这个计划前，我查阅了好多经验分享，都没见过江易这样的。

热心的知乎网友告诉我：如果江易对我没想法，就不会管我到底和谁去看了电影。如果他对我有想法，就会及时赶到，而且有极大的可能会生气。可是他人来了，却没有生气，还要请我看电影。那到底是什么意思呢？公主迷茫。

我捧着奶茶跟江易进了电影院。《雀尸》是一部悬疑恐怖片，画面还挺血腥的。可惜我阅片无数，一点没觉得恐怖。江易身为医学生，想必也已经司空见惯。所以在周围此起彼伏的惊呼和倒抽冷气声里，只有我和他面无表情，直挺挺地坐着，像两尊兵马俑。

回去路上，我给宁琼发消息，她恨铁不成钢："唐绵绵，就算你不害怕，就不能装着害怕，往江易怀里扑一扑？"

"……我忘了。"

宁琼冷酷无情："没用的东西。"

呜呜呜。

江易很快把车停在楼下，我下意识抬手去开车门，没打开成。

"什么东西？"我以询问的目光看向江易。

他低咳一声，从车前座的储备箱里抽出一个盒子，放在我手里："生日快乐，唐绵绵。"

沉甸甸的手感落进手心，我下意识抓紧了它，愣愣地看着江易。

扑火

他却已经偏过头，先一步开了车门："好了，回家吧，我还做了菜。"

江易做了四菜一汤，都是平日里我夸过的，最喜欢的口味，还有一大盘清炒虾仁饭和一个红丝绒樱桃蛋糕。

我指着那个蛋糕，微微颤抖："这……不会也是你亲手烤的吧？"

"那不至于。"江易把蜡烛一根根插好，"我买的，给你过生日。"

他点好蜡烛，转过头看着我："绵绵，过来吹蜡烛。"

也许是烛光太暖，他看向我的眼神格外温柔。我忽然觉得，这一幕也特别眼熟。好像在很久很久以前，久到那可能是我小学时候。

有天夜里，也有个眼神温柔的人，在我面前点起蜡烛，然后招呼我："绵绵，过来许愿了。"

我握紧手里的叉子，终于忍不住抬起眼，看向对面的江易："江易，我们以前是不是见过啊？"

他眼睫颤了颤，最终却支起下巴，若有所思地看着我："你猜。"

我……猜不到啊！江易没有继续给我提供线索的意图。而我一边吃饭一边搜肠刮肚地想了半天，也没想起我记忆里究竟哪一年，曾经出现过一个叫江易的人。

吃完饭，已经是深夜。江易去洗碗，我回卧室洗了个澡，然后拆礼物。拆完之后，我愣在椅子上。江易送我的，是一个青轴键盘。宝可梦合作限量款，官方售价一千元出头，可市场价已经炒到了好几千元。我两个月前就想要，一直没舍得下手。当时还发了朋友圈，说用青轴写代码都更有节奏感。我把键盘翻过来，里面还飘飘荡荡落下一张卡片。风骨凌厉，落笔干净，是江易的笔迹。

他写："少改 Bug，早睡早起。你很可爱。还有——青青河畔草，绵绵思远道。"

我捂着胸口，发现心脏正揣在里面剧烈地跳动。我不相信江易不知道这句诗是什么意思。他写给我，是不是意味着……

　　我转过身，奔向江易的卧室。结果敲了半天的门，他都没开。男人，你成功地引起了我的注意。

　　我站在门口冲江易喊："你要是不开门，我今晚就睡在你卧室门口了。"

　　终于，面前的门打开了。卧室里漏出一线暖光，穿着柔软白色T恤和短裤的江易站在我面前，露出两条线条流畅、白皙修长的小腿。

　　他微微垂着眼看我，语气淡淡："唐绵绵，我在生气。"

　　说完，门又"哐"的一声，在我面前合上了。我一脸蒙圈地站在门口，确认他应该不会再开门了，才默默滚回了我的卧室。该生气的时候不生气，这会儿他气什么？难道是气我没有认出他？

　　第二天早上，我专门起了个大早，下楼买了早餐回来，准备讨好江易。结果我回来的时候，他也已经起了，正在餐桌前吃三明治。我提着豆腐脑和油条，默默地坐在了他对面。

　　接下来的两天，江易照旧给我做饭，送我上班，甚至切好水果放在我门口的小桌上。但，就是不跟我说话。这个表现就差在脸上写四个大字：快来哄我。

　　我坐在车里的时候，千方百计跟他找话题，甚至把赵禹哲因为太过尴尬，主动申请调离我们项目组的事情，活灵活现地讲了一遍。

　　结果江易只是扯扯唇角，勾起一抹淡得险些看不到的笑容："他活该。"

　　这是他两天来第一次应我的话。

　　我眼睛一亮，立刻坐直了身子："你不生气了吧，江易？"

　　"……"

　　又不理我了，唉。

　　我靠在椅背上，沮丧地说："你好歹告诉我，你为什么生气吧？好端端的吃了饭，突然一下就不理我了——"

扑火

　　话音未落，江易忽然踩下刹车，我这才发现车已经开到了我们公司楼下。江易解了安全带，凑过来把我框在他两臂与车椅背之间，在很近的地方直直望着我的眼睛，连呼吸也灼热清晰。他离得太近了，近得几乎碰到了我的嘴唇。像一个蜻蜓点水般的吻。

　　我慌了："江易，你这，我……"

　　"我为什么生气，难道你不了解？"江易似笑非笑地盯着我，"唐绵绵，我没有马上跟你生气，是因为你说过生日当天要开开心心。结果你忘性还挺大，前脚刚跟人去看电影，后脚就问我，为什么生气？"

　　他冷哼一声，放开了我，声音冷淡："下车。"

　　我迅速滚下了车。原来是这个原因！他怎么这么可爱！可爱归可爱，该哄的人还是得哄。我趁着午休在电脑上搜索如何哄男人，未果，只好求助于宁琼。把事情的前因后果讲了一遍之后，电话里陷入了诡异的沉默。

　　"唐绵绵，你用尽毕生情商想出来的方法，就这？"

　　宁琼用语气表明了她对我的不屑："我让你下一剂猛药，是让你干脆色诱之，没让你用这种方法刺激他。"

　　我恍然大悟，随即懊悔不已："我也没想到，江易会这么难追啊。"

　　宁琼的语气顿了顿，忽然变得十分怪异："唐绵绵，我一直没好意思说……但你是真的看不出来吗？一直以来，在其他所有人眼里，其实都是江易在追你吧？"

　　什么？她说什么？宁琼往我这扔下一个惊雷，就说要出门吃饭，自顾自挂了电话。我握着手机靠在楼梯间的墙上，震惊得半天回不过神。她说，江易，在追我？震撼我全家。我满脑子都是宁琼的话，还有早上在江易车里亲密到几乎零距离的接触。

　　正好第二天就是周末，我干脆跟主管请了半天假。回去的路上，我一直在想江易。一桩桩、一件件，所有事情掰开了去看，仔细分析之后，好像……宁琼说的是真的。给我做饭、送我上班、言辞暧昧，三番五次……与我亲密接触。一直以来，江易都比我拙劣的追求更加主动。意识到这一点之后，我忽然就想明白了。打破僵局的最好办法，就是无视它。所以，我决定灌醉自己，直接向江易投怀送抱。

回去的时候，我在楼下的便利店买了一打啤酒，还有一瓶二锅头，准备给自己壮胆。江易下班回来，我就把他拽过来，说要跟他喝酒，还找了个十分完美的借口："明天周末，你也不坐班，我们一醉泯恩仇！"

江易望向我，一言不发，目光深邃，仿佛看穿了我的真实目的。

正当我被他看得越来越心虚的时候，他却应了一声，在沙发上坐了下来："好啊。"

他十指交叠支在下巴下面，若有所思地问我："可是唐绵绵，我和你之间，有什么恩和仇呢？"

男人，明知故问。但我还要笑脸相迎："就是……生日那天，我不该撇下你和你给我做的晚饭，跑去和别人看电影嘛。我错了。"

"嗯，你知道就好。"

江易摘下腕表，又松开了衬衫领口的两颗扣子，露出漂亮的锁骨。他是冷白皮，锁骨上长着一颗小痣，黑白分明，衬得人漂亮又勾人。我感觉我的眼珠子又黏在他身上了，只好拿起一罐啤酒，一口气喝了大半，试图让自己冷静下来。

客厅的空调吹着冷风。我和江易坐在沙发上喝酒。干喝。我忘了买下酒菜。原本我的目的是把自己灌醉，然后借着醉意，顺理成章地跟江易零距离接触。没想到三罐啤酒下肚，我就饱了，居然还越喝越清醒。我这才知道，自己大概可能也许……酒量很不错。

正当我盯着茶几角落的那瓶二锅头，琢磨着这会儿再灌两口白的会不会太过突兀的时候，忽然听见江易喊我的名字："唐绵绵。"

扑火

一贯冷清的声音被酒意熏染，多了几分勾人的旖旎，咬字也变得缠绵起来。我向那边看去，正对上江易微醺的目光。

他说："唐绵绵，你真的不记得我了吗？"

我喝酒的动作一顿，努力回想半天，还是摇了摇头。然后江易就忽然站起身，坐到了我身边来。

他在近在咫尺的地方侧过头，注视着我："我改过名字。以前，我叫江小樱。"

江小樱……江小樱？

我大为震撼，险些从沙发上跳起来："江小樱！你不是——"

"女的吗"三个字被我硬生生吞了回去。被遗漏在时光长河中的记忆碎片，在这一刻纷至沓来。江小樱是我小学二年级的同桌。一开始他插班进来的时候，头发有些偏长，再加上五官精致秀气，这个名字本身又很婉约，我一直觉得他是女孩子。江小樱的妈妈，会做很好吃的清炒虾仁饭。有时候他中午来不及回家吃饭，就会在书包里装一盒。然后我就会从他那里尝好几口。江小樱是个手很巧的小孩，画画和捏橡皮泥都很在行。我的美术作业，基本都是他帮我完成的。我疯跑一个课间回去，头发散了，他也会帮我编好看的小辫子。但有的时候，我也会觉得奇怪。比如江小樱夏天居然不穿裙子，明明跟我关系很好，也从来不在课间一起去厕所。直到他和我成为同桌的第三个月，我才无意中得知了他的真实性别。我直接愣在当场，如遭晴天霹雳。

结果江小樱睁着一双水汪汪的眼睛看着我："唐绵绵，我是男孩，你就不想跟我做朋友了吗？"

我那时候还不知道什么叫美色惑人。只是原本跟电视剧学来的那句"男女有别"，忽然就说不出来了。

我支支吾吾地说："那倒也不是……"

江小樱温热柔软的手钩住我的手，嗓音也软软的："那我们就还是好朋友呀。"

后来呢？我皱了皱眉，努力回想。还没等我想起来，肩膀上忽然多了温热的重量。江易靠在我肩头，闭上眼睛，长长的睫毛垂落下来，微微湿润。脸颊透着漂亮的粉红色，呼吸滚烫。

"唐绵绵，我头晕……你扶一下我，去床上。"

"床上"俩字钻进我耳朵里，我的脸也开始发烫。我有些艰难地把江易扶到卧室，好不容易才让他躺在了床上，结果江易喊着热，又扯掉了两颗衬衫扣子。胸口莹白如玉，同样因为醉酒，透着一层浅浅的粉红色。

我瞳孔地震，猛地后退两步，从桌上抓起遥控器，打开空调，调到二十摄氏度。迟几秒才反应过来——原本我是想灌醉自己的，结果我千杯不醉，反而把他给灌醉了？那我要是现在下手，算不算乘人之危？

我咽了咽口水，坐在床边，心中天人交战了一个小时，还是没敢下定决心。唐绵绵，你怎么能这么胆小！我在心里唾弃着自己，决定去外面把手机拿进来，咨询一下宁琼。结果还没来得及起身，手腕忽然被人扣住。接着眼前景物变换，等我反应过来，整个人已经覆在了江易身上。我浑身僵住，接着就听到江易的声音在我头顶响起。低沉悦耳，满是旖色。语气里甚至带着那么一丝恨铁不成钢。

"唐绵绵，我都把自己灌醉送到你面前了，你就不能再主动点吗？"

什么？他说什么？

江易的手从我衣服下摆钻进来，落在我肚子上，揉了揉，声音里多了几分笑意："软绵绵的……你的名字，实在很合适。"

这一瞬间，我忽然想起很早之前，请他吃粤菜那天，他不小心碰到我的时候，也意味深长地叫了一声"绵绵"。原来是这个意思！这

扑火

么说，原来从那个时候起，江易就对我心怀不轨了？江易的嘴唇从我肩头与锁骨掠过，我好不容易鼓起勇气勾着他的脖子，准备配合一下，结果他的动作忽然停了。我被心头骤然涌上的空虚感勾得心底发颤，又不好意思直接问出口，只能看着他。

江易却并不急，反倒微微抬起身子，盯着我的眼睛，沙哑道："绵绵，你有随时喊我停下的权利。"

我把脸埋在他肩头，小声说："我知道。"

其实江易的技术不算特别好，甚至有点生涩。可他天赋异禀，最重要的是无比温柔耐心。于是一次完了，还有下一次。而且渐入佳境，越来越好。到最后，我困得不行，缩在江易怀里，裹着毯子昏昏沉沉地睡着了。

他附在我耳边轻声说："绵绵，我抱你去洗澡，好不好？"

"不洗了……明天再说。"

我做了一个梦。梦里的我，八岁生日那天，正碰上父母一起出差，于是就把江小樱拉到我家来，陪我一起过生日。江小樱拎着一个蛋糕过来了。我告诉他，我妈说我是晚上九点才出生的，所以我们得九点再开始庆祝，先看会儿动画片。于是江小樱就坐在地毯上，陪着我看了好久的《动画城》，还被迫听了好几遍我跟着唱的"我的心放在你那里"。

我还在那儿跟江小樱演对手戏："小樱，我把我的心放在你那里，我们从此再也不分离！"

江小樱迫于无奈，只能陪我演。一直等到九点，他在蛋糕上点了蜡烛，让我过去许愿。

我双手合十，大声许愿："我要和江小樱做一辈子的好朋友！"

没想到几个月后的一次秋游，我追着江小樱在公园奔跑的时候，脚下一绊，和他双双掉进了水里。被捞上来之后，我发起高烧，迷迷糊糊地昏睡了好几天。等我醒过来出院之后，江小樱也转学走了。再后来，时间太久，加上发烧导致记忆不顺，我几乎把这事忘了个干净。甚至，我的第一记忆里，江小樱还是个女孩子。

我睁开眼，阳光刺目，下意识眯了眯眼睛，便听到江易的声音在我头顶响起："唐绵绵，穿好衣服出来，我妈来了。"

我一个激灵，本来还有几分困意，这下瞬间清醒过来。不会吧？昨晚才睡完，今天家长就来了。是来兴师问罪，责问我为什么要把江易这朵高岭之花给采了吗？我从床边捞起自己皱巴巴的 T 恤，纠结了许久，还是没好意思穿上它。只好在睡裙外面，套了件江易的衬衫，磨磨蹭蹭地出了卧室门。满茶几的啤酒罐已经不见了，客厅被收拾得干净整齐。沙发上坐着一个漂亮的大美女，长相和江易有三分相似，正笑眯眯地看着我。这是江易他妈？看上去感觉不超过四十岁，也太年轻了吧？

我小步小步地蹭过去，正琢磨着应该说点什么，才能给她留下良好的第一印象时，她忽然开口了："哎呀，这不是绵绵吗？都长这么大了？"

我目瞪口呆。这熟稔的长辈口吻……是怎么回事？

"我叫江昕月，是江易的妈妈，你小时候还吃过我做的清炒虾仁饭呢，不记得啦？"

她笑着过来拉我的手，让我坐在了她身边。在江妈妈的叙述中，我终于知道了一些当年不知道的真相。江易以前叫江小樱，是因为江妈妈喜欢魔卡少女樱。后来江易上了初中，在他的强烈要求下，就把名字给改了。

"当初江易害你掉下水，我本来是想带他去你们家赔礼道歉的，结果这个时候江易他爸出轨还转移财产，我就带他办了转学手续，回

扑火

老家打官司去了。"江妈妈叹了口气，摸了摸我的脑壳，"临走前我去医院看了你一眼，你那会儿还昏睡着。"

我……不敢吱声。明明是我拖着江易落水，怎么成了他害我掉下水？我偷偷往江易那边看了一眼，正对上他意味深长的眼神，以及他露出的锁骨上，那被我啃出来的，好几道红印。

我猛地咳了两声，江妈妈立刻给我倒了杯水，接着在我喝水的时候，再一次语出惊人："我没想到你和江易发展得这么快，才刚遇上不到半年就同居了。挺好挺好。"

我一口水呛在喉咙里。想狡辩……啊不是，辩解一下，又不知道该说什么。

趁着江妈妈去洗手间的工夫，江易站在我面前，弯下腰盯着我的眼睛："唐绵绵，你已经把我睡了，还不想对我负责吗？"

这话怎么听怎么不对。但我竟然一时找不到反驳的理由。

我问江易："你怎么……还把家长叫过来了？"

他眼中掠过一丝笑意："不是我叫的，我妈本来就说今天来看我，没想到正好撞上你昨天请我喝酒，喝多了还酒后乱——"

"闭嘴！"

我急忙去捂他的嘴，手心擦过他柔软的嘴唇。

仿佛一根羽毛轻轻在心尖挠了一下，我心尖发颤，又火速松开了手，还虚张声势地问："你……你怎么不经过我的允许就带人回来？小心我告诉房东。"

江易嗤笑一声："你告诉吧，我不是就在这儿吗？"

我看着江易，他也看着我。

沉默了三秒，我忽然反应过来："你的意思是，这房子本来就是你的？"

江易把我散落的碎发拨到耳后去，语气诡异："不然你想一千五百元在市中心附近租到带独卫的主卧，做梦呢？"

"……那你当初演得那么像！"

这一带独卫主卧的市场价在一千六百元到两千元，江易当初给的这个价格，就属于十分物美价廉，但又不算特别白日做梦的范畴。所以我看过之后，连犹豫都没有，当天就签了合同。现在想来，每一步都是他算好的！我抬眼，气鼓鼓地瞪着江易，试图用眼神谴责他，没想到他忽然往前凑了凑，在我唇边落下一个轻柔的吻。我下意识往后躲，可后脑勺被江易用手垫着。

他的声音也很轻："别再往后了，后面是墙。"

"江易……"

"唐绵绵，你别装，第一次你陪宁琼来面诊的时候，就在脑海里把我给扒光了吧？"

我这个人吧，就是又怂又好色。

猝不及防下被戳穿心思，我只能死鸭子嘴硬："你说什么呢？你有证据吗？"

江易被我气笑，无可奈何地在我发顶揉了揉，站直了身子。

中午，江妈妈执意要请我们吃饭。一盘牛肉刚下进锅里，她看着我，忽然开口道："绵绵，什么时候有空，把你爸妈也叫过来，见个面吧？"

我手一抖，连盘子一起下进了锅里。

"……"

重逢后，与江妈妈的第一顿饭，我们叫来了火锅店的服务生捞盘子。

晚上，江易送江妈妈去酒店。他回来时，我正坐在沙发上思考。

"其实江阿姨可以跟我一起睡。"我仰起头看着他。

江易叹了口气，在我身边坐下来，勾住了我的手指："我妈看出来了，你和我还有问题，所以让我单独和你谈谈。"

我心虚地避开了他的目光。

"唐绵绵，我们该做的事情都做过了，如果我没猜错的话，你前面那些拙劣但又很可爱的手段都是在追求我，你还在害怕什么呢？"

我支支吾吾："我就是觉得……很不真实。"

"不真实？"

"江易，现实又不是言情小说，你见过的大美女数不胜数，而我就长得平平无奇一个普通女的，内双，有雀斑，有虎牙，甚至还有小肚子——你到底为什么，就看上我了呢？"

就算他一开始就认出了我是他的小学同桌。可童年的玩伴情，也不能在横跨二十年时光后经久不衰，还能进化成爱情。

江易直直地望着我："是，我是见过了数不胜数的漂亮女孩，甚至有很多是我亲手整出来的，可是这能代表什么？唐绵绵，我的确第一次见面就认出你了，可那时候只是觉得好奇，没想到后面你会做出这么多有意思的事情，偏偏又这么赤诚可爱。"

"而且唐绵绵，你有没有想过——"他伸手捧着我的脸，在我脸颊落下一个轻柔的吻，"你的雀斑、虎牙、内双，甚至软绵绵的小肚子……这些所有你觉得不完美的地方，恰好也是你身上令我心动的部分呢？"

救命。我被江易亲得晕晕忽忽，又一次稀里糊涂被他抱上了床。

"绵绵，不想的话就喊我停下。"

我一直没有喊过停。

我和江易就这样在一起了。

江妈妈走后，我说要请宁琼吃饭，结果她孤身赴宴。我问她："你的小奶狗呢？"

"分手了。把小和奶去了，那就是个狗。"宁琼利落地合上菜单，抬头看着对面的我和江易，"我就知道，你和江易能成。"

"扯吧，我们第一次去他那儿的时候，你说我毫无胜算。"

"哎，我那会儿不是没想到江医生如此眼光独到，看遍美女，到头来选了个如此质朴的。"宁琼翻了翻烤架上的鸡翅，压低嗓音问，"江医生，看在我努力给你助攻的份上，以后我要去你那儿做手术，能不能不排队了啊？"

我一拍桌子："我就知道！我跟江易合租这事肯定有你一份！"

"拜托了唐绵绵，我那还不是看你追了半天，手段如此拙劣，对方一点反应都没有，才想着帮你们一把吗？"

好吧，有理有据，我无话可说。

吃完饭回去的路上，我问江易："你到底为什么会喜欢我呢？"

结果江易意味深长地看了我半天，才说："你约我吃饭那天，把裙子扯了，然后捂着后腰一路狂奔，我觉得很可爱。"

"……"

罗清月说得没错，这个人的眼光也太独特了吧？

后来我和江易又在小区里碰见过罗清月一次。她也有了男朋友，是个眼睛水灵灵、头发软绒绒的小男孩，看起来好像大学还没毕业。看到我们，她眼神都没波动一下，挽着那男孩的胳膊就走了。骑的还是摩托车。再后来，我的头发差不多长到蝴蝶骨那么长的时候，江易突然跟我说，他要出国学习了。

这个套路我已经见多了，当即放下手里啃了一半的桃子，语气沉重："我懂，你这是要分手的意思，对不对？"

江易无奈地看着我，从兜里掏出两个小盒。打开来，里面是两枚闪闪发光的戒指，纯金的。因为我之前说过，我不喜欢钻石。

"唐绵绵，你一天都在想什么呢？光出国学习四个字，你自己就

扑火

脑补了一场苦情分离大戏吧？"

我有些心虚地低下了头。

"别想那么多，我出去半年就会回来了。"

江易拿起一枚戒指，我已经十分自觉地把手递了过去。

他动作顿了顿，抬起眼认真地看着我："绵绵，你知道这是什么意思吗？戴上就不能反悔了。"

这一瞬间，他看向我的眼睛流光溢彩，格外好看。

我的声音忽然低下来："我知道，是求婚的意思。"

他把戒指套在我手指上，又凑过来亲了亲我的鼻尖："那你答应了，是不是？"

"……是。"

江易一把抱起我，向卧室走去。

二十年前，我第一次见到江易时，是一个生机蓬勃的春天。那天阳光特别好，他背着小书包，皮肤白得几乎透明，留着软软的头发，漂漂亮亮地在我身边坐下。

他说："你好，唐绵绵，我叫江小樱。"声音也是软乎乎的。

其实江小樱转学之后，我逃了一节美术课，躲在操场角落哭了一大场。我那会儿电视剧看多了，还以为是我害他落水后，他生了重病没救回来，我爸妈骗我他转学了。那之后，我好几年没游过泳。稍微大一些之后，知道江小樱其实没死，但我还是见不到他了。

那时我没料到，二十年后我会在医院里遇见他，还真的用我拙劣的追求，阴差阳错撬动了他的心。或者说，这个人早就对我蓄谋已久，却偏偏以猎物的形式出现在我眼前。

夜风吹拂窗帘上下翻飞。小区里的樱花开了。我终于，又一次回到了有江易的春天。

回春番外：婚前婚后

接到江易电话的时候，我正和宁琼以及她的新男友一起，坐在一家通宵营业的烧烤店里。

"绵绵，我在机场。"

我撸串的动作一顿："不是说下周回来吗？"

也许是国际航行过于漫长，他声音里有着掩不住的倦色，但语气是带笑的："材料提交结束，想你了。"

其实江易很少说这么直白的情话。整得我老脸一红："那……我去机场接你吧。"

挂了电话，我把手里还剩两口的鸡翅啃完，拎起包就要走。

一只脚都跨出店门了，我又折回来，探头冲老板喊："再来五对鸡翅，十串掌中宝打包。"

盛夏八月的深夜，我提着烧烤，在机场接到了风尘仆仆的江易。

我扑进他怀里，吸吸鼻子，仰起头看着他："国外伙食是不是不太好啊，你怎么瘦了这么多？"

江易无奈地笑笑，正要说话，脸色忽然一变："你的烧烤，油蹭到我衣服上了……"

扑火

我把江易领到车里，从行李箱中翻出一件崭新的白色 T 恤："换一下吧。"

江易接过衣服，没急着穿，反而目不转睛地看着我："绵绵，你竟然是亲自开车来的。"

我自豪道："那可不！你一走我就去报名考驾照了，科目二一次就过，两个月拿到驾照——从上个月开始，我每天都自己开你的车上班。"

江易低笑："绵绵长大了。"一副哄小孩的语气。

我咬牙切齿："是啊，长大了，都到法定婚龄了，意不意外，惊不惊喜？"

"是吗？"

"江易，我警告你，不要挑衅我。"我一拍方向盘，直接调转了方向，"逼急了我给你开到民政局去——别以为我没看到你们医院官方公众号发布的照片，那个短发美女都快靠在你怀里了！"

江易无奈："唐绵绵，你好歹讲点道理，那是集体合照，挤了点而已。"

也许是第一次在江易面前展现车技过于兴奋的缘故，脑子缺根弦的我突发奇想："正好我带了身份证，不如我们真的领证去吧。"

江易伸手按住了冲动的我："绵绵，虽然我很迫切地希望和你结婚，但……现在是凌晨两点半，民政局不开门，而且只带了身份证不够，还要户口本才行。"

"好吧。"

我冷静下来，还是乖乖把车开回了家。但我没想到，江易竟然把这话记在了心里。

周末一大早，他把我叫醒，我睡眼惺忪的时候，两本红艳艳的户口本已经摆在了我面前。

我目瞪口呆地看着他。江易倒是神色如常："我妈和叔叔阿姨都很支持你的决定，所以把户口本寄过来了。"

"……我的什么决定？"

"领证啊。"江易轻轻挑了挑眉，忽然凑近我，盯着我的眼睛道，"唐绵绵，难道你想悔婚？"语气里已经裹挟着一丝危险的意味。

我吞了吞口水，摇摇头。总之，为了证明我是一个诚实守信的人，我和江易领了证。事实上，婚后的生活和婚前没有任何区别。除了一点——从原来的江易开车送我，变成了我开车送他。

"好神奇，我发现晕车的人只要坐在司机的位置上就不会晕了。"

我先一步坐进车里，敲定了彼此的身份："所以从今天开始，换我送你。"

为了公司规定里写着的五百元结婚礼金，第二周我去上班时带上了结婚证，第一时间找到了人事，把我的婚姻状态从未婚改成已婚。

结果人事小姐姐佟薇扫了一眼结婚证，忽然惊呼了一声："天啊，江易——唐绵绵，你老公是江易？"

我隐约觉得不妙："怎么了？"

这不会是江易的另一个前女友吧？

事实证明我想多了。因为她"啪"的一声甩下结婚证，凑过来给我看她的眼睛："我的双眼皮就是在他那里割的！你看，是不是很自然？"

"自然，太自然了。"

她满意地坐了回去，在键盘上利落地敲了几下，然后抬头道："好了，你直接去财务室领钱就行——对了唐绵绵，我一直想什么时候再去开个内眼角来着，你帮我问问江医生，能不能少排几天队啊？"

我讪笑："我回去帮你问问。"

晚上睡觉前，我跟江易说了这事。他本来靠在床边翻书，这下合起书，在我脑袋上揉了揉："唐绵绵，你这是给我拉生意呢？"

我赶紧澄清："不方便就算了，我明天跟她说。"

江易说："方便。你让她周末来挂号面诊，本月之内就能手术。"顿了顿，又凑过来，在我嘴唇上咬了一口，"下不为例。"

第二天我跟佟薇说："江……我老公同意了，条件是我要承包下个月的所有家务。"

她一声惊呼："啊？这么麻烦吗？"

"嗯，所以你悄摸做了就行，千万别跟别人说。"我沉痛地摇着头，"我跟江易没什么感情基础，要不是……唉，总之，你懂的。"

她感动得热泪盈眶："你放心，绵绵，我一定不会忘记你的大恩大德。"

佟薇很守信用。后来，公司里越来越多的人知道，本市出名的整容医生江易是我的丈夫，但却没有什么人来找我托关系。

倒是有人阴阳怪气："江医生是不是眼神不太好啊？见了那么多美女，到头来选了她。天然是真的天然，丑也是真的丑。"

这话是在茶水间里说的，佟薇当场就帮我怼了回去："当然咯，江医生喜欢天然又可爱的，不喜欢天然又丑，偏偏是从自己手底下变好看的——虽然也没变多好看吧。"

那姑娘脸色一变，当场抱着饭盒气冲冲走了。

到年底，公司开年会。进场时，人事在门口给我们发号牌，远远地看到我，佟薇就在手下一通翻找，然后把一张整数100的号码牌递到我手上。

"拿好了，唐绵绵。"她意味深长地说。

到开奖环节，这个号码中了二等奖。我上台，领走了一台戴森的吸尘器，转头看了看我身边的佟薇。她抱着吸尘器，冲我眨了眨眼睛。

晚上回去，我把吸尘器放在江易面前，开始演戏："中了台吸尘器，真好，以后江医生再让我承包一个月的家务，总有个东西帮帮我……"

江易气笑了："唐绵绵，你吃个苹果皮都不削，好意思说我让你承包家务？"

"哎，演戏嘛。要不是因为这个，说不定找我托关系，想插队去你那儿做手术的人，得有好几十个了。"

江易无语，低头翻了一页书，敷衍地夸我："嗯，我们绵绵真聪明。"

我却起了别的念头："你最近工作这么忙，是不是说明整容的人越来越多了？资源在侧不能浪费，要不我也还是去整一整吧？"

江易忍无可忍地合起书，一把扯过被子，就开始剥我的衣服。

我惊了一下："还没到睡觉时间呢，你你你……你干什么……"

我们已经磨合了挺久，江易动作熟练，他吻着我的嘴唇，含混不清地说："帮你整容。"

我泪眼汪汪："整什么容啊，你这个……"

后面的话没说出来，就已经在他手下软化成了一汪水。直到我被他揉得哼哼唧唧，一个字都吐不出来的时候，他才吻了吻我的眼睛，慢条斯理道："隆胸。"

无人区玫瑰

镜子里映出一张妆容精致的脸。

席渊俯下身，替我戴好另一只耳环，拍了拍我的肩膀："走吧。"

我在镜中与他目光相对，轻声问："今天过后，我们就去挑婚纱吗？"

他嘴唇翕动两下，避开了我的目光，半晌才轻轻点了下头。其实那时候，我已经看出了他的敷衍和言不由衷。只是心里还抱着一点天真的希望。毕竟我已经爱了席渊五年，总幻想他会对我心软。

刚在酒桌坐下不久，席渊就开口了："看你热得，哥哥帮你把外套脱了，挂起来吧？"

我手一颤，酒杯几乎拿不稳。针织小外套里面，我只穿了一条酒红色的吊带长裙，领口本就开得极低，坐下之后，更会暴露得可怕。席渊亲手帮我挑的裙子，他怎么会不知道？

我死死咬着嘴唇，几乎就要在席渊越来越冷的目光中妥协时，对面忽然响起一道慵懒的嗓音："空调温度开这么低，我可一点没觉得她会热。"

怔了怔，我循声望去，正对上一双明亮又炽热，像有火焰在燃烧的眼睛。那是一张极为出色的脸，皮肤冷白，眉骨高挑，鼻梁高挺。嘴唇虽然薄，可唇形十分漂亮，整张脸深邃迷人。

察觉到我在看他，少年勾勾唇角，冲我露出个极灿烂的笑容来："你好，我叫钟以年。"

钟以年。我一时愣住。席渊今天想谈下来的这笔合同，对方的老板叫钟衡。钟以年，是钟衡的侄子。传闻中，钟衡一直独身未育，因此很是宠爱他这个唯一的侄子。钟以年也在钟衡的娇惯下，开豪车，买名画，满身纨绔气质，只会花钱，不学无术。现在坐在我对面，把玩着手里酒杯的少年，看上去并不像传闻中那样顽劣。甚至他骨节分明的手指上，染着两道水彩颜料的痕迹，还生着一层薄茧。他也是……学画画的吗？

愣神间，酒局已经开始了。觥筹交错之中，席渊冷凝的声音在我耳畔响起："妙妙，去给钟总敬杯酒。"

我下意识偏过头想说点什么，或者看一眼席渊落在我身上的眼神。可也就是那一瞬间，他放在桌面上的手机忽然亮起来，是一条新消息，来自伏月。

"婚纱我已经挑好了，明天一起过来试试吧？"

我的心一瞬凝结成冰，扯动唇角，半晌才露出个十分惨淡的笑容来。伏月，那是席渊心头最珍而重之的一抹白月光。我拼尽全力想要的，来自席渊的一点点偏爱，只要她勾勾手指头，他就肯尽数奉上。

"席渊……"我抖着嘴唇，拼命想压住声音里的颤抖，"你骗我，你要结婚的人，根本就不是我，对不对？"

席渊偏过头去。

酒席间烟雾缭绕。隔着一层朦胧的灰白色，我看不清他脸上的神情，只能听见他没有情绪的、冷冰冰的声音："姜妙，这是你欠我的。"

是吗？从我的位置，到钟衡坐的主位，不过五步之遥。这五步的

扑火

距离，却好像把我和席渊之间的五年都走完了。我一直在想一个问题：我到底欠了他什么呢？人生中的前十八年，是他替我享受了父母的宠爱。相识后，也是他一直在享受我卑微的讨好。这个疑问我思考了五年，如今依旧没有答案。

"等等。"

我在钟衡面前站定，刚要举起酒杯，原本在一旁埋头干饭的钟以年，忽然起身挡在钟衡身前，笑嘻嘻地说："我叔叔醉了，不能再喝了，这杯酒我就替他吧？"

我眼睁睁看着他从我手中接过酒杯，仰头把酒喝干净。

钟以年并没有立刻把杯子还给我，反而笑得更灿烂了："不好意思，我忘了这是你的杯子。那就算你敬过了，好不好？"

不等我回答，他稍微停顿了一下，又压低嗓音道："别喝了，你脸很红，回去坐着吧。"

他的眼睛亮晶晶的，额角还沾着一缕湿发。这已经是他今晚第二次替我解围了。我回头看了一眼，席渊正目不转睛地盯着这边，眼神暗沉，脸色十分难看。

一阵突如其来的报复的快感，让我摇摇头，重新从桌上拿起一个杯子，倒满酒，跟钟以年手里的空杯子碰了碰："谢谢小少爷替我解围，还是我敬你吧。"

我把杯子里的酒一饮而尽。

他阻拦不成，欲言又止了半天，才憋出一句："别叫我小少爷成不？我叫钟以年。"

"……钟以年。"

他湿漉漉的眼底像有光忽然亮起："你真的喝太多了，赶紧回去吧。"又往我身后看了一眼，原本翘起的唇角忽然平了，"等下，要不要我送你回家？"

我做梦也没想到，最后不是钟以年送我回家，而是我跟他回了家。不仅如此，我还把他给睡了。酒局过后，钟衡谢绝了席渊接下来的行程邀请，摆手示意自己要回家了。

席渊问起合同的事，他不置可否，只用目光往我身上淡淡一扫："席总，你有个好妹妹啊。"

就是这句话，把我彻底推进了地狱。钟衡走后，席渊说要给我醒酒，去倒了杯冰水过来。我喝下去后，腿软得站都站不稳。他抱着我，一步步走到灯光昏暗的停车场，把我放在柔软的车后座上，又在我冷凝又沉痛的目光注视下，拿走了我的手机。

"席渊……"因为没有力气，我只能喃喃道，"你连最后一点生路都不给我吗？"

"妙妙，钟衡喜欢你，我也没有办法。"说完这句话，他就头也不回地走了。

但席渊和我都没想到，钟衡早已经坐别人的车走了。停在这里的那辆车，是留给钟以年的。被揽进一个弥漫着清冽香气的怀抱时，我的手已经软得抓不住他的衣角。

"……钟总。"

"是钟以年。"少年好声好气地纠正了我一句，接着皱眉低头，"你醉成这样，我送你回家吧？"

昏暗的车灯照下来，我想到刚才酒局上，席渊眼中一闪而逝的沉怒，忽然下定了决心。

"我不要回家。"我扑在他怀里，"我要跟你回去。"

司机把车开到楼下，钟以年一路抱着我回了家。

他低头亲了亲我的鼻尖："不要反悔。"

扑火

情到浓时，我抬眼看了看身上的少年。即便在这种时候，他身上依旧有种清冽好闻的气息，头发被汗水浸得湿漉漉的，呼吸微微急促，却并不让人觉得油腻，或者厌烦。似乎察觉到我在看他，钟以年动作一顿，垂下眼看过来。对上我的目光时，他眼神微微一暗，接着俯身吻在我的眼睛上。

"别皱着眉，别想那么多。"他在我耳畔呢喃，"这种事，你只要享受就好。"

我睫毛颤了颤，终于闭上眼睛。结束后，已近深夜。我从他怀里挣脱出来下床，却因为腿软一个趔趄，脚踝骨磕在了床角。剧烈又尖锐的痛令我皱起眉头，没忍住冷哼一声。

原本躺在床上的钟以年立刻紧张地坐起来："怎么了？姐姐，你没事吧？"

格外亲昵的称呼，由他好听的嗓音说出来，令我微微一怔。昏暗的灯光照着他那张俊俏的脸，嘴唇也是艳红的，赤裸的胸膛上，还有我刚才擦上去的口红印。

我愣怔片刻才回过神，摇头道："没事，撞到骨头了。"

钟以年跳下床，俯身过来看我的脚踝，指腹轻轻擦过那一小块撞出的红痕。

"姐姐当心一点。"

温凉的气息吹在伤口上，我垂眼望去，钟以年发顶有一个旋，旁边几撮头发翘着，显出几分活泼的孩子气来。他这样年轻，又这样精力旺盛。站在他面前的我，也不过只有二十四岁，却已经被衬得几乎毫无生气。我这一生所有的精力，似乎都消耗在与席渊这场漫长无结果的爱恨纠缠中。我发愣间，他已经重新站直了身子，一双眼睛直直望着我，瞳孔里渐渐有光芒亮起。

"我喝醉了……"

想到今天原本的目的，我试图给自己一系列放浪的勾引行为找个合理的借口，却在刚开口之后，就被钟以年截住了话头。在我愕然的目光中，他忽然往前凑了凑，扑进我怀中，把脸埋在我胸口蹭了蹭。

"姐姐是喝醉了。"他仰头看着我，眼睛里好像落进去细碎的星星，"但我却一直很清醒。"

清醒。我微微有些恍惚。这话，我跟席渊也说过。我十九岁那年，忍不住借着酒意跟席渊表白。

第二天醒来后，不过刚解释了一句，他就厌恶地冷笑一声："姜妙，你平时看我的眼神，真的以为我看不出来吗？"

我一瞬间就失去了全身的力气。他看出来了，却不揭穿，也不拒绝，只冷眼旁观我患得患失、焦躁不安，在这段没有回应的单恋中日渐沉沦。原本的痴心恋慕，在这一刻骤然凝结出鲜明的恨意。

心头剧痛，可我却勾了勾唇角，伸手搭在钟以年的脖子上，笑道："既然如此，那不如再来一次？"

我在刚刚那一瞬，忽然改变了主意。既然席渊能折磨我、欺骗我，为了这笔合同亲手把我送到钟衡的车上，我为什么不能报复回去，让他比我更痛苦呢？拿下这笔合同，他就可以和伏月结婚了。我怎么会让他们称心如意！

第二天，我醒来时，已临近中午，钟以年还沉沉睡着。原本我是想直接离开的，可昨晚席渊为了不留退路，拿走了我的手机。我还是推醒了钟以年，柔声问他可不可以送我回家一趟。

"我想搬出去住，回去收拾一下行李。"

原本睡眼蒙胧的少年瞬间坐起身来："好，没问题！"

不知道为什么，我从他的声音里听出了一丝兴奋。简单洗漱后，钟以年开车送我回家。兰博基尼，果然是传闻中的豪车。只是身边正

扑火

叼着根棒棒糖开车的少年，怎么看都不像是不学无术的纨绔子弟。

"要不要我陪你上去？"

车在楼下停住，钟以年一手搭着方向盘，侧过头问我。

我目光从他俊朗的眉眼上掠过："不用，我上去简单收拾下就出来，你要有自己的事情，可以先去忙。"

钟以年用力摇头："我没事，那我在楼下等你吧。"

我下车后他还不忘冲我挥手："早点下来！"

我并不知道钟以年为什么会对我这么热情。但昨晚很多次对视时，我都隐约觉得，他那张好看的脸有些熟悉。却又一时想不起，究竟在哪里见过他。或许是昨晚足够合拍，或许是酒局间因为我的无措，难得冒出一点怜悯。我只知道，要报复席渊，就得抓住这一点转瞬即逝的热情，就像抓住救命的稻草。

昨晚酒局间，伏月发来的消息还历历在目，我原本以为席渊不在家。可一打开门，满室烟味缭绕而上。我没忍住，偏过头去咳了两声，再回头时，席渊已经站在了我面前。对上他通红的双眼，我愣了愣，还没等我说话，席渊已经扣着我肩膀，哑着嗓音开口："你怎么现在才回来？"

我嘲弄地笑了一声："你不是要和伏月去试婚纱吗？怎么还不出发？"

他对我的嘲讽充耳不闻，目光从我脸上扫过，落在我肩膀上那处鲜红的吻痕时，眼中忽然多出一抹痛意："你和钟衡……"

"睡了，怎么了吗？"我推开他进门，自顾自地收拾行李，把电脑和衣服一股脑丢进箱子里，又转头看着他，勾唇恶意地笑，"哥哥，是你亲手把我送到他车里的，现在又在表演给谁看呢？"

席渊站在原地，好像整个人都僵住了，眼底的光一点点熄灭下去，原本俊朗的眉眼凝着一抹郁色，越发黯淡。曾经我趁着他睡着，用指尖偷偷摩挲他的眼尾，甚至将轻柔的吻落在他额头，却不敢惊醒他半分。直到今日才恍然惊觉，那些滚烫又诚挚的爱意，已经在五年的纠缠中被一点点磨损，终结于昨晚他亲手把我送出去的那一刻。心死成灰，不过如是。

直到我拖着箱子从他身边经过，席渊才忽然回神，一把攥住我的手腕，涩然道："昨晚……我最后回去了。"

"可是妙妙，车开走了，你也不在那里了。"

听到他这么说，我才发现我还是会痛的。尖锐的疼痛像扎在心上的一根针，不剧烈，只是绵长又深刻，好像永远没有尽头。

我深吸一口气，放开箱子，向席渊摊开另一只手："手机还我。"

"妙妙……"

"哥哥，别再装模作样了，其实你还有很多种方法找到我——如果被带走的人是伏月，你会这么轻易就放弃吗？"我说完，又笑了，"我怎么忘了，你哪里舍得把伏月送到那种地方去？"

在席渊僵直了身子，再也无力反驳的时候，我拖着箱子跨出门，像他昨晚一样，再也没有回过头。到楼下的时候，钟以年不在车里。他不知道从哪儿拿出了一台单反相机，正对着门口的樱花树拍照。

见我下来，钟以年掉转镜头对着我拍了一张，然后收起相机跑过来，从我手中接过箱子："东西都收拾好了吗？那我们走吧，姐姐。"

早上过来的路上，原本钟以年帮我约了个中介看房子，没想到他临时放了我们鸽子。

"要不姐姐先搬去我那里吧。"钟以年忽然扣住我的手腕，眼睛亮亮地看着我，"过两天再去找房子，或者……你暂时不想搬走也好，我家很大，住得下两个人。"

不仅家很大，床还很软呢。我轻轻挑了下眉，笑起来。

"好，我会付你房租的。"

扑火

我就这样搬到了钟以年家里，然后从席渊的公司辞职，打算重新找一份工作。我甚至没有回公司收拾东西，只发了邮件给人事确认。席渊中间给我发了很多条消息，我全部直接划掉，一条都没看。有什么可看的呢？无非是道歉，然后催我回去，继续帮他的忙。辞职前，我手里有一堆没做完的方案，他还要哄因为自己失约而生气的伏月，大概已经忙得焦头烂额。哥哥，不要急，这才刚刚开始。

"钟以年。"我坐在沙发上，仰头温柔地看着他，"那天晚上的事情，可以不要告诉你叔叔吗？"

他从冰箱里拿出一板养乐多，走过来递给我一瓶，咬着吸管点头："好。"

钟以年没有问我为什么。这几天来，他一直都这样，我说什么都应好，找到机会就投喂我，甚至打游戏时都要蹭到我身边来撒娇。只不过在这里借住了一星期，这种温馨与亲密，却令我生出某些不切实际的错觉来。说到底，钟以年与席渊，是截然不同的两种人。席渊不爱我，却不拒绝碰我，还热衷于在我情动之时，对我冷嘲热讽。但钟以年——除去那晚喝醉之外，我跟他之间最亲密的接触，不过只是落在脸颊上蜻蜓点水般的吻。

小男孩亲完我，就慌慌张张地退开，红着脸关上了门："姐姐，晚安。"

以前，因为席渊喜欢伏月那种黑长直、穿白裙的女孩，我就把天生深棕色微卷的头发染黑拉直，又学着伏月买了一堆白裙子。从席渊那里搬出来后，我像是终于挣脱了什么束缚，变得自由起来。

又或者，是我对着满箱子不喜欢的衣服发呆时，钟以年走过来说了一句："姐姐，不喜欢的话就丢掉吧，我们去买你喜欢的。"

然后钟以年就带着我出门逛街了。从 SKP（全球高端时尚百货）

一楼一路逛上去，钟以年陪着我一件一件地试，又在我从试衣间出来后一句接一句地夸，好像永远都不会觉得不耐烦。他对色彩搭配似乎有种天赋般的敏锐，给出的建议堪称惊艳。最终，我买了一堆颜色各异的吊带长裙和高跟鞋，又找了个店，把头发染成粉紫色。

头发刚吹干，钟以年就跑了过来："姐姐，你这样好漂亮！"

他扯着我的裙摆一晃一晃，店里格外明亮的灯光投下来，把他原本就白皙的脸照得越发好看。钟以年是不吝于对我的夸奖的。从前我千方百计才能从席渊那里得到只言片语的夸赞，钟以年一个小时就可以对我说好多遍。我的目光下落，落在他微微用力的、骨节分明的手指上，忽然就觉得口干舌燥。

晚上回家，等钟以年洗完澡出来，我晃着杯子里的红酒，冲他温柔又勾人地笑："要不要……一起来喝两杯？"

我承认我是故意的。钟以年一直恪守礼貌，我却不想再等。在席渊那里卑微太久，我快要忘记了自己本来是什么样的人。我与席渊并不是亲兄妹。甚至十八岁之前，我根本就没见过他。九岁那年，养父母从孤儿院领走了我。十三岁那年，养母意外身亡后，养父看我的目光，便越发透着诡异的灼热。后来，我在衣柜深处，找到一张受益人是他的巨额保险单，不由开始怀疑养母的死因。

也是在这个时候，养父染上赌瘾，欠了债，想卖掉我换彩礼。那时我上大学，和人合作引诱他借了一大笔钱，起先只想把他赶出那座城市，如丧家之犬般远远逃离。可他赌红了眼，什么都不管不顾，欠下巨债，被追到工地，摔了下去。钢筋穿胸而过，当场死亡。我不是不怕。那段时间，我每晚做梦都能看到养父浑身是血地站在我面前，死死地瞪着我。无数次，我在尖叫声中惊醒，喘着气擦去额头的冷汗。可还有另一个声音在心底提醒我：姜妙，你解脱了。你得救了。然后，养父死后的第二个月，席渊出现了。他自称是我哥哥，把我领回了席家。后来呢？

"后来，我好像不知不觉，就喜欢上了我哥哥。"

我喃喃着，晃了晃手里的半杯酒，身边的钟以年已经伸出手来，把酒杯拿了下来。

"姐姐，你喝醉了。"

望着他灼热又担忧的目光，我翘起唇角，把本就只有一条细细肩带的长裙，又往下拉了拉。

钟以年险些拿不稳酒杯，喉结上下滚动着，声音越发喑哑："姐姐……"

"钟以年。"我扑在他怀里，拿下巴蹭了蹭他胸口。

钟以年静默片刻，忽然捧着我的脸，落下一个很温柔的吻。

我跟钟以年提出，想去钟衡的公司上班。原本我的计划，是借着喝醉跟钟以年撒撒娇，再提出这个请求。我甚至连借口和台词都想好了，但一个字也没用上。

钟以年什么也没问，只是乖顺地点头："好，先吃早饭，吃完我带你过去。"

他把黄澄澄的煎蛋推到我面前，又耐心地往烤好的面包片上涂花生酱。做这一切时，他微微抿着嘴唇，眼神认真，看上去格外令人心动。我下意识又想起昨晚，他在我耳边万分认真说出来的那句"我喜欢你"。哪怕只是在我伤心时的安抚，并非真心实意，却也已经弥足珍贵。吃过早餐，他下楼开车，我这才发现之前那辆兰博基尼不见了。他开的是一辆价格十分亲民的代步车。

在我的询问下，钟以年可怜兮兮地开口："姐姐，传闻只是传闻，这辆车才是我的。而且我叔叔一点也不宠我，他对我很严格的。"

"传闻中还说你爱买名画……"

"那都是我自己画的。"

"……之前那辆兰博基尼？"

钟以年更委屈了："两千元一天租的。"

"……"

一直到车开到钟衡公司楼下，我也没能从传闻与现实的冲击里缓过神来。钟以年倒是很镇定。他很自然地扣住我的手腕，带着我轻车熟路地乘电梯上了十九楼，说要见钟衡。

秘书礼貌地说："您稍等片刻，钟总正和客户在会议室里。"

说话间，她身后会议室的大门正巧就打开了。笑容淡淡的钟衡率先走出来，身后跟着两个同样西装革履的男人。席渊。看到他的那一瞬间，被刻意隐藏的记忆又一次卷土重来。我整个人僵在原地，连指尖也一片冰凉。钟以年似乎察觉到我的情绪，忽然往前跨了半步，不动声色地挡在了我身前。席渊的目光落在我与钟以年交握的手上，脸色一点一点变得难看起来。

一片静默中，钟衡先一步开口："小年怎么来了？"

他泰然自若地看着我和钟以年，似乎完全没看到我们交握在一起的手。

"叔叔，我有点事情找您。"钟以年眼神流转，落在后面的席渊脸上时，忽然挑了下眉毛，眼睛里也蒙了一层冰寒，"席总要是没事的话，就离开吧。"

这话说得很不客气。我这才意识到，钟以年在我面前撒娇卖乖太久了，令我忘记他本来就不是什么好脾气的人。

站在席渊身边，与他合伙开公司的孟辛，很识时务地去拉他："席渊，我们先走……"

他仿佛没听见，只是死死盯着我："姜妙。"声音有些涩然。

我是该紧张的，或者像从前每一次见到他时那样，心动又心

扑火

痛——可什么都没有。钟以年紧紧握着我的手，那一点温暖从指尖一路输送到四肢。

他小声说："姜妙，你别怕，现在我在这儿。"

我忽然就冷静下来："哥哥，好久不见。"

席渊眼底的光一下子黯淡下去，他张了张嘴，到底是没再说什么。孟辛趁机歉意地笑了笑，把他拉走了。我跟着钟以年进了钟衡的办公室，见他一脸认真地跟钟衡推荐我，大肆夸赞我的工作能力。少年好听的音色响在耳畔，却空落落地没有回应。

我对上钟衡犀利探究的目光，忽然明白了他在想什么。

那场酒局，是我和钟以年第一次见面，却并不是和钟衡的第一次。为了拿下他这笔巨额合同，席渊已经和钟衡公司这边接触了两个月。而这两个月里，我对席渊有多无条件顺从，哪怕只是陌生人，钟衡也能从零星的片段中窥见几分。现在钟以年忽然跟他提出，要我来他的公司工作，恐怕他第一反应，就是我为了帮助席渊才来的。

想到这里，我按了按钟以年的手，在他停声后立即开口："钟总，与我哥哥公司的合作，希望您可以再考虑一下——他们的方案，其实并不是最优解。"

钟衡终于诧异地挑了挑眉，示意我继续往下说。席渊他们拿出的方案，有一大半都来自我的设计。我知道优点和卖点在哪里，知道最大的缺陷是什么，也知道，应该怎么改进。第二期方案我已经做了一大半，只是还没来得及给席渊看，那些卑微恋慕和它们所带来的附加利益，就被席渊亲手斩断。

在我挑着第二期方案中最大的几个改进点说完之后，钟衡沉吟片刻，笑了起来："姜小姐如果不介意的话，就来我们公司新成立的广告部门做项目吧？"

……

·228

我和钟以年从钟衡的公司离开时，已近黄昏。为了表示对钟以年的谢意，我提出请他吃饭。

"跟我没关系，都是姐姐自己的工作能力强。"钟以年在红灯前踩下刹车，"不过，为了庆祝姐姐终于摆脱垃圾，还是我请你吃饭吧。"

他说到"垃圾"两个字的时候，特地咬重了字眼，语气里带了一丝天生的桀骜，却又用眼角余光偷偷瞥我，像是害怕我生气。但我只觉得他好可爱。

我笑笑，从包里翻出手机，开始选餐厅："好啊，你想吃什么？"

钟以年欢呼一声："都行，姐姐决定！"

最后我选了一家淮扬菜。私房小馆，装潢雅致，价格也不便宜。席渊待我唯一不薄的地方，大概就是给我开了高出市场价格一倍的工资。所以在他那里工作两年，我倒是存下一笔不少的钱。请钟以年在这种地方吃一顿饭，还是不成问题。

我和钟以年穿过灯光暖黄的小桥流水，刚在桌前坐下，身后忽然传来一道柔柔的嗓音："妙妙。"

我僵了僵身子，转过头去，正对上席渊晦暗不明的眼神和伏月一贯温柔似水的目光。

她的眼神从我身上掠过，落在钟以年身上，神情忽然暗了一下。片刻后，又重新笑起来："交男朋友了？过来一起坐吧。"

"不要。"不等我开口，钟以年已经果断拒绝，"我是和姜妙过来约会的，不希望有外人打扰。"

他的直白让伏月瞬间噎住，她有些难堪地扯了下唇角，温柔可亲的笑险些装不下去："……妙妙，你这个小男朋友，还真是挺耿直的。"

我知道，她其实更想说，钟以年没礼貌没家教。毕竟从前，席渊不在场的时候，她就是这么说我的。

"妙妙，就算你本来应该是席家人，但毕竟是养在外面的。"

扑火

那时我全部心思都在席渊身上，她故意支使着他做这做那，又在席渊出门帮她买奶茶后第一时间教育我："女孩子家家，还是要有点自尊，懂点规矩。"

我望着她，回以更温柔包容的笑："小年他才十八岁，如果有什么冒犯到伏月姐的地方，我替他跟你道歉。"

钟以年也很配合，在我身后黏黏糊糊地叫了一声："姐姐。"

席渊忽然站起身，一言不发地走过来，扯着我的手腕就往旁边拽。

钟以年用力去掰他的手："你放开姜妙！"

他转头看着钟以年，微微缓和了语气："小钟少，我跟我妹妹说两句话。"

我嗤笑了一声，他握着我手腕的力气立刻加大了些。钟以年眼神转冷，挡在我面前不肯走。

我想了想，柔声安抚他："你先去点菜，我马上就回来。"

"……姐姐。"他湿漉漉的眼睛望着我，被灯光一照，像只可怜分分的大狗。

"记得帮我点一份蓝莓米糕和松鼠鳜鱼，乖。"

钟以年终于妥协了："有事给我打电话。"

他坐回原位，而我被席渊一路拽到一间没人的包厢。他把我推进去，反手锁上房门。

灯光一暗一明，我下意识闭了眼睛，接着便听见席渊沉冷的声音："你不是和钟衡……怎么会又跟钟以年搅到一起去？"

我笑起来："我是在跟钟以年谈恋爱啊——席渊，我跟谁好，交了哪个男朋友，你也要管吗？"

席渊咬着牙，目光落在我粉紫色的头发，以及吊带露出的大片赤裸皮肤上："姜妙，你有没有廉耻心？"

"席渊，有廉耻心的人不会为了一笔合同，把自己的妹妹送到客户床上去。"

我望着他笑，眼底堆积一层又一层缥缈的雾气："钟衡是不是没有再联系过你？哥哥，你和伏月的婚礼还是再推迟吧。"

打开反锁的门，我从席渊身边擦肩而过。

他伸出手，似乎想抓住我的裙摆，可最后还是颓然垂落下去，只有声音清晰地传入我耳中："我和伏月取消了订婚。"

我没有回头，连步履都没顿一下。那又和我有什么关系呢？这些年来，他与伏月分分合合太多次。我一直追着席渊的步伐，也把伏月的想法看得清清楚楚。席渊是她目前能选择的最优解，但她也并不是真的甘于现状。只要有足够大的机会，她就会随时抛下席渊，往更高的地方走。所以……我大概还可以从伏月那里下手。等我重新回到位置上，菜已经上好了。钟以年原本在把玩手里的一个盒子，见我过来，慌乱地往旁边一推。

我只当没看到，坐下来拿起筷子："吃饭吧。"

钟以年欲言又止地看了我半天，终于还是问出了口："姐姐，你和你哥哥都说了些什么啊？"

我的筷子在空中轻轻一顿："他问我，怎么会和你在一起。还说他和女朋友取消了订婚。"

"关他什么事？"钟以年沉下脸，冷峻的目光从我身后那桌的席渊身上扫过，嗓音里多了些急切，"姐姐，你别相信他！那天晚上他就想把你往……这个人就没安好心！"

连钟以年也看出来了，那天晚上，席渊一心想把我往钟衡那里推。钟衡也对他说了那样一句暧昧不明的话，以至于席渊给我的水里下了药，把我送到钟衡的车里。如果不是钟以年替我瞒着后来发生的事情，我根本不可能入职钟衡的公司。我抬眼看着面前的少年，他正目不转睛地看着我，眼睛亮晶晶的，好像在发光。

扑火

我沉默片刻，微微勾起唇角："我知道了。"

"……还有，姐姐。"钟以年好像纠结了半天，"我不是十八岁。"

我怔了怔，有些讶异地看着他。

"我还有半年就二十二岁了，马上就大学毕业了。"他十分认真地看着我，可那目光里闪动的，似乎又有种别的意味，"姐姐，我已经不是小孩子了。"

有那么一瞬间，我从这句话里感受到一阵莫名的熟稔。可还没等我再往下想，那个刚刚被钟以年藏起来的盒子，就被他推到了我面前。

"姐姐，送你的礼物，庆祝你脱离苦海。"

是一条项链。细细的铂金链上坠着一朵精雕细琢的玫瑰花，上嵌红宝石。他帮我戴上去之后，玫瑰正好垂落在锁骨中间，越发衬得皮肤冷白，格外好看。

"你什么时候买的，我怎么不知道？"

他眨了眨眼睛，似乎思考了一下，才说："昨天姐姐染头发的时候，我出了趟门，在隔壁的商场里挑的。"

钟以年看着我，一脸求夸奖的表情："喜欢吗？"

我也很配合地、郑重其事地夸奖："特别喜欢。"

他心满意足地坐回去，继续埋头干饭。我忽然想起，那天在酒局上，钟以年好像也是这样。如果不是起身挡我那杯酒，他根本就一直在吃。

我转着手里的酒杯，开玩笑地说："你们年轻小男孩的饭量，都这么大吗？"

钟以年立刻放下筷子，有点紧张地看着我："姐姐嫌我吃得多了吗？那我可以少吃一点。"

我终于忍不住笑出声来："钟以年，你怎么这么可爱啊？"

他张了张口，正要说话，旁边伏月不知道什么时候过来了，手里还端着一杯酒："小钟少，抱歉，刚才是我冒犯了。"

应该是席渊回去后，告诉了她钟以年的真实身份，伏月竟然过来道歉了。她把酒杯举到钟以年面前，轻轻咬着嘴唇，满目歉意地看着他。这模样看着真是楚楚可怜，柔弱中还带着一丝倔强。席渊向来很吃这一套。我饶有兴趣地看着伏月表演，望着她眼中隐隐闪动的欲望的光芒，心里很清楚。钟以年，大概就是她刚刚找到的，更高的地方。

"不好意思，等下我要开车带姜妙回去，不能喝酒。"

钟以年没有伸手接酒杯，只是抬眼，有些玩味地看着她。

伏月吃了闭门羹，很不甘心地站在原地不肯走，结果钟以年又补了一句："没什么事的话，请离开吧，我和姜妙还有些私人话题要聊。"

大概是席渊和她说过，钟以年是不能得罪的。纵然伏月满目委屈，还是默不作声地回去了。

她刚一走，钟以年就嗤笑一声："茶香四溢。"

吃过饭，我和钟以年开车回家。

我喝了些酒，闭着眼靠在椅背上，忽然听到他迟疑的声音："姐姐……你下周六有空吗？"

我睁开眼，转头看着他。

钟以年在昏暗的停车场踩下刹车："我的毕业典礼，想请姐姐去参加。"

大概是酒意熏染，我沉默了一下，忽然勾起唇角，凑到近前看着他："有空是有空，可……你的毕业典礼，我要以什么身份去参加呢？"

距离过近，呼吸缠绕。钟以年嗓音沙哑地叫了一声："姜妙，当然是女朋友。"然后就扣着我的肩膀吻了上来。他的嘴唇好软，呼吸间又有蓝莓清甜的香气传递。

"姐姐……"钟以年轻轻喘着气，稍微退开了一点，"我们回家。"

扑火

他挽着我的腰下了车，却在刚站稳身子后，骤然冷了目光。一步之外，席渊正站在那里，望着我的目光里满是深沉的痛意。

强烈的快慰从心底席卷上来，我勾着钟以年的脖子，望着席渊轻笑："哥哥怎么来了？"

昏暗的灯光下，他的脸色纸一样惨白，指间夹着烟，满地散落的烟灰，不知道在这里站了多久。想来，我与钟以年在车里亲热的全过程，都被他看在眼里。

"送完伏月回家……忽然想来看看你。"

我点点头："哥哥看完就走吧，我和小年要回家了。"

他好像被哪个字眼刺痛了，眼中泛出鲜明的痛意来："妙妙，我们住的地方才是你家。"

我险些笑出声来："席渊，那真的是我家吗？说这话你自己信吗？"

一阵情绪过后，又觉得万分悲哀。十八岁，刚被席渊带回去时，我也觉得那就是我家。但我很快发现，我对那间房子的陈设摆放无比陌生，甚至还不如伏月了解得清晰。席渊也没有向我解释的打算，只让我自己去摸索。在那里住了六年，我甚至连换掉一幅挂画的资格都没有。

有一次，伏月来家里做客，和席渊双排打着游戏，忽然说要吃小熊曲奇。我去厨房找了很久，甚至被饼干盒锋利的边角划伤了手指。拿着曲奇回去的时候，却看到席渊和伏月在接吻。席渊背对着我，伏月却听到了我的脚步声，她抬起眼，用温柔又嘲弄的目光看着我。我落荒而逃。

与他截然相反的，是钟以年。刚搬到他家的第一天，从玄关到厨房，从浴室到储物间，几乎房间里的每一寸、每一个地方，他都带着我了解了一遍，生怕我因为陌生不会用东西，或者觉得拘谨。

他还看着我，认真地说："姐姐，你住在这里，想做什么都行——

我对你没有秘密。"

我也在书房里看到了钟以年的画架，得知他大学时和我一样，学的是油画。

席渊眼神暗了暗："我不是——"

我笑着打断他："我觉得那个地方，还是叫你和伏月的婚房比较合适。我既然搬出来了，就没有再回去的打算。"

席渊整个人僵在原地，眼里的光完全熄灭下去，不见半分生机。我揽着钟以年，转头就走，没有丝毫留恋。即便没有回头，我也能感觉到，席渊的目光紧追在我身后。

走了两步，钟以年忽然转过头，在我脸颊啄吻了一下，并且发出邀请："姐姐，今晚一起洗澡吧？"

贴在我后背灼烫的目光骤然消失。走到大门口，再回头去看，席渊已经不见了。回家后，我换了睡裙去找钟以年。

他原本在书房里摆弄一个画框，见我进门，慌慌张张地收起来，再抬眼看我时，忽然僵住了："姐姐……"

我冲他娇娇地笑："不是要一起洗澡吗？"

钟以年明显已经动了情，却还是不自在地偏过头去："我是为了帮你气他……"

第二周，我顺利入职钟衡的公司。着手的第一个项目，便是之前说给钟衡听过的二期方案。由于项目进展顺利，钟衡那边拒绝了席渊的合作请求，只说他的方案还有缺陷。到了周六，我陪钟以年去参加他的毕业典礼。起先，我并不知道钟以年是哪所大学的。

然而，车沿着我熟悉的林荫大道一路往前开，停在已经进出无数次的南大门口时，我终于忍不住开口："钟以年，你该不会……是我学弟吧？"

扑火

我和他同居了快两个月，竟然从未听他提起过。

钟以年停好车，转头看我时，眼中有光芒一闪而逝："姐姐，你不会今天才知道吧？"

"之前没听你提过。"

他的眼神微微黯淡了一下，又很快调整好心情："没事，以后记得就好。"

我忽然意识到，钟以年好像从来不会跟我表露出负面情绪。他在我面前，永远又甜又黏人。明明比我小两岁，却从一开始就是以保护者的姿态降临在我生命里。

心底最柔软的地方好像被戳了一下，我下了车，伸手扣住钟以年的手腕，轻声道："走吧。"

毕业季，学校里充斥着热闹与伤感混合的别离气氛。我走在万分熟悉的梧桐大道上，心头的酸涩一点一点冒出来。两年前，我缺席了自己的毕业典礼。大学四年，除去正常的学习外，我几乎把所有的余力都用在和席渊漫长无结果的纠缠之上。在我将要毕业的那个月，席渊与人合作创业，请我过去帮忙。

相识四年，他第一次用温柔又近乎哀求的声音跟我说话："妙妙，来帮帮哥哥吧。"

我妥协了。我放弃了自己的理想，放弃了在绘画上近乎锐利的天赋，放弃了老师给我出国进修的名额，心甘情愿留下来，在席渊的公司里做了个设计师。为了帮他拿到第一笔合同，我喝酒喝到胃出血住院，错过了自己的毕业典礼。然而，直到三个月后我才知道，席渊在公司创立之初，就把两成的股份记了伏月名下。

"……姐姐，姐姐——姜妙？"我猛然回神，钟以年把一顶学士帽戴在我头上，举起相机对着我，"姐姐，笑一下。"

我下意识翘起唇角，下一秒就听到了快门声。

热闹的气氛里，钟以年从旁边一个男生手中拿了套学士服递过来，眼睛亮亮地看着我："姐姐，来和我们一起拍照吧！"

一瞬的愣怔后，我很快被他抓着手腕拖进人群里，跟着一起奔跑，在图书馆前的草坪上摆出巨大的爱心，拿颜料在脸颊涂上校徽，高高抛起学士帽拍照……我缺失的毕业典礼，竟然在遇到钟以年的这一年，得以补全。在熟悉的学校大礼堂，钟以年拉我一起上台拨穗时，我看到了熟悉的油画老师——罗音。

"姜妙？你怎么回学校了？"

她眼中惊诧之色一闪而逝，在望见我身边的钟以年时，很快变成了恍然。

我张了张嘴，不等我说话，旁边的钟以年已经笑眯眯地开口："罗老师，我女朋友是来陪我参加毕业典礼的。"

罗老师好像很感慨的样子。临走前，她把我拉到一边去，轻声说："既然你走出来了，倒也好……小钟是个好孩子，你们好好的。"

我一时缄默。当初推荐我去国外进修的，就是罗老师。我拒绝之后，她很是失落，再三努力后，我终于告诉她，我在国内有割舍不下的人。

她大概是猜到了什么，叹了口气："姜妙，真正爱你的人不会不把你的前途放在心上，我是担心你未来后悔。"

一语成谶。

我不知为何想起高中。那时我多骄傲，背着画架走在学校里，好像那是整个宇宙。只要画笔握在手里，就有面对一切困难的勇气。那时候我不承想过，有一天自己会把骄傲和自尊亲手粉碎，踩在脚下。

回去的路上，我一直沉默着。钟以年好像看穿了我的心思，半路忽然转了方向，开到本市最大的一座公园。正值黄昏，金红的光倒映在湖面上，一片暖色的粼粼波光。

扑火

他从后备箱里取出画架、纸笔和颜料，递到我面前："姐姐，要不要试着画一画？"

自从毕业之后，我再也没有握过画笔。席渊是不喜欢我画画的。有一回我拍到一张他坐在窗前，身后是漫天流彩的照片，画出来又上好色之后，献宝似的拿去给他看，想让他挂在卧室墙上。

席渊却只是淡淡瞥了一眼："我不喜欢在墙上挂东西。"

之后，公司刚起步，什么都忙，我没有时间再画画。再加上我们搬了一次家，就连我的画架和颜料也落在了老房子里。然而后来伏月涂了幅数字油画，甚至颜色都漫了出去，他还是珍而重之地裱了画框，挂在了床头。席渊那里，从来就没有不喜欢的画，只有不喜欢的人。自记忆中回神，我勾完最后一笔，让钟以年看。

他很欢快地跑过来，看到画纸时眼睛猛然一亮："姐姐，你画的是我！"

钟以年的音色清朗悦耳，与画纸上白衬衫被风吹起一角的少年十分相衬。他盯着那幅画看了很久，抬眼看向我时，眼睛亮晶晶的，满是雀跃。

"我回去之后就找个画框把它挂起来。"他说，"这是你画给我的第一幅画，我一定会好好收藏的。"

他把我的心意妥帖地收藏好，又在回家后递给我一幅已经装裱完成的画："姐姐看一下。"

那天我从席渊家里搬出来的时候，他在樱花树下为我拍了照，又画成了画。画面里的我手边放着一个行李箱，素白的裙子有些皱，可眼睛亮得惊人，眼神中情绪复杂，有释然，有解脱，也有藏于平静水面下暗涌的仇恨。

钟以年画得很认真，也很用心，连那两片落在我肩头的花瓣也没放过，还在右下角写了题目——《新生》。我怔怔地看着那两个字，从心底深处油然而生一股力量，发芽抽条，雨水浇灌，然后开花。我和钟以年分别把对方送的画挂在了卧室里。他甚至在书房里又支了一个画架，让我想画的时候随时去用。

在我把这两年来丢掉的梦想和天赋一点一点捡回来的同时，公司那边，我所在的广告部门，已经接连从席渊那边抢下了两笔合同。我在席渊那里待了两年，他们的设计部门几乎是我一手带起来的，从他们那里抢走订单，一点也不难，只是我从前总是对他心软罢了。

生意场接连失利，向来趋利避害的伏月一边心不在焉地敷衍席渊，一边开始寻找新的高枝。

那天中午，钟以年照例来公司给我送饭，坐在茶水间里满脸古怪的表情："我刚在楼下……碰到了一个人。"

我挑了挑眉，抬眼看着他："谁？"

"就是那天在餐厅里遇见的——席渊的女朋友。她把我的车蹭了，非要加我微信，说是请我吃饭赔罪。"

我没想到伏月的动作会这么快："然后呢？"

"然后我就让她联系我叔叔的司机了，赔偿的事情向来都是他处理，我怎么可能加她微信，还和她吃饭。"钟以年说着，嗤笑了一声，"手段拙劣。"

我这才发现，钟以年少年心性，虽然天真赤诚，但也意味着说话毫不留情。

我的语气里带了点玩味："可那好歹也是个漂亮姑娘——"

"姜妙。"

我话音未落，钟以年忽然往前凑了凑，鼻尖碰着我的鼻尖，目光专注，呼吸缠绕间气息灼热。

"你不可以这样说，现在你是我女朋友，这样说我会不开心的。"

他认真地说，"我喜欢的是你，眼里也只看得到你。"

我只轻轻眨了下眼睛，柔软温热的嘴唇就堵了上来。

他捧着我的脸，强迫我望着他，在我唇舌间呢喃："姐姐，睁开眼睛看着我。"顿了顿，声音忽然低下去，带了点温柔的谦卑，"你可以说一句你喜欢我吗？哪怕是为了哄我开心。"

那对明澈清亮的瞳孔在我眼前放大，我愣怔地看着他，心中忽然闪过莫名的熟悉感。

"你暂时不想说也没关系。"他眼中的光微微一黯，往后退了点，"姐姐，我有等你开口的耐心。"

明明知道眼前狐狸般狡黠的少年大概率是在故意博同情，可我的心脏还是忍不住轻轻疼了一下。

这种疼推我往前，在钟以年嘴唇上亲了一下，然后在他骤然狂喜的眼神中宣布："我现在就很喜欢你——不是哄你开心。"

这天中午，钟以年是傻笑着走的。他离开时钟衡正好出现在门口，他满脸灿烂的笑还没来得及收起，就被撞了个正着。

"……叔叔。"

钟衡淡淡地瞥了钟以年一眼，若有所思的目光旋即又落在我身上。我没有从那里面读出什么负面的情绪，才终于放下心来。似乎意识到，这样算是在钟衡面前过了明路，钟以年再来，就更加光明正大了。

他热衷于做饭喂养我，更热衷于每天中午来公司送饭，不吝于在人前表现对我的喜爱。这样丝毫不加遮掩的偏爱，我怎么可能不心动，于是方方面面也就更加合拍。我也跟钟以年提过毕业工作的事情，这才得知他从大三起就在集训画室兼职，后来干脆拿钟衡给的零用钱和从小攒到大的压岁钱在画室入了股，平时还会卖画，接设计私活儿赚钱。很接地气，一点都不像传闻中那个不学无术又纨绔的钟以年。我这才放下心来。

这天中午，钟以年来得迟了些，我下楼接他，竟然在大楼的电梯口撞上了伏月。

她看到我，亦是满脸惊愕："姜妙？"顿了顿，又恢复了惯常温婉的笑容，"妙妙，你怎么会在这里？"

我饶有兴趣地看着她："我在这里上班啊。"

伏月顿时愣住，脸色一点一点变得难看起来。

过了半天，她勉强对我扯出个笑："妙妙，你怎么能让男朋友帮你安排工作呢？女孩子还是要靠自己……"

我没忍住嗤笑了一声，满眼嘲弄地望向她："伏月，你也配说这种话？"

伏月的段位着实不够看，不然也不会这么久了，只勾到一个席渊对她死心塌地。此刻被我直白地怼回去，她立刻失了冷静。

她抓紧手包，望着我勉强轻笑："妙妙，别的不说，毕竟你之前在阿渊的公司里，如今又跳到这边来，会不会不太好呢？"

她还叫席渊"阿渊"。在没有切切实实地把下一根高枝勾到手之前，伏月是不会放弃席渊的。意识到这一点之后，我知道，我的目的已经达成了一半。

"席渊公司的设计部门，是我一手带起来的。"我微笑地看着她，"所以我想走，随时都可以——谁也拦不住。"

伏月有些愕然地看着我。大概是她看惯了我在席渊面前卑微到底的样子，以至于现在，她竟然不能习惯我重塑的骄傲。

"姜妙。"钟以年的声音骤然响起，打破了我与伏月之间凝滞的气氛。他走到我身边来，看都没看伏月一眼，只是亲昵地跟我撒娇："好热啊，我们快点上去吧。"

我本来以为伏月会做点什么，毕竟他也算是她的新目标。

扑火

可她只是站在原地，又露出了惯常柔美的笑："妙妙，小钟少，慢走。"

电梯一路上行，密闭的空间里只有我们两个人。

钟以年忽然开口："她换目标了。"

我愣了一下，才反应过来他说的是伏月。

他看着我，勾着唇角，露出尖尖的小虎牙："那天司机去处理赔偿问题的时候，正好我叔叔有事跟着一起去，就撞见了她。后来她执意加到了我叔叔的微信，还在找时间约他吃饭。"

伏月竟然把她的目标，从钟以年换成了钟衡。想到之前席渊软硬兼施，千方百计想把我送到钟衡床上，我只觉得命运兜转，变化无常，又万分可笑。

隔了半个月，某天下午钟以年有事不能来接我，让我自己打车回去。我出门，刚在路边站定，一辆熟悉的黑色 SUV 就停在了我身边。

车窗后露出席渊冷冷的眼睛："上车。"

我没动，倚在车边面无表情地看着他。

席渊的眼神更冷了："姜妙，你要逼我当着路人的面把你做过的事情说一遍吗？"

我直接笑了："你倒是说说，我做过什么事？"

"砰"的一声，席渊拉开车门站在我面前，垂下眼凝视着我，满眼嘲讽地笑道："你先睡了钟衡，又勾搭上他侄子，现在还进了钟衡的公司，千方百计从我这里抢走合同——姜妙，我以前怎么没看出，你这么有本事呢？"

"我当然不及伏月有本事。"我笑笑地望着他，"说不定当初你把她送到钟衡床上，效果会更好呢。"

话音刚落，一个重重的耳光就甩在了我脸上。剧痛一瞬间蔓延开来，我拿舌尖顶了顶上颌，偏头望了他一瞬，忽然抬手，更重地打了回去。

席渊的目光瞬间暗了下来，咬牙道："姜！妙！"

"席渊，你真该看看，你的白月光是怎么在我男朋友和他叔叔面前献媚的。"我笑着看他，"至于所谓的抢合同，各凭本事罢了。哥哥，那是你和伏月的公司，和我有什么关系？我为什么要留情呢？"

他大概是习惯了我对他言听计从的模样，一时竟不能适应，只是怔怔地望着我。我冷笑一声，头也不回地走了。

席渊打我那一下没用多少力气，但我脸上还是留下了淡淡的红痕，以至于回家后，钟以年看到我的脸，目光立刻沉了下来："姐姐，这是谁打的？"

我还没来得及开口，他忽然冷哼一声："是席渊，对不对？"

"我当着他的面骂了伏月两句，他就生气了。"我安抚他，"别担心，我当场就打回去了。"

钟以年抬手，用指腹轻轻摩挲我的脸颊，小狗似的眼睛里满是心疼的神色。

然后他承诺般认真地说："我会让他付出代价的。"

一开始，我只以为钟以年是说着玩的。直到同事闲聊间，提到席渊他们公司的现金流断裂，我才知道他是来真的。

晚上，钟以年接我回家，车刚停在地下车库，前方忽然闪出一道人影。我迟了几秒才认出，那是席渊。原来不知不觉中，他在我心里的痕迹，已经淡得几乎不存在了。

钟以年挑挑眉，忽然伸手握住我的手："不要怕。"

他下了车，以保护者的姿态挡在我和席渊之间，抬起下巴，倨傲地看着席渊。席渊其实长得很高，但钟以年站在他面前，竟然还要再高出一些。他虽然比我们都小，却已经不再是少年单薄的骨架，这样挺直了脊背站着，挺拔得像一棵树，气势并不比席渊弱半分。

扑火

席渊神情淡淡地看着钟以年："我哪里得罪过小钟少吗？"

钟以年嗤笑一声，很不屑的样子："席总打了我女朋友，还问什么时候得罪过我？"

席渊张了张嘴，目光扫过我身上时，忽然带了点狠意。

"钟以年，你不过是靠你叔叔才有今天，真把自己当成救世主了吗？我和姜妙之间的私事，究竟和你有什么关系？"

"是啊，我是靠我叔叔——难道你就是靠自己？"钟以年怒极反笑，"这两年，如果不是你利用姜妙，又帮你做方案，又帮你陪酒拉订单，你和伏月的公司能发展得这么快？靠女人起来还要反咬一口，遇到你这种不知廉耻的人，真是我们家姜妙的不幸。"

"还有……"钟以年目光冰冷又狠厉，"你别总觉得姜妙欠了你，有些事细查起来，从一开始就是你欠了她的。"

他说话一点也不留情，说到最后，席渊整张脸都苍白起来。见他无可反驳，钟以年牵着我的手，头也不回地走了。

回家后，不等我发问，钟以年已经先一步开口承认："姐姐，席渊他们公司的资金流断裂，的确是我拜托我叔叔安排的。"他望着我，眼神里带了点小心翼翼，"你不会生我的气吧？"

我怔怔地望着他，一时说不出话来。他替我出气，我怎么会生气呢？我只是想到从前。我丢掉自尊，舍弃梦想追在席渊后面，所有人都能看出这段关系的畸形和不平等，只有我自己身在局中，为了那一点微不足道的温暖义无反顾，险些忘记了，自己也是值得被爱的对象。

沉默了很久，最后我问他："你说席渊欠了我的，到底是什么事呢？"

钟以年澄澈的眼底闪过复杂的神色。

最后他叹了口气，凑过来亲了一下我的嘴唇："我还在调查这件事……姐姐，如果有确切的眉目了，我会第一时间告诉你的。"

另一个问题被他的吻堵回去，我到底还是没问出口。

钟衡纵横商界数年，手段当然比创业之初的席渊高明太多。哪怕拼尽全力，席渊也只堪堪从钟衡手下保住了公司，还因此元气大伤，暂时无暇找我麻烦。也是在这个时候，钟以年晚上来接我时，忽然递过来一张银行卡。

"里面有五万元。"他在红灯前踩下刹车，又用眼角余光偷偷瞥我，"姐姐，我拿了你一幅画送去画廊寄卖，这个是成交后到手的价格——"他微微停顿了一下，"姐姐，继续拿起画笔吧。你有这样的天赋，不该浪费在格子间和无趣的设计图里。"

我沉默片刻，接过那张卡。

"好。"

我并非真的不喜欢画画，只是被席渊否定了太多次，又亲手折断傲骨，甘愿附庸于他。钟以年真的太了解我。沉寂了太久，我需要一点事情证明我的价值，证明我的天赋还没有在滚滚红尘与万般俗事中，被彻底磨灭。我重新捡起画笔，像高中时那样，几乎把所有的空余时间都用在了画室里。钟以年好像很开心，回家后也陪我一起坐在画室里。除去偶尔出门接个电话之外，他一直都坐在我对面画画，眼神时不时往我身上瞟。

钟以年在画画上的天赋，并不比我逊色半分。周末，我和他一起坐在书房支起的画架前，阳光穿过玻璃窗照进来，在地面铺了一层浅浅的金色。我转头看去，少年正握着画笔，专心致志地看着面前的画架。我忽然觉得这一幕万分熟悉。

那天，被他那个吻堵回去，未曾问出口的问题又一次浮上心头——我们以前，是不是在哪里见过？

似乎察觉到我在看他，钟以年向我这边望过来，唇边忽然扯出一抹极灿烂的笑容。然后他站起身，向我走来。风从窗外吹进来，卷动纱帘。在流动的空气里，我仰起脸看去，而钟以年正俯下身，将灼热的亲吻落在我唇上。沾染颜料的画笔落在地上，溅起的颜料在空气里蔓延开淡淡的香气。好像过了一个世纪那样漫长。他微微退开一点，蹲下身，单膝跪在我身边，一双因为情动而湿漉漉的眼睛望着我。

他问我："姐姐，你想起来了吗？"

过往的记忆在这一刻猛然回流。我忽然想起，我以前的确是见过钟以年的。大四那年冬天，席渊为了逼我服软，换掉了家里的门锁。寒假时我回不去，干脆留在学校，找了个集训的画室做兼职老师。因为收入还不错，就一直做了下去。那时候，有个高高瘦瘦、高中生打扮的少年，经常过来上课。虽然笔法尚且稚嫩，但在色彩搭配上的敏锐，已经足够令人惊叹。只是那时候，他用的并不是这个名字，而且我几乎把全部的心力都用在了和席渊的纠缠上，根本没太在意他的长相，只记得他有一双湿漉漉的眼睛，神情中总是带着几分骄傲和不服气。

再加上后来，席渊难得放下身段，软声细语地求我给他帮忙。席渊实在太会玩手段，他这样软硬兼施，一点一点把我拖进温柔陷阱里，我终究还是放弃自己的梦想，答应了他。最后一次给当初的钟以年上课时，我问起他的梦想。他神情有些慌乱，说要考全国最好的美术学院，还说虽然家境不好，但也会努力。我很恍惚地笑了一下，把兼职这几个月拿到的工资送给了他。

"这条路我得放弃，因为我要去走另外一条路了。"

一条不知生死、结果未知的路。

"你很有天赋，就好好坚持下去吧。"

说完之后，我起身离开，去办了离职手续，然后再也没有去过那间画室。

自记忆中骤然回神，我有些发愣地看着钟以年，而他一脸期待地望着我："想起来了吧？"

"……你那时候怎么不用真名呢？"

小男孩好看的脸上闪过一丝羞赧："其实我去那间画室，不是真的找你上课的，一开始是想挑战你。"

"姐姐，你可能不知道，你的名字在上很多课的时候，都会被老师们反复提起——尤其是罗老师。她说你是她带过最有天赋的学生，艺术感知度是天生的，何况练习得认真又勤快。我那时候又好奇，又不服气，就想去看看你到底能画成什么样。"

"但那时候是寒假，学校里找不到你，我千方百计才打听到你兼职的画室，又怕身份暴露尴尬，所以才编了个假的名字去找你上课。然后我就输得心服口服了。"

他把脸颊贴在我手心蹭了蹭："姐姐，你画得真的很好。所以你说你要放弃，还把工资卡给我之后，我很震惊，也找人调查了很久，才慢慢查出一点眉目。"

"席渊不值得你这样。"

他用波光粼粼的眼睛望着我："你知道吗？我做梦都想再一次看到罗老师口中那个骄傲得像朵小玫瑰的姜妙，当她拿起画笔的时候，这个世界上就好像没有任何事情能难住她。"

而我原本折在席渊那里的骄傲和自尊，亲手抽去的傲骨，又在钟以年这里得以重生。

我本应感谢他的。可我只是沉默了很久很久，然后轻声问他："所以从一开始，你就知道席渊会把我送给钟衡，是不是？"

他的眼神一瞬变得慌乱无比："不是，姜妙……"

"为什么那天晚上，钟衡会在离开的时候，忽然和你交换了车子？为什么原本应该紧锁的车门，就那么轻而易举地被席渊打开了？

扑火

难道是凑巧，是偶然吗？"

我自嘲地笑了笑，忽然觉得自己无比可怜。养父母虽然领养了我，却对我严厉又冷淡。养母过世后，养父看我的眼神一天比一天诡异。高中三年，我把上课之外的时间都用在画室里，没有交到朋友，只有一个并不算亲近的盟友。后来席渊接我回家，只不过施与了一点点温暖，我就迫不及待地向他靠近。而现在，钟以年救我于水火，又直白地说他喜欢我。我彻底陷了进去，才发现从一开始，我奢望从别人那里得到爱和安全感，本就是错误的。

我站起身，快步往门外走，钟以年慌乱地打翻了颜料盘，想追上来解释："不是，姜妙，我是想让你看清席渊的真面目，而且我口袋里的……"

后面半句话却支支吾吾地，怎么也说不出来。

我狠狠甩开他的手，转过头望着他，一字一顿："乘人之危——你以为你和他有什么区别？"

我从钟以年家搬了出去，走得匆忙，甚至没有带走我画的那些画，只收拾了一个简单的行李箱。

离开的时候，钟以年眼睛红红地追过来，还想解释两句，被我抬手挡住了："钟以年，我并不是全盘否定你。我相信你的真心，但这个开始不太愉快，我觉得我们都需要冷静一下。"

我奇怪自己说出这段话的时候，居然冷静得过分。

而钟以年明显被伤到了，可怜兮兮地看着我："姜妙，我可以道歉，但我真的不是故意……"

……不行。几乎是在他那双湿漉漉眼睛看过来的下一秒，我就想缴械投降了。也是在这一刻，我才无比清晰地意识到，我是如此喜欢他。

"总之，我们先分开一段时间吧。"

我拉上车门，让司机快点开车。虽然是搬家，但我总觉得这更像是一场单方面的逃离。

第二天，我去公司提交离职申请，因为手里还有工作要交接，不能立刻离职，人事很快通知我，说钟衡要见我。我进他办公室的时候，和一个扎双马尾的小姑娘擦肩而过。那张娇美的脸，看上去略微有些眼熟。进门后我才发现，偌大的办公室里，淡淡酒气弥漫，钟衡坐在椅子上，领带凌乱，唇边还有斑驳的口红印。总之，场面看上去有些不太严肃。他倒是很镇定，拿纸巾擦掉口红印，示意我坐在他对面。

"姜小姐放心，我并非那种不明事理的家长，也不会对你和钟以年之间的感情做出任何指示。"他望着我，笑得温和又从容，"我只是想替钟以年澄清两件事。第一，我跟席总说了那句话，并不代表我对你有任何想法，只是单纯帮钟以年一个忙。第二，那天晚上钟以年口袋里的计生用品，是帮我和我女朋友买的——她是个艺人，恋情暂时不能公布，所以他不知道怎么跟你说，他只是单纯想让你看清你哥哥的真面目，然后送你回家。"

钟衡……知道那天晚上的事情了？可钟以年明明答应了我，不会告诉他。

钟衡似乎从我的眼神中窥见了我的想法，笑了笑："钟以年没有告诉我，是我自己看出来的——姜小姐，请相信我，一个成熟的男人，和你男朋友那种傻乎乎的单纯小男孩，还是不一样的。"

他居然说钟以年傻乎乎的……好吧，是有点。

"其实我是很支持姜小姐离职的，席总的公司已经难成大气候，姜小姐的天赋自然该用在正道上。"钟衡十指交叠，抵在下巴上，镇定地望着我，"至于你和钟以年的感情，我就不过多参与了。"

我离开前，他又一次叫住我："对了，那个——伏月。"

扑火

钟衡的咬字很是生涩，大概已经不太记得这个人的名字了。

"我把她千方百计邀请我吃饭和做其他事的聊天和通话记录，打包发到了你邮箱，或许你用得上。"

这天晚上，我很晚才下班。倒不是加班，只是心中装了太多事，一件一件梳理下来，就用了很久。原本我是想回家的，可是忽然记起之前有些东西落在了席渊家里，还是决定过去取一趟。没想到隔了这么久，席渊还没换门锁。我只是尝试性把钥匙插进去轻轻一拧，就把门打开了。片刻的愣怔后，我走了进去，然后就被铺天盖地的酒气淹没。我皱了皱眉，按亮了客厅的灯。原本颓然坐在沙发上的男人猛地抬起头看过来，等看清我的脸之后，嘴唇颤抖了两下，脸色忽然变得一片惨白。我从未在席渊眼中看过如此深沉的绝望，海洋漩涡一般，拖着人无限往下坠落。

"妙妙。"他忽然站起身，一步步朝我走过来，"妙妙，你回来了？"

语气小心翼翼，好像站在他面前的我，是什么珍贵又易碎的瓷器。从前能让他用这种语气说话的，只有伏月。不知道为什么，我突然很想笑。席渊伸出手，好像想碰一下我的肩膀，我却飞快地后退一步，躲了过去。

"席总，我们非亲非故，还是不要动手动脚了吧？"我淡淡道，"我是回来取东西的，拿完就走，你不用担心。至于这戏，你也不用演了——我们都很清楚，之前你在我面前惺惺作态，装出一副深情被辜负的心痛模样，无非是想让我心软，回去继续帮你的忙，不是吗？"

人类天性如此。席渊一开始就没珍惜过我的心意，又怎么会在我被他亲手送出去后，真的幡然醒悟呢？演戏罢了。或者也有真的懊悔过，但说到底三分真七分演。而人演出这样一副深情的模样，无非是为了求得什么。显然，我的设计能力对席渊来说，大概还有利用价值，所以他不舍得放过我。一瞬间，他眼里的绝望就更加深沉。

"妙妙，我不是……"席渊的嗓音无比艰涩，"我之前误会了，你父母的事情——"

后面的话他没有说完。我顺着他的目光看过去，才发现茶几上除了烟头，还散落着几张纸。纸上写得很明白。当初，席渊的亲生父母和我爸妈合作创业，但由于我被人拐走，爸妈无心工作，让他们寻到可乘之机，吞掉了公司不少股份。后来我父亲察觉到这一点，想干脆把两家的股份分开来，没想到对方竟然卷着所有的现金跑路，还在半路出了车祸。两个成年人当场死亡，席渊也受了轻伤，陷入昏迷。等他醒过来伤愈出院，我父母便不计前嫌收养了他。他们对席渊不算差，只是从他很小的时候，就一遍又一遍地告诉他，让他未来有机会，一定要把我找回来。

看到这里，我一下就什么都懂了。席渊为什么会说我欠他的？有那样一对重利忘义的父母，又带着他卷钱跑路，他们会怎么给席渊洗脑，自然不言而喻。再加上我爸妈真的收养他之后，对他并不算特别好，席渊便越发觉得他们亏欠了自己。他们走后，他就把这种怨恨转移到了我身上。

我放下那几页纸，再看面前的席渊时，忽然觉得过去那义无反顾的执着太过可笑。其实钟以年是对的。倘若没有那晚的迎头痛击，我还会陷在席渊钝刀割肉般的拉扯里，温水煮蛙，慢慢习惯这种绵长无休止的疼痛，直到彻底变成他的傀儡，永远清醒不过来。其实是钟以年救了我。想到这里，我把那几张纸甩在他身上，轻轻地笑起来。

"席渊，我不接受你的道歉，我不喜欢你了——你就和伏月一起，烂在泥里吧。"

扑火

　　我从钟以年家里搬出去之后，他有好几天都没有联系过我。

　　原本我以为他真的在冷静，没想到那天晚上我下班回家，就发现他可怜兮兮地蹲在我家门口，见到我就兴奋地蹦起来："姐姐！"

　　然后他身子晃了晃，我赶紧上前一步扶他，钟以年也就顺势倒在我怀里，把脸埋在我肩头，温热的气息呼在我皮肤表层。

　　"姐姐。"他委屈地说，"我脚麻了。"

　　"……"

　　无奈之下，我只能把钟以年带回了家。进门后，他从背后拿下背包，从里面拿出一幅画。我发现那画的竟然是我，荒凉的土地上，火焰般热烈的裙摆铺了满地，柔软的玫瑰棕色头发垂落下来，与天际金红色的夕阳光芒十分相衬。只是那画面上的脸，看上去并不像现在的我。

　　"这是两年前的你。"钟以年说，"姐姐，那次之后，我经常梦到你，像朵骄傲又艳丽的玫瑰一样，在无人的荒漠里也能盛开。后来我千方百计打听到你的下落，总觉得你不该被困在他的泥淖里。"

　　说着，他顿了一下，望着我的眼神忽然万分认真："所以我自作主张了一次，但我只是想让你认清他，然后送你回家——姜妙，我不是要乘人之危，玫瑰项链不是我才买的，是我很早就设计好要送给你的，因为我喜欢你。"

　　之前，钟以年已经跟我说过很多次喜欢，但从没有哪次像现在一样，紧张得仿佛即将要听取最终的审判。其实我很早就知道，那条玫瑰项链不是他之前说过在商场里买的。同事告诉我，这个牌子向来只接受定制。我只是没想过，连设计图都是钟以年自己画的。那些被席渊用软刀子从我身体里剔出去的傲骨，竟然在钟以年的襄助下，真的得以一点点重新找了回来。在此之前，我没想过，自己还能捡起画笔，重新变回骄傲又从容的姜妙。我沉默了一下，终于在钟以年期待又小心的目光里伸出手去，轻轻拥住他。

"我也喜欢你。"

我闭上眼睛，虔诚得好像在说婚礼上的誓词。我的世界里，自此永远剔除了席渊。除去画笔和画架之外，还多了个钟以年。

后来，我和钟以年搬去了上海，并在那边租下一处不错的场地，开了间画廊。画廊开业后没多久，就举办了我的第一场个人画展。那时我已经是圈子里小有名气的油画家，画展上来了不少圈里圈外的人，甚至包括钟衡和他的女朋友——那个扎双马尾的小姑娘。她一掷千金，买下了价格最高的一幅画，还拍了九宫格发微博。我很是感激，说要帮她画一幅肖像。

她冲我眨眨眼睛："别客气，我是真心喜欢你的画啊——钟以年可比不上你。"

旁边的小男孩一点也没觉得被冒犯，反而骄傲地挺起胸膛："我们家姜妙本来就特别厉害！"

我眯了眯眼睛，在他肩膀上拍了一下，妩媚地笑："没礼貌，叫姐姐。"

他转头看了我一眼，瞳仁湿漉漉的，没有说话。直到面前的客人都走掉了，才凑到我耳边轻声说："姐姐昨晚缠着叫我哥哥的时候，可不是这么说的。"

一瞬间，我脸颊发热。我瞪他，钟以年又飞快认错："姐姐，我错了。"

笑闹间，忽然有道身影站在了一旁。抬眼看去，竟然是席渊。我也断断续续地听说过一些关于他的消息，比如他不知道从哪里拉来一笔融资，竟然真的救活了岌岌可危的公司，后来一路发展，反而隐约有扩大规模的趋势。还有伏月。我并没有把钟衡交给我的证据发给席渊，

扑火

可不知怎么的，他和伏月还是分手了，连之前送的股份也拿了回来。

此刻我望过去，一年多不见，席渊瘦了一大圈，看上去几乎有种形销骨立的苍凉，只眼神还是一如既往的冷峻。钟以年立刻警惕地挡在了我面前。

席渊目光都未曾波动一下，只是望着我："妙妙，我有话要和你说。"

"我和你没什么好说的。"

放在以前，席渊应该会生气，但他此刻仍然冷静地看着我，目光中情绪万分复杂，我竟一时无法解读明白，而我也并不想明白。

他微微笑了一下："你现在不想听也没关系，我发在你的邮箱里了，什么时候有空，就看看吧。"

席渊说完就走了。而我们下午收展的时候才知道，他在这里买下了一幅画——我画的一片荷叶摇曳的湖。我忽然想到，我其实是和席渊去划过船的。在我二十岁生日那天，伏月不在，他终于能腾一天空出来，陪我去划了两个小时的船。那时候我高兴坏了，哪怕伏月晚上又一个电话把他叫走，我也觉得那是我过得最开心的一个生日。

可我画这幅画的时候，已经根本想不起那天了。我想到的只有自己二十六岁生日时，钟以年陪我从划船到过山车，从跳楼机到旋转木马的场景。说到底，人就是贱的。能轻而易举得到的，丝毫不珍惜，只想去摘已经不属于自己的星星。何其可笑。

又过了好几天，我才想起来那天席渊说的话，随手打开邮箱，发现那里面竟然是一份股权转让确认书。席渊要把他在公司持有的百分之四十六的股份，送一半给我。这算什么？补偿？道歉？我嗤笑一声，就要关掉邮件时，忽然有个陌生的号码打了电话过来。接起来后，竟然是伏月。

她大概过得不太好，原本以为自己能借席渊做跳板，攀上钟衡这根高枝，没想到连席渊也丢掉了，因此语气里满是气急败坏："姜妙，怎么会有你这种寡廉鲜耻的女人？一边勾着钟以年，享受钟家的资源，一边又盯着席渊那点股份不放？"

我很温柔地冲她笑："怎么，装不下去了？"

"你有什么资格说我——"

我打断她："其实我原本没打算在确认书上签字的。可你说得对，席渊创业的原始资金来自我父母，公司一开始的发展有一大半都靠我，拿一半股份算什么呀，他全给我也不过分。"说完，我就把电话给挂了。

钟以年很警觉地凑过来："姐姐，你要和那个人渣签合同吗？"

"没有。"我勾着唇角，"我就吓吓她。"

他好像长舒了一口气。其实小男孩还是挺没安全感的。大概是我之前在席渊那里陷得太深，让他时刻警惕我又会重新回去。可怎么会呢？我已经见过了光的模样，哪里会容忍自己再回到暗无天日的深渊里？

这个世界上有两种爱。一种让我无限沉沦，折断羽翼和傲骨，深陷钝痛的泥淖中；另一种给我偏爱和尊重，重塑骄傲和自尊，令我自此重向光明而去。我曾经陷在前者温柔的错觉里，险些以为那就是爱。好在后来，遇到了光，在光里抓住了钟以年。我再也不会松手了。

无人区玫瑰番外：恶魔的吻

关于那档恋爱综艺的邀请，是顾扬回家时告诉我的。

"因为是我们一起投资的节目，周漾执意要做姐弟恋主题，还要我把你拉上一起录。"顾扬一边切菜一边念叨。

我顺手捞起一颗洗好的草莓，塞进他嘴里："怎么，他又惹余潇潇生气了？"

顾扬点头，顺便往自己脸上贴金："当然，年纪小，就是不懂事。像我这么听话乖巧的实在很少见。"

我挑着唇角笑了一下："行啊，那就去吧。只不过，有片酬吗，顾总？"

说这话时，我刻意放低了声音，未干的指尖从顾扬下巴划到锁骨，留下一道清晰的水痕。顾扬一下子噤了声，我垂眼，正巧看到他放下手里的半颗番茄。

喉结上下滚动，再开口时，顾扬的嗓音里压着几分难耐："秦昭，你别……招惹我。"

最后一丝日光从窗帘缝隙漏进来时，我眯起眼睛，好像眼前有一只无形转动的万花筒，落下无数细碎斑斓的光影。

第二天我抽空翻了顾扬留给我的资料，发现那档综艺的名字叫《热恋 24 小时》，每期会邀请五对各行各业的情侣来参加节目，住在特定的场地。每个人都会有一张身份牌，绝对保密，连情侣之间都有可能立场不同，目的相反。所以哪怕两个人睡在同一张床上，也要对自己的身份保持警惕。

"其实就是升级版的现实狼人杀。"顾扬一边开车一边跟我解释，"也可以通过试探确认对方的身份立场，选定可以合作的伙伴，然后一起行动。"

我挑眉："所以你要选我？如果我的身份牌实际和你立场相反怎么办？"

说这话时，车已经开到了录制现场外面的停车场。

顾扬把车停好，才转过头来看我："那我只能做被姐姐利用的棋子了。"

日光从贴了窗膜的玻璃透进来，把那咬在齿间微微模糊的声音衬得一片旖旎。我侧过去，捏住顾扬的下巴，印下一个猝不及防的吻："乖小孩。"

一直到走进录制的会议室时，他的耳朵都是红的。推开门，会议室里已经坐着两个人。那男孩看上去比顾扬年纪还小，坐在他身边一头浅金色长卷发的女人，眉眼却有点熟悉。

我捏住顾扬的手，轻声问："是我们上个月去看的那场画展，那个叫姜妙的画家？"

他点头："对，节目组那边安排的邀请。"

走过去打招呼的时候，门又一次被推开。这次走进来的人很眼熟，是夏天网络热议的那场"金牌求婚"的两位主角，游泳冠军卫泽和他的未婚妻陈黎。跟在他们后面的，则是当红艺人纪听辞和他的经纪人姜毓。两个人一前一后走着，纪听辞的手却垂落下去，在卫衣袖子里

扑火

不动声色地握着姜毓的手。

顾扬挑了下眉，在我面前一贯乖巧的小男孩，眼睛里竟然涌现出几分桀骜："我怎么记得以前那个姜毓经常来我和周漾的酒吧喝酒？"

纪听辞很明显听到了，眼神微变。

姜毓抬眼扫过来，眼神很冷："我喝了顾老板那么多杯酒，都不能买你一次闭嘴吗？"

我轻轻在顾扬腰窝戳了一下，他转头看着我，换上了一脸无辜的表情。气氛正紧绷着，余潇潇和周漾也到了。

顾扬说得没错，余潇潇大概仍然在生气，顶着一张冷冰冰的脸走在前面，周漾亦步亦趋地跟着，看到顾扬时像看到救星一样叫起来："扬哥！"

余潇潇蓦然停了步，转头盯着他："又要跟你的好兄弟学习怎么装可怜？"

顾扬表情瞬间凝固了："你骂他就骂他，别带我啊。"

大概是不想理会顾扬和周漾，又和现场其他人不熟，最后余潇潇挤到我身边坐下。我侧头看到她一脸余怒未消的表情，把面前的水杯推过去："喝点水。"

"秦昭姐。"她捧着杯子，低声说，"我想分手。"

在会议室集结完毕后，节目组把我们分别带到隔壁的小房间，看过身份牌和任务卡之后，一起坐进车里，前往位于市郊的湖心别墅进行节目录制。上车后，我刚找了个位置坐下，余潇潇就眼疾手快地挤到了我身边。顾扬在旁边瞪了半天也没效果，最后只能扯着周漾气鼓鼓地坐在了后面。前面的两个座位，坐的是姜妙和她的男朋友钟以年。

路边有大片茂盛的粉黛乱子草，姜妙盯着看了一会儿，忽然说："如果能画下来……"

钟以年立刻打开随身的背包，翻找一通后，献宝似的把纸笔递过去："姐姐，我随身带了简单的画具，其他的都放在箱子里，可以到别墅之后拿给你。"

姜妙没接，反而盯着他的眼睛，若有所思地观察了一会儿。

我皱了皱眉，有些突兀地开口："你是画家？"

她回头看着我，浅金色的长卷发映衬着一张雪白的脸，还有艳红的嘴唇："画家谈不上，开个画廊养家糊口而已。"

"不，我是说，你的身份牌。"

车上装了不少用来摄制素材的摄像头，有一个方向正对这边。姜妙目光冷下来，她审慎地打量着我，仿佛要从我眼睛里看出点什么。

我平静地与她对视，姜妙不闪不避，反而露出美艳又无辜的笑："抱歉，如果要打听别人的身份牌，最好还是先报一下自己的，对吗？"

右边的位置上，卫泽原本正低头和陈黎说着些什么，闻言抬起头："这就已经开始了吗？我以为至少要到别墅去——"

"从第一个人走进会议室隔壁的单间起，游戏就开始了。"

我勾了勾唇角，感受到一贯冷静的内心难得沸腾起来："记好立场，别让敌人有可乘之机。"

到湖心别墅的时候已是中午，节目组安排的长餐桌，像极了中世纪古堡里会出现的特殊道具。切开长面包后，我们在里面找到了一个小纸条。

"恶魔已经潜入你们之中，午夜钟声敲响时，被他选中的那一个，会变成忠实的信徒。如果想取得胜利，请务必在明天正午之前找到别墅灭门案的真相，用画家的金画笔沾染制墨师的心血之墨，留在炼药师的药炉上。"

念完纸条上的内容，大家都沉默了。

纪听辞放下刀叉，下意识看了一眼身边的姜毓："不是说这是档

扑火

恋爱综艺吗？"

周漾嗤笑一声："恋爱综艺也要有玩法啊，不然让观众干看着你谈恋爱？"

很显然，他对纪听辞有股不知从何而来的敌意。我看了一眼余潇潇，果然发觉她瞪了周漾一眼，又在对方故作受伤的眼神里软化下来。

"我们之中除去恶魔、智者和三个职业者之外，剩下的身份牌都是平民吗？"陈黎问。

"不一定。"我一边思考一边说，"也许还会有别的职业，也许恶魔的身份牌和某职业是重叠的，也许……不止一个恶魔。"

姜毓看着我："所以，你的牌是智者还是恶魔？"

我学着刚才在车上姜妙的口吻："如果要打听别人的身份牌，最好还是先报一下自己的，对吗？"

气氛一下就肃穆起来，姜毓沉默片刻，把杯子里的酒一饮而尽，坦然笑道："我是炼药师。"

她眼神坦荡，情绪又藏得很好，令我一时无法分辨这话的真假。显然，从刚才得知的规则里就能看出，如果恶魔发现了三职业中的任何一个，并把他选为自己的忠实信徒，好人阵营这边就算失败。又或者，他努力破坏别墅灭门案的调查进度，往错误的方向引导，一旦最后得出的答案是错误的，就算三职业都完美度过今晚，同样也没用。

"也就是说，拿恶魔牌的人会想尽办法打探别人的身份，还会破坏接下来的凶案调查，对吗？"

卫泽看向我："这已经是你第二次问起别人的身份牌了。"

"但我跟你们是同一立场的。"

坐在我左手边的顾扬十分不满地开口："无凭无据还是不要随便怀疑别人的立场，如果秦昭是智者呢？"

"智者会把自己暴露得这么明显？"

顾扬冷笑："听说过什么叫引蛇出洞吗？在三职业必须掩盖身份，平民又没有技能的前提下，智者不站出来引导局势，难道要靠你？"

"顾扬。"

他就跟学了川剧变脸似的，立刻换上一副乖巧的表情，凑了过来："秦昭！"

我目光一一扫过坐在桌前的人，除去一脸不满地望向纪听辞的周漾，以及眼神微微闪躲的余潇潇之外，其他人的表情都看不出破绽。我决定先从余潇潇下手。

从十个人的资料上看，她无疑是相对简单的那个，人生没有太大挫折，情绪容易外露，看上去也是最好突破的。

吃过饭回到房间，顾扬十分贤惠地铺好床，并诚挚邀请我："一大早就起来了，都没怎么睡好，姐姐先休息一会儿吧。"

"顾扬。"我没动，反而站在他面前，居高临下地看向他，"你的身份牌是什么？"

小孩微微愣了一下，唇边扬起一抹恶劣的笑："姐姐这么想知道，亲我一下，我就告诉你。"

湖心别墅坐落在郊区的一座湖心小岛上，今天天气晴好，我们的卧室又有一面巨大的落地窗，于是被湖面反射的粼粼光芒都落进顾扬眼睛里，像是碎裂的星光。我沉默了一下，伸手攥住他的下巴，低头俯身，用力吻了上去。起先是我占据主动权，后来却是顾扬反客为主，令一切渐渐升温。

最后，他平息着急促的呼吸，在我耳边故作凶狠地小声说："如果这不是在录综艺，哼……"

我不为所动："你的身份牌。"

"姐姐，你的眼里只剩下游戏能不能赢了吗？"他顿时换上一副

扑火

可怜兮兮的表情，望着我，眨眨眼睛，"我是平民，你是智者吗？"

就算是，但如今色令智昏，倒也管不了那么多了。我脱了外套，顺手盖住一旁还在尽职尽责工作的摄像头，而后将顾扬的呼吸和呢喃都吞没在唇齿间。五分钟后摄像头重见天日，这个吻已经结束。

我问顾扬："余潇潇和周漾吵架的原因是什么？"

"就是……余潇潇最近在追纪听辞的新剧，有点追星的架势，当着周漾的面夸过他好几次。周漾不高兴，又恰好碰上他爸跳出来作妖，周漾就没忍住质问了她，来录恋爱综艺是不是因为想看到纪听辞，而不是想和他一起。"

我听得想笑，又不知道该说什么，好半天才轻轻吐出两个字："幼稚。"

"是吧，真的很幼稚！"顾扬连忙道，"像我这么成熟稳重的确实也已经不多了。"

我抬手，在他自觉伸过来的脑袋顶上揉了揉，心里漫不经心地思索着接下来的游戏该怎么玩。找到余潇潇的时候，她正躲在天台，望着不远处的湖水发愣。我向她阐明来意后，她一下就打开了话匣子。

"我那也叫追星？就是追剧的时候因为喜欢那个角色，顺口多夸了两句，周漾他爸又跳出来说我妈是非，我一下没忍住，说了气话。周漾就问我，答应来录恋综是不是因为想见纪听辞，还说'姐姐又不是没有前科'。好啊，我有前科，那他和没前科的人谈去不就好了。"她一连说了一大串，脸上的怒气倒是消去不少，"秦昭姐，顾扬当初也像他这么幼稚吗？"

"这……"我一时语塞，只好实话实说，"这倒是没有。"

眼看她又要开始发呆，我突然问："你的身份牌是什么？"

余潇潇愣住，有些呆呆地看着我："……秦昭姐，你的话题跳得好快。"

"毕竟我们是来录综艺的，有线索的话顺便也问问，按中午商量的那样，晚上十点开始整合各自查到的线索。"我盯着她的眼睛，"你知道周漾的身份牌吗？他有可能拿的是恶魔牌或者其他职业吗？"

"我……不知道。"她看着我一脸若有所思的表情，忽然往近处凑了凑，"秦昭姐，要不要我去帮你打听一下？"

我的目光越过她肩头，落在远处角落露出的那片黑色衣角上："不用了，我觉得我猜到周漾的身份了。"

和余潇潇一同下楼，却在三楼的私人泳池撞见了卫泽和陈黎。游泳冠军身上还挂着未干的水珠，潜入池底好一会儿才浮出来。

陈黎蹲在池边问他："找到了吗？"

卫泽睁开眼，正要回答，目光瞥到一旁的余潇潇和我，忽然多出几分警惕。

陈黎跟着看过来："秦昭，余潇潇。"

看这个架势，这对未婚夫妻明显已经跟对方互通了身份牌，并且除了彼此之外，他们不信任其他任何人。

我笑了一下："你们继续查吧。"然后拉着余潇潇一起离开了。

别墅外靠近湖边的地方，同样有一片粉黛乱子草。如钟以年早上在车里说的那样，他在行李箱里放了画架，因此姜妙和他并排坐在花田边缘，面前支起两副画架。

"这户人家的小女儿，当初就是在花田边缘写生时被杀的。"

我想到节目组给出的提示，又低头看了看两个人画的画。

姜妙抬眼看着我："你们找到线索了？"

"有一些吧，但现在身份牌不明朗，暂时不方便说出来。"我盯着姜妙的眼睛，想从里面看出点什么来，"或者你们可以试着相信一下我，彼此交换情报，因为晚上集合的时候，恶魔一定会提供虚假线

扑火

索，把我们往错误的方向带。"

姜妙沉默片刻，淡淡地说："你玩过狼人杀吗？最先跳出来认领预言家的，不是真的就是狼人。既然是身份牌游戏，我不会信任何人。"

我笑笑："包括钟以年吗？"

"当然，毕竟他也不是没有前科。"

握着画笔的钟以年险些跳起来："天地良心！姐姐我什么时候骗过你？"

姜妙笑了，她有一张艳光四射的脸，笑起来更显得耀眼："但我有可能会骗你啊。这样游戏才好玩，不是吗？"

离开的时候，余潇潇的表情明显和在天台时不一样了。大概是从姜妙的话里意识到，"前科"在不同的语境下，其实也可以延伸出不同的含义和情绪。

路上碰到顾扬，他好像正在找人，看到我就眼前一亮："秦昭！"

"能把秦昭还给我了吗？"他看着余潇潇，一脸严肃，"虽然目前看起来不太像，但这毕竟勉强也算是个恋综，你还是和周漾一起比较好。"

"你想秦昭了就直说。"余潇潇不屑地嘲笑，"这都是什么烂借口。"

顾扬干脆直白："对呀，对呀，我想她了，快把我女朋友还给我！"

余潇潇离开前，我特意嘱咐她："先别把你的身份牌告诉周漾，因为我怀疑，不止有一个恶魔。"

毫无疑问，陈黎和卫泽互通了身份牌，如果他们没有说谎的话，这两个应该都是好人立场，只是有没有职业未知。余潇潇和周漾还没和好，显然不可能知道对方的身份牌。纪听辞好歹是当红艺人，姜毓又是金牌经纪人，当然知道怎么录制能让节目效果更出彩，所以他们应该也不会过早地向对方坦白身份。如果姜妙没有说谎，她是真的觉得身份牌游戏拿暗牌会更好玩的话，那至少，钟以年是不可能知道她真正的身份牌的。

"从节目组安排卫泽去泳池底部找线索就可以看出来，他们会根据嘉宾现实里的职业安排相应的角色。"

但除了姜妙之外，钟以年实际上也是学画画的。所以他和姜妙，我并不能确定谁拿的才是画家牌。

思考到这里，我忍不住转头问顾扬："不是说你们投资的是个恋综吗？别人的恋爱综艺不都是给点资金出去吃饭逛游乐园，结果我们居然在这里调查凶杀案。"

他挑了挑眉，一脸无辜地看着我："这是导演和策划决定的，据说可以在一众约会型恋爱节目里脱颖而出。听说他们下一期还要请四对已婚夫妻过来，模仿的是《完美陌生人》那个套路。"

"来真的？"我忍不住失笑，"别搞得已婚夫妻反目成仇，那你们这节目要被骂死了。"

顾扬唇边翘着得意的笑，我盯着他看了两秒，忽然道："所以你真的不肯把你的身份牌告诉我吗？"

"我说了啊，我是智者，可是姐姐不肯信。"顾扬眨眨眼睛，"我知道你拿的是平民牌，别担心，我会掩护你的。"

晚上十点，吃过晚饭后，我们准时聚集在别墅一楼的大厅，开始整合白天找到的线索。主持人在一旁念着背景旁白——

"住在这座湖心别墅的主人一家五口，连同佣人一起被杀害，那天到过别墅的人很多，修剪花园的花匠、大女儿的男朋友、父亲的合作客户，还有两位神秘来客，需要各位从你们收集的线索中推测。"

"午夜十二点，恶魔会把你们之中的一个变成他的信徒，并千方百计地阻止画家和制墨师的合作。"

扑火

"所以，请尽快完成你们的推理。"

第一个开口的是卫泽："两位神秘来客的其中一位，应该是个女性。我在泳池底部发现了女式泳衣的图案，可是这家人里，没有女性会游泳。"

姜妙问："是死去的男主人的情人？"

"不排除这种可能。"

我听着他们一一说出自己找到的线索，直到最后，轮到我和顾扬。我把从别墅油画框内找到的秘密书信摆在桌上。

"线索是不能伪造的。一开始我就亮明了自己的身份牌，身为智者，我确定地知晓你们之中两个人的身份牌，但不能说出来。"

"我知道你们不相信我，那没关系，请画家、制墨师和炼药师隐藏好自己的身份牌，并在明天正午再拿出记录真相的载体。"

"我会保持警惕，直到最后一刻。"

话音落下时，午夜十二点的钟声响起，大厅的灯光暗下去十秒，又亮起。在场的人表情没有变化，但大家都很清楚，已经有人变成了恶魔的信徒。

晚上洗过澡，我和顾扬面对面躺在卧室的大床上。床边的小夜灯亮着暖黄的光芒，在夜色里无声流动。

他小声说："你知不知道，你在任何事情上都想义无反顾争第一的样子有多耀眼。"

我失笑："那叫争强好胜，可不算什么好的品格。"

顾扬扬了扬眉，忽然凑过来，在我脸颊亲了一下："如果不是在录节目……"

他没说完，但我们都很明白未出口的半句话是什么意思。

"明天录制结束后，要不要一起去趟海边？"

顾扬眼睛都亮了："要！"

"要不要带上余潇潇和周漾。"

"不要。"这一次，他的回答依旧斩钉截铁，"他们的事情就让他们自己去解决吧，周漾那小子也该吃点苦头了。"

第二天醒来后，我们聚集在大厅里，周漾忽然提出，他找到了新的线索，或许证明我们昨晚的推理结果是错的。

纪听辞盯着他的眼睛："但已经过了午夜十二点，我们没法确定你现在的立场。"

周漾毫不示弱："变成恶魔信徒的人就是你吧？你想阻止我们发现真正的凶手。"

两个人各执一词，最后还是姜妙开了口："在最后决定结果之前，我们还是先让三职业的人亮出身份牌吧。"

说完，她率先从包里拿出节目组准备的金画笔道具，轻轻放在面前的桌子上。然后是陈黎的心血之墨和姜毓的药炉。

我看着对面的姜毓："从一开始你就拿的是明牌啊。"

"是啊，你让我先亮身份牌，我当然没有说谎。"

我微微笑道："我也没说谎。"

经过商量，大家还是决定沿用昨晚推理的结果，毕竟现在恶魔的信徒是谁不确定，周漾新发现的线索不能被信任了。

在正午来临之前，姜妙握着金画笔，在药炉上一笔一画地写出昨晚我们推理出的凶手："大女儿的男朋友。"

安静片刻后，一旁主持人开口："推理错误。本次游戏的胜利方，是恶魔和他最忠实的爱人信徒。"

周漾差点跳起来："所以凶手是谁？是不是我刚发现的那个？"

"是啊。"

不等主持人出声，我已经徐徐开口，"凶手的确不是大女儿的男

扑火

朋友，而是杀死妻女后带着情人远走高飞的男主人。"

余潇潇看着我，恍然大悟："所以拿恶魔牌的人是你，秦昭姐，你一直都在说谎吗？"

"不，是我。"顾扬从卫衣口袋里取出一张深红色的身份牌，翻过来放在桌面上，"她没骗你们，她一直都是智者，只不过午夜十二点之后，变成了我的信徒。或者……更早一点。"

我接过话："昨天拿到身份牌后，我被告知可以查明两个人的身份，但由于恶魔特殊的魅惑性，当你和他有了亲密接触后，就会变成他选中的信徒。昨天我带着潇潇出来谈心，周漾偷偷跟出来之后，顾扬就进了你们的房间，打乱了几个线索的位置，还把其中一个东西藏在了浴室角落里。"

姜毓说："所以一开始你的立场是在我们这边的，是从什么时候变了？"

"回房间之后。"我支着下巴，眯起眼睛笑了，"因为我拒绝不了他的吻。"

·268